O Pintor em
O BUSHIDO
DE OURO

Para expressar suas sugestões, dúvidas, críticas e eventuais reclamações entre em contato conosco.

CENTRAL DE ATENDIMENTO AO CONSUMIDOR
Rua Pedroso Alvarenga, 1046 • 9º andar • 04531-004 • São Paulo • SP
Fone: (11) 3706-1466 • Fax: (11) 3706-1462
www.editoramarcozero.com.br
atendimento@editoramarcozero.com.br

É PROIBIDA A REPRODUÇÃO

Nenhuma parte desta obra poderá ser reproduzida, copiada, transcrita ou mesmo transmitida por meios eletrônicos ou gravações, sem a permissão, por escrito, do editor. Os infratores serão punidos de acordo com a Lei nº 9.610/98.

Este livro é fruto do trabalho do autor e de toda uma equipe editorial. Por favor, respeite nosso trabalho: não faça cópias.

Luigi Longo

O Pintor em
O BUSHIDO DE OURO

Um thriller policial cheio de ação e aventura

MARCO ZERO

© 2007 Luigi Longo

Direitos desta edição reservados à Nobel Franquias S.A.
(Marco Zero é um selo editorial da Nobel Franquias S.A.)

Publicado em 2008

Dados Internacionais de Catalogação na Publicação (CIP)
(Câmara Brasileira do Livro, SP, Brasil)

Longo, Luigi
O Bushido de Ouro / Luigi Longo. — São Paulo : Marco Zero,
2007.

ISBN 978-85-279-0439-1

1. Ficção brasileira I. Título.

07-9146 / CDD-869.93

Índice para catálogo sistemático:
1. Ficção : Literatura brasileira 869.93

Sumário

PARTE I

1. Anel Magdas *11*
2. A lenda *21*
3. Parceiros ocultos *25*
4. Cortesã *29*
5. Masterpiece *35*
6. Dom Carmelo *39*
7. A encomenda *43*
8. Dragão branco de bico dourado *51*
9. Reunião *57*
10. Stand by *61*

PARTE II

11. Network *65*
12. Mr. Kim *81*
13. Edición Limitada nº 60 *91*
14. Restaurante Gaetmaeul Millbatjip *99*
15. Abertura da Copa do Mundo *109*
16. Tocaia *117*
17. Inglaterra X Suécia *123*
18. Recadastramento *129*
19. Papo informal *137*
20. Grande jogo *143*
21. Castelo Matsumoto *151*
22. Oficial Kendo *165*
23. Armação *173*
24. Perspectiva *183*
25. Véspera *187*
26. Festa de gala dos 80 anos de Matsumoto Sam *193*

27. Festa de gala II – O Fantasma da Ópera *201*
28. Festa de gala III – Escalada *205*
29. Festa de gala IV – O roubo *211*
30. Festa de gala V – A fuga *219*

PARTE III

31. Restaurante Jumbo *237*
32. Mudança de rota *247*
33. Não perturbe *251*
34. Coréia do Sul X Espanha *255*
35. Ingha *259*
36. Ruiva misteriosa *265*
37. Dia de decisão – Final da Copa do Mundo *269*
38. Ludwigs Brucke *285*

Nova York, 13 de dezembro de 2007 – 7h30

— Vamos começar então. Ana, quando eu ligar o gravador e começar a contar a história, por favor, não interrompa minha narrativa. Vou narrar os fatos como me contaram, sem deixar nenhum detalhe passar batido.

— Mas você só vai contar o que ele te contou?

— Não, claro que não. Vou incluir também minhas impressões, coletas de dados, pesquisas de locais, testemunhas, tudo o que realmente aconteceu. Minhas anotações são detalhadas, se bem que nem preciso olhar para elas, porque já está tudo na minha cabeça. Cada detalhe foi estudado, pesquisado. Está tudo aqui nesta história que vou narrar.

— Imagino que você saiba tudo mesmo, Zé.

— Faça suas observações, e se algo não estiver claro ou faltar, anote e depois, quando fizermos nossa pausa, vamos ver se é preciso incluir algo ou não. Está bem assim?

— Ok. Mas nós vamos fazer uma pausa? Quando?

— Ana, eu pensei em fazermos assim, veja se está bom para você: dividimos a história em 3 partes. Assim que terminarmos a primeira, almoçamos (pedimos um delivery). Depois do almoço, começamos a segunda parte. Damos uma hora de intervalo, voltamos e fazemos a terceira parte. Temos que acabar tudo ainda hoje, sem falta!

— Bom, acho que devemos começar logo então...

— Prometo que quando terminarmos, como já será tarde da noite, vou compensar tudo com um jantar no melhor restaurante de massas de Nova York.

— Ok, excelente para mim. Mas, tem que ser bom mesmo esse restaurante!!!

— Ótimo. Deixe comigo... Ah, não vou mudar nada, vamos usar os nomes verdadeiros dos personagens. Assim vou deixar este trabalho mais autêntico. Quero que todos conheçam este mito, esta lenda...

Vou contar até dez, não quero nenhum barulho, nada para tirar nossa concentração. Ah, o telefone, você tirou o som? E a secretária eletrônica está funcionando?

— Está tudo conforme programamos, Zé.

— Ok, então, vamos lá...

PARTE I

1

Anel Magdas

Paris, 10 de maio de 2002

Tradicional *brasserie* parisiense Café de la Paix Hotel, situada na esquina da Boulevard des Capucines: mesas redondas pequenas com quatro cadeiras verdes ao redor, cada uma com guarda-sol nas cores verde e bege-claro, colocadas na calçada, cobertas por um toldo verde tradicional destacado por um luminoso que, como era dia, estava apagado, formam a típica decoração deste famoso e badalado local com uma vista privilegiada e lindíssima do cartão-postal Ópera de Paris. A *brasserie* estava lotada, não havia mais mesas. Turistas esperavam há horas, de pé do lado de fora, por uma mesa vaga.

Uma família de americanos levantava a toda hora para tirar fotos. O garçom que atendia a mesa dos americanos estava com o humor típico francês, esgotado e irritado com a quantidade de pessoas e, claro, por causa da presença da família de americanos que não se contentava e pedia a ele o tempo todo que posasse para mais fotos.

Em uma mesa no canto da *brasserie* estava Jack, um rapaz moreno, de cabelo castanho, penteado para trás com gel, usando óculos de sol, calça azul e uma camisa branca. Concentrado, trabalhando com seu *notebook*, bebia água gasosa e discretamente espiava os cinco homens mal-encarados que estavam de pé ao redor da *brasserie*. Eram seguranças, todos com feições árabes, sem o tradicional uniforme de seguranças (terno, camisa e gravata pretos), e sim, de calças *jeans* e camisas largas. Os seguranças estavam ali observando seu patrão, o xeque, um homem na faixa dos 50 anos de idade, que vestia sua tradicional túnica branca e estava acompanhado de uma bela e jovem loira de 20 e poucos anos, muito sensual, com uma pequena tatuagem na nuca, em forma de golfinho, muito bem-vestida, com uma saia justa branca, e uma blusa cinza-claro com um decote que valorizava seus belos e fartos seios. Riam o tempo todo, enquanto bebiam champanhe Veuve Clicquot e ele dava morangos na boca da loira e sussurrava em seus ouvidos.

O xeque havia conhecido a bela jovem em uma festa em Paris, há três dias. Havia jantado com ela na noite anterior, mas foi apenas isso, não aconteceu mais do que um elegante e sofisticado jantar no caro restaurante Maxim's de Paris. Apesar de o xeque ter se insinuado o tempo todo para conseguir transar com ela, fitando seu decote e passando as mãos em suas coxas e cintura, de forma astuciosa a jovem saía das garras do homem, deixando-o cada vez mais excitado.

Nessa manhã, o xeque ligou para a encantadora jovem, convidando-a para passar o dia com ele. Ela não hesitou e agora estavam num clima todo romântico na *brasserie* que fica nas adjacências do Grand Hotel Intercontinental, onde o xeque sempre fica hospedado. Com o clima esquentando, em certo momento, o xeque sussurrou no ouvido da jovem e ela acariciou seu peito de forma suave, um gesto que revelava concordância com o que ele havia lhe dito. O casal se levantou, o xeque fez um sinal para o *maître*, e saíram da *brasserie* rumo ao hotel. Parecia que iam fazer sexo a qualquer momento. Caminharam até o *hall* dos elevadores, onde já havia um casal de idosos que ficou assustado com a presença do xeque e sua companheira, mais os cinco seguranças mal-encarados que se aproximaram, atrás do xeque, atentos aos movimentos ao redor.

A bela jovem loira e o xeque riam muito, ela dava altas gargalhadas, chamando a atenção de todos a sua volta, o xeque, excitadíssimo, apertava suas nádegas e sempre fitava seus seios com ar de quem iria se esbanjar de prazer. Ao chegar o elevador, três dos seguranças entraram sem respeitar a presença do casal de idosos que, assustado com a cena, resolveu esperar o próximo elevador. Em seguida, entraram também o xeque e sua bela jovem. Os outros dois seguranças ficaram do lado de fora, no *lobby* do hotel.

Ao chegar ao sexto andar, último andar do hotel, saíram os três seguranças, entre eles, Said, que acenou, para mostrar que estava tudo sob controle, para outros dois seguranças, Kalif e Bahir, que estavam na frente do elevador, sentados numa mesa improvisada, sobre a qual havia somente um telefone. O xeque, como fazia sempre que ali se hospedava, havia fechado todo o último andar, exclusivamente para sua estada em Paris, onde se encontrava havia mais de uma semana.

Acompanhado de sua bela companheira, o xeque caminhou em direção à suíte presidencial, no final do corredor, onde acenou para mais um segurança que se encontrava sentado em um banquinho de madeira na frente da suíte, lendo um jornal árabe. Falou alguma coisa em árabe, e fez um gesto indicando que estava tudo bem. Antes de o casal entrar na suíte, o segurança pediu permissão e examinou a bolsa da jovem cuidadosamente, como fazia com todos os convidados que ali entravam. Na suíte, o xeque foi em direção à janela e acenou para o outro lado da rua, onde se encontravam mais dois seguranças à paisana. Fechou parte da cortina, deixando um pouco de luz entrar no quarto. Tirou sua túnica, abriu uma garrafa de champanhe, serviu duas taças e antes mesmo de começar a beber, beijou os seios da jovem, que agora já estavam em suas mãos.

Jack, que estava com seu *notebook* trabalhando na *brasserie* quando o xeque e sua bela companheira saíram, pediu a conta ao garçom, que era o mesmo que atendia a mesa dos americanos e também do xeque. A conta estava demorando e Jack a solicitou novamente ao garçom, que respondeu grosseiramente e com poucas palavras que estava ocupado. O jovem deu um último gole na água, deixou 10 euros em cima da mesa, pois já sabia que aquela quantia cobriria o valor da conta, levantou-se e foi também para o hotel. Correu até o elevador, que estava com a porta quase fechando e conseguiu entrar a tempo, ajudado pelo casal de idosos que segurou a porta para ele entrar. Jack cumprimentou-os com um bom-dia, o casal desceu no terceiro andar, ele subiu até o quinto e foi para o quarto 517.

Logo que entrou no seu quarto, Jack foi ao banheiro, lavou o rosto, depois se dirigiu ao armário e pegou uma roupa embrulhada com uma capa cinza para ternos que estava pendurada. Tirou da capa cinza uma roupa de garçom, igual às do hotel, e a colocou em cima da cama. Pegou também no armário uma mochila, única bagagem que possuía, e tirou de dentro uma pistola automática com silenciador. Carregou a arma e vestiu o traje de garçom por cima da roupa que estava usando. Ligou para o apartamento 601, de onde os seguranças atendiam as ligações que eram para o xeque. A extensão 601 ficava no telefone sobre a mesa provisória diante do *hall* dos elevadores no sexto andar.

— *Bonjour*, meu nome é Patrick, estou telefonando para informar que estamos enviando um garçom com as champanhes que o xeque encomendou.
— Ok. Pode subir — respondeu Kalif.
— Oui, *monsieur*.

Sempre que iam levar algo para o xeque, ligavam da recepção do hotel avisando que alguém estaria subindo. Era uma precaução que a segurança do xeque exigia e que o hotel disponibilizava.

Ambos estavam de pé, nus, o xeque ansioso já tirando a calcinha da jovem, beijando seu maravilhoso corpo, quando ela, declinando dos beijos molhados em sua nuca, delicadamente começou a passar a mão em todo o corpo roliço do xeque, excitando-o cada vez mais, até dar uma chave de braço por alguns segundos no pescoço do homem, fazendo-o cair inconsciente.

Aliviada com a queda daquele homem gordo e desagradável, foi até o cofre do quarto. Tirou um pedaço de papel de sua bolsa com uma seqüência de seis números, e digitou-os no cofre eletrônico. A resposta do cofre foi senha incorreta. Digitou outra seqüência de números que possuía e novamente deu como incorreta. Daí, a jovem pegou o batom em sua bolsa, abriu-o e tirou de um compartimento um pequeno aparelho eletrônico digital, que grudou no cofre e em poucos segundos o abriu com uma nova senha que apareceu no visor do aparelho. Tirou uma pequena caixa e abriu-a. Estava lá, o anel com o diamante negro Magdas, avaliado em 5 milhões de dólares. Anel com uma história quase milenar, passado de geração para geração, há 15 gerações com os ancestrais do xeque. Símbolo da grande vitória e conquista do império do xeque em 1217, quando seu ancestral invadiu a região vizinha e inimiga, adquirindo a preciosa pedra do rei da região, representando um marco e grande triunfo. Tinha sido usado pelo xeque quatro dias antes, como ele sempre fazia nessas ocasiões, numa festa de gala, na qual estavam as maiores celebridades francesas e européias.

A bela mulher colocou o sutiã, e o anel Magdas dentro dele, entre os seios. Estava se preparando para sair quando de repente...

Said, chefe da segurança do xeque, homem de sua inteira confiança, era um ex-militar que já havia participado no combate de várias frentes no Oriente Médio, de pele escura, alto, musculoso, tinha 42 anos, cabelo encaracolado e a barba rala. Era muito sério, sempre trajando calça cinza, camisa branca semi-aberta, revelando o peito forte com correntes de ouro. Era ele quem havia subido com os outros dois seguranças e o xeque com sua nova concubina, como eles a estavam chamando. Assim que o xeque levou a bela loira para sua suíte, Said liberou os homens, pois o turno deles havia acabado. Comunicou aos outros dois seguranças que ficavam plantados na mesa provisória na frente dos elevadores que iria até o banheiro, e que se chegasse o champanhe, era só assinar. Qualquer coisa, ele logo estaria de volta. Iria repassar com eles a programação do jantar que o xeque teria à noite.

Após o sinal do elevador indicar a abertura da porta, surge Jack, agora como garçom do hotel, com o carrinho que levava a bandeja com duas garrafas de champanhe num balde de gelo, seguindo ao encontro da mesa provisória onde estavam os dois seguranças, Kalif e Bahir, atentos esperando o garçom.

– *Bonjour*, entrega para o *monsieur*...

– Ok, como vocês estão rápidos! Quando é para gastar com alguma coisa são rápidos... Quando é para arrumar, demoram! Kalif comentou em árabe algo para Bahir, que deu uma risada encarando o suposto garçom. – Bom, deixe os champanhes aí. Onde é que eu assino? – disse Kalif.

Jack deu o recibo do hotel com o descritivo do consumo juntamente com uma caneta para ele assinar.

Inesperadamente, Kalif, ao apertar a tampa da caneta para a carga descer, provocou a liberação de um gás sonífero que fez ele e Bahir caírem no chão, sem terem tempo sequer de reagir.

Com os seguranças caídos no chão, Jack foi em direção à suíte presidencial, levando o carrinho com a bandeja de champanhes. Na curva do longo corredor que dava acesso à suíte presidencial, olhou para ver o outro segurança, que estava sentado em uma cadeira de madeira, diante da suíte, distraído lendo um jornal, e lançou uma caneta já ativada em sua direção, fazendo-o também cair subitamente no chão.

Jack olhou para o relógio, que indicava 1 minuto, abriu com uma chave mestra magnética a porta da suíte do xeque, entrou delicadamente sem fazer barulho e de trás da porta do *hall* de entrada procurou avistar o casal. Viu o corpo do xeque nu caído, no chão, imaginou o que a jovem já teria feito, assistiu às três tentativas de ela abrir o cofre, à colocação do anel dentro do sutiã, e daí, sem hesitar... colocou a arma automática nas costas da bela jovem.

– Não se vire. Dê o anel para mim, rápido, vamos... Apesar de você estar guardando-o num belo local, tenho outro mais seguro e menos atraente.

Ela passou o anel e pela tela da TV que estava a uns três metros de onde ela se encontrava, pôde ver o que parecia ser um garçom, mas o reflexo não era nítido.

– Prazer imenso em te conhecer... – Antes mesmo de terminar a frase, a bela jovem loira, sentiu um toque em suas costas e desmoronou no chão.

Jack guardou o anel Magdas em uma caixa pequena e colocou-a em sua mochila que estava debaixo da mesinha que levava os champanhes. Carregou o corpo da jovem até a cama, tirou a única peça de roupa dela, o sutiã, deixando-a também completamente nua. Recolocou nela os saltos altos, colocou seu braço esquerdo em sua coxa direita. Pegou uma rosa vermelha que havia em seu bolso e colocou na delicada orelha esquerda da moça. Saiu da suíte, cruzou o corredor e rapidamente desceu pela escada de incêndios ao quinto andar, para o quarto 517. Tirou a roupa de garçom que estava em cima de sua roupa e colocou-a na mochila, delicadamente tirou o nariz postiço que continha uma pequena máscara dentro que filtrava o gás sonífero. Olhou novamente para o relógio, agora marcando 2 minutos e 50 segundos, entrou no elevador e desceu no térreo, no *lobby* do hotel.

Said, que havia ido ao banheiro, ao retornar para o *hall* dos elevadores do sexto andar, vendo os corpos dos seguranças no chão, desesperadamente correu em direção à suíte presidencial do xeque, onde ficou ainda mais surpreso ao ver o corpo do segurança que estava na frente da suíte também caído no chão e arrombou a porta da suíte, avistando os corpos do xeque e de sua namorada nus, o do xeque no chão, o dela na cama e o cofre atrás, aberto. Examinou em segundos o pulso do xeque, constatou que estava vivo. Surpreso e sem reação, pediu ajuda pelo rádio comunicador dos demais seguranças. Escutou a jovem desfalecida, quase sem voz, dizendo:

– Garçom, moreno jovem e de brinco. – Said chamou pelo *walkie-talkie* os seguranças que ficavam na recepção e repetiu o que escutara: "garçom, moreno jovem e de brinco".

No térreo, um dos seguranças que estava no *lobby*, avistou um jovem moreno que tinha saído do elevador e ia em direção à saída do hotel. Encarou-o e chamou sua atenção o andar muito determinado do rapaz. Não era um garçom, como havia sido informado por Said, mas quando o jovem virou em direção à porta, o segurança viu o brinco em sua orelha e com um gesto da mão indicou-o ao outro segurança que veio correndo em sua direção. Jack notou a comunicação de um segurança para o outro, apertou o passo e quando percebeu que um deles estava indo ao seu encontro, gritando para ele parar, correu para a saída do hotel, em direção à rua.

Os seguranças, no meio do *lobby* sacaram suas armas e deram três disparos na direção de Jack, atingindo uma senhora que entrava com sacolas da Galeria Lafayette pela porta de entrada do hotel, e por pouco não pegaram Jack. Do outro lado da Rua Scribbe, Jack avistou uma moto amarela BMW, correu até lá, fez uma ligação direta e saiu em alta velocidade na direção da Boulevard des Capucines. Os seguranças do outro lado da rua entraram no Volvo blindado do xeque, que estava estacionado na rua, e saíram em perseguição atrás da da moto. Said, que acabara de descer correndo as escadas do hotel, juntamente com os outros dois seguranças, sem hesitar, entrou com eles numa Ferrari F40 vermelha, que estava parada com a chave no contato, esperando o manobrista que caminhava lentamente em sua direção. Said empurrou o manobrista e com os seguranças entrou no carro e saiu "cantando os pneus" também perseguindo a moto. Pelo *walkie-talkie*, Said se comunicava com os seguranças do Volvo.

Uma perseguição em alta velocidade se iniciou na Boulevard des Capucines em direção à igreja Madeleine. No sentido correto, Jack deveria contornar a igreja Madeleine para virar à esquerda em direção à Praça de La Concorde, mas obviamente nem ele nem seus perseguidores fizeram isso: entraram pela contramão, desviando dos carros milimetricamente. Passando pelo Hotel Crillon velozmente, Jack seguiu reto subindo pela guia do Obelisco da Praça de La Concorde, virou à direita entrando no começo da Champs-Elysées em direção ao Arco do Triunfo. O Volvo quase capotou na virada brusca que deu para seguir a moto logo à sua frente. Said pedia aos outros dois seguranças que ficaram no hotel que chamassem uma ambulância para o xeque. Ao mesmo tempo em que comandava pelo rádio, tentava seguir o Volvo que estava um pouco mais distante.

O trânsito na Champs-Elysées estava parado, um congestionamento intenso. Jack saiu da pista e entrou no calçadão, o Volvo fez o mesmo, ambos desviando de transeuntes que por ali caminhavam, cestos de lixo na rua, orelhões telefônicos, bancos, ou seja, tudo que estava na sua frente. A confusão era geral, as pessoas atordoadas atiravam-se ao chão assustadas escapando da moto e do Volvo. Jack conseguia desviar dos obstáculos com mais sucesso, diferentemente do Volvo, que ia esbarrando em tudo por onde passava. Em determinado momento, Tarak, que estava dirigindo o Volvo, achou que não iria conseguir escapar de uma batida na fachada do McDonalds, fechou os olhos, mas conseguiu quase por milagre frear o carro. Said, vendo de certa distância a perseguição maluca que ocorria em plena Champs-Elysées, percebeu que não conseguiria fazer o mesmo, entrou pela contramão, onde o trânsito estava melhor e, desviando dos carros em alta velocidade, fora no encalço do Volvo e da moto que do outro lado da avenida alcançavam a incrível Praça Étoile, com suas doze avenidas adjacentes, célebre símbolo de Paris, marcado pelo Arco do Triunfo em seu centro.

Said, prevendo que a moto amarela e o Volvo iriam virar na Praça Étoile, continuou pela contramão a fim de interceptar a moto. Uma viatura policial parada perto do Arco, com dois policiais, só agora tomava conhecimento da confusão causada pela ousada perseguição. Eles não acreditavam no que assistiam, pelo rádio chamavam ajuda contra a louca Ferrari que com um cavalo de pau interceptava não a moto de Jack – que como mágica desviou da Ferrari –, mas sim um Peugeot 307 que com a batida fora lançado a metros de distância. Os policiais assistiam àquela cena mal acreditando no que viam: o caos se formava com uma batida atrás da outra. O Volvo conseguiu também desviar da Ferrari vermelha de Said, mas não ileso, deu duas porradas laterais, porém seguiu ainda no percalço da moto que agora descia a avenida adjacente Foch em direção à Porte Dauphine.

A Ferrari de Said estava acabada. Said, ensangüentado, porém consciente, saiu do carro, percebeu que seus colegas não tinham tido a mesma sorte: um deles, o que estava na lateral direita do carro, estava esmagado devido ao impacto com o Peugeot, o outro não respondia a seu chamado; mas ele não tinha tempo, abriu a porta de outro carro que estava ao seu lado, um Vectra prata, todo batido também, porém aparentemente em boas condições, do qual o motorista estava do lado de fora transtornado e tentando ajudar as possíveis vítimas do trágico acidente. Viu a chave no contato, deu a partida e saiu em direção do Volvo que já estava bem distante. Quando o motorista se deu conta, já era tarde. A polícia, num caos total, chegava agora em grande quantidade, e duas viaturas foram atrás do Vectra prata que descera pela Avenida Foch.

A perseguição continuou às margens do rio Sena, Jack atingia a velocidade máxima que sua moto podia agüentar, fazendo-a tremer, quase perdendo o controle nos seus 250 km por hora. A perseguição às margens do Sena era impressionante, em alta velocidade, cantando pneus, cortando os outros carros da pista. Entravam agora em um túnel que ligava a saída 21 B, entrando na Periferic, *free way* parisiense que devido ao horário do *rush* estava toda parada. Com a moto, Jack passava entre os carros que estavam parados no congestionamento da Periferic. O Volvo não conseguiu passagem, ficando preso entre os carros. Jack, a certa distância de seus perseguidores, foi olhar para trás para ver onde estavam, perdeu o equilíbrio e freando bruscamente derrapou com a moto, chocando-se contra um dos carros da pista.

Said chegara ao local aos berros com os dois da Volvo que permitiram a fuga do ladrão. Ao ver a cena, Said percebeu um rapaz vindo com sua moto lentamente entre os carros, sem hesitar, entrou na frente do motoqueiro, que parou ao ver aquele homem ensangüentado e de repente levou um golpe caindo com a moto no chão. Said montou na moto e partiu em direção ao ladrão caído a poucos metros. Jack se levantou, estava zonzo, ergueu a moto que estava estendida no chão e avistou Said vindo em sua direção. Apressado para botar a moto para funcionar, deu a partida e nada, apenas o barulho de falha do motor, deu novamente a partida, sem sucesso... Olhou para trás e viu Said se aproximando. Desesperadamente deu novamente a partida e agora escutava o som do ronco do motor, indicando que a moto estava ligada, e saiu correndo em direção à estação de metrô mais próxima, Bercy.

Chegando à estação Bercy, Jack viu que estava com o cotovelo machucado, certamente iria precisar dar alguns pontos. Saiu da moto, correu e pulou a catraca da estação do metrô e foi em direção aos corredores que dão acesso às linhas do trem. A mesma coisa foi feita por Said, que avistando o ladrão, começou a disparar contra ele.

Começou uma grande confusão nos corredores da estação Bercy, onde o som dos tiros se transformava em ruídos monstruosos em virtude do eco que se formava. O ladrão do anel Magdas, espertamente, correu, pegando o trem da linha doze, sentido Porte de La Chapelle, para a estação Gare Du Nord. Said fez o mesmo, alcançando o trem, mas estava a três vagões de seu perseguido.

Said foi andando em sua direção, passando de um vagão para outro. As pessoas se levantavam assustadas com a presença daquele homem armado e ensangüentado que caminhava pelos vagões. Jack fazia o mesmo, atravessava os vagões, fugindo de Said .

Said alcançou o último vagão, onde Jack estava justamente quando o metrô parou na estação. Um grupo de quatro policiais franceses entrou no vagão, Said rapidamente guardou sua arma e virou de costas, para que não vissem que estava ensangüentado. Pelo reflexo das janelas do metrô, encarou por alguns segundos seu perseguido, parado a poucos metros dele e Jack, sem hesitar, ao ouvir o som da porta do trem se fechando, correu, passando pela pequena fresta entre as portas. Said fez o mesmo, ficando preso entre as portas, mas com a ajuda de um passageiro se livrou e saiu correndo atrás do ladrão que desapareceu da sua vista no meio da multidão.

Jack foi para o guarda-volumes da estação de trem Gare Du Nord, pegou uma mala de mão, foi ao banheiro, tirou o brinco, tirou um suporte por baixo da camisa que o engordava um pouco, trocou a camisa por uma mais moderna, vermelha, com a estampa dos Simpsons, tirou a calça, vestiu uma bermuda cinza, pôs uma barba rala no rosto, óculos escuros, botou um aplique com um cabelo mais comprido, colocou um boné escrito "*I love NY*". Aplicou uma tatuagem de *henna* com a bandeira americana no braço direito, guardou a arma que estava na mochila, e jogou a mochila no lixo do banheiro. Foi até o guichê da estação, comprou um bilhete da Eurostar na segunda classe com destino a Londres que estava reservado desde a manhã. Estava em cima da hora, pois o trem sairia em 30 minutos. Do guichê, avistou Said que passara a poucos metros dele, procurando atentamente a sua presa. Said procurava encontrar alguém perto do guichê com a fisionomia do ladrão. Ele guardou em sua memória o olhar do homem que estava perseguindo. Said havia trabalhado no serviço de inteligência árabe e sabia que, para se identificar uma pessoa, a melhor maneira é reparar na expressão do olhar, porém não avistou ninguém parecido. Logo em seguida, alguns policiais interceptaram Said, algemando-o bruscamente.

Agora, a descrição do rapaz que era perseguido por Said não batia com o homem magro, de estatura média, cabelo comprido, tatuagem da bandeira americana no braço direito, barba rala, chamado Norman Audrey Rockwell, de 25 anos, nova-iorquino, estudante de educação física. Jack passou pela alfândega com seu passaporte americano. Dirigiu-se à plataforma 12, de onde, às 13h07 em ponto, saiu o trem da Eurostar em direção a Londres.

2

A lenda

Secretaria Geral da Interpol, Lyon, França
11 de maio de 2002

O detetive responsável pela investigação do episódio ocorrido em Paris trabalhou sigilosamente, tudo foi abafado. O xeque exigiu que nenhuma notícia fosse divulgada pela imprensa.

O anel Magdas é um símbolo de orgulho e poder, usado pelo xeque como um ícone, para demonstrar força e soberania dentre os povos árabes. Na visão do xeque, se tal notícia se propagasse, ele teria seu poder e sua força questionados entre seus adversários políticos. Além disso, fora encontrado caído ao pé da cama do hotel, como um fraco, sem reagir ao ataque de um ladrão que conseguiu furar todo o bloqueio de sua segurança. Na verdade, ele havia sido derrubado pela jovem, mas a versão oficial divulgou que o golpe fora dado pelo audacioso ladrão.

Na imprensa francesa nada foi noticiado: apenas foi divulgada uma nota de um jornal sobre uma tentativa de roubo em um hotel 5 estrelas em Paris, que não obteve sucesso, mas que resultou na morte de uma senhora, atingida por duas balas na entrada do hotel, e um ferido, que levou uma bala de raspão. Todos os outros que participaram da ação no hotel, os seguranças, a bela jovem e também o xeque, não haviam sofrido nenhum ferimento, apenas ficaram desacordados por mais de uma hora, e sofreram náuseas e vomitaram durante todo o final do dia, efeito provocado pelo forte gás sonífero e pelo projétil tranqüilizante usado contra a bela jovem loira.

O furto do anel Magdas, como solicitado, não foi registrado no relatório do detetive responsável pelas investigações, porque o chefe da segurança do xeque, Said, usando técnicas próprias o coibiu de fazê-lo. O detetive, sabiamente, tomou nota de tudo o que ocorrera e comunicou a seu superior, *monsieur* Fabien Lorreine, chefe da polícia parisiense, que entrou em contato com a Interpol, enviando um relatório detalhado "extra-oficial", ou seja, não registrado. As investigações prosseguiriam, só que agora por conta da Interpol, e não dependiam mais da autoridade local francesa. Tratava-se de um crime ocorrido na França, contra uma pessoa de outro país, um xeque árabe, uma autoridade de respeito e influente em sua região. Sendo assim, entrava na esfera internacional, tornando-se assunto da Interpol.

A Organização Internacional de Polícia Criminal – OIPC, nome oficial da Interpol, é uma organização intergovernamental que congrega mais de 150 países, representados pelas respectivas polícias nacionais ou federais por meio de Escritórios Centrais Nacionais – ECNs. É um órgão internacional reconhecido pela Organização das Nações Unidas – ONU, onde possui prerrogativa de observador na Assembléia Geral. Em seu estatuto, determina que o principal objetivo da OIPC-Interpol é o intercâmbio de informações policiais, criminais e judiciais em nível internacional, com o fim de combater efetivamente os chamados crimes transnacionais e garantir que a ação da Justiça possa alcançar os criminosos além das fronteiras, respeitando os limites legais e a soberania de cada país. A Secretaria Geral da Interpol é uma instituição administrativa que coordena as atividades de seus filiados, centralizando e difundindo informações criminais, bem como proporcionando a ligação entre as autoridades nacionais e internacionais. A partir de agora era *monsieur* Pasquim quem iria dar prosseguimento às investigações.

Jean Pasquim Kalled, francês de origem árabe, com 46 anos de idade, estatura média, moreno, com o cabelo semi-raspado, viúvo, sempre malvestido, relaxado, com roupas amassadas, que nunca combinam, a barba sempre por fazer, fumante incontrolável, *workaholic,* é o diretor do DIFI – Departamento Internacional de Furtos da Interpol. *Monsieur* Pasquim, como é conhecido – um detetive correto, exemplar, de extrema competência, gozando de muito respeito adquirido em mais de 30 anos de profissão – começou a trabalhar ainda menino, como ajudante numa delegacia em Marselha. Coleciona várias homenagens e prêmios por serviços prestados, dentre eles o título de

Sir – Cavaleiro Honorário do Império Britânico, concedido pela rainha da Inglaterra, título do qual Pasquim se orgulha muito, porém não gosta que usem para se dirigir a ele. Apesar de todo seu conhecimento, *monsieur* Pasquim tem uma grande frustração. A de nunca ter conseguido prender o maior ladrão de todos os tempos, o lendário Pintor. Pasquim trabalha freneticamente quase 24 horas por dia se for necessário para poder capturá-lo, respira e vive em razão deste homem que se tornou o terror dos grandes museus e colecionadores. O Pintor se tornou sua grande obsessão, agarrá-lo, sua grande motivação.

Pintor é o apelido dado pela Interpol ao maior ladrão de relíquias e artes do mundo. Com uma ficha invejável, é procurado pelas maiores polícias dos 5 continentes. Ninguém sabe sua verdadeira identidade nem conhece seus traços físicos ou suas características pessoais. Sabe-se apenas que ele é estritamente minucioso, tanto em seus golpes como na aparência física com que se apresenta. As poucas fotos que existem no arquivo na CIA, mostram aparências físicas completamente opostas e também impressões digitais diferentes. Acredita-se que ele esteja atuando há mais de cinco anos, mas não se sabe ao certo. Hoje, a CIA o coloca entre "os 100 criminosos mais procurados do planeta" graças aos seus famosos crimes e furtos.

Recebeu o apelido de Pintor porque seus crimes são considerados grandes obras de arte, muito detalhados, estudados, repletos de surpresas e criatividade. O apelido ganhou força devido a algumas pistas deixadas no ato do crime como sua assinatura, marcando a autenticidade de sua obra concluída.

As pistas são sempre referentes a um artista famoso: objetos como flores, uma caneca, um vaso, ou alguma coisa que lembre, ou que se relacione a uma obra famosa, marcante. Porém, desta vez não havia nada, nenhum objeto que pudesse ser considerado como sua assinatura.

Então quem seria o criminoso? Quem teria tanta coragem para este roubo? Teria de ser uma pessoa muito especial, pois roubar um xeque e sair ileso é praticamente impossível.

Apesar dos detalhes do crime no Grand Hotel Intercontinental de Paris, cometido por alguém disfarçado de garçom e de todas as câmeras filmadoras não estarem funcionando no momento do crime, por causa de um vírus que havia tirado do ar o sistema de segurança por mais de três horas naquela manhã, a Interpol descartou a hipótese de que o autor do crime fosse o famoso e lendário ladrão, o Pintor. Não havia sua característica assinatura, além do fato de seus crimes até hoje nunca terem deixado falhas, testemunhas ou algo parecido. São crimes classificados tecnicamente como perfeitos, mas analisando o relatório apresentado pela polícia de Paris, o crime foi considerado pela Interpol como "moderado", pois teve tiroteio, testemunhas, perseguição e mortes.

Monsieur Pasquim, ao ler o relatório do crime, ficou pensando na jovem nua... quem era ela? O xeque havia dito no inquérito que era sua namorada. Estavam em vias de fazer sexo quando foram atingidos pelo ladrão? Outro detalhe interessante era o fato de não ter havido mortes, principalmente a do xeque, o que teria resultado numa tragédia internacional de níveis inimagináveis. O ladrão, sem dúvida, era uma pessoa muito corajosa e habilidosa: realizou o roubo em menos de cinco minutos. A Interpol, com a ajuda da polícia francesa, está tentando localizar e desvendar alguns rastros que levem ao autor do roubo. Apesar de sua equipe descartar ser de autoria do Pintor, *monsieur* Pasquim ficou muito desconfiado, por causa da coragem e ousadia do criminoso, além do mais não fora achado nenhum rastro até então, tudo fora muito bem planejado e executado. Ele só conhecia uma pessoa capaz disso, em seus 30 anos de polícia, repletlos de condecorações: o Pintor.

3

Parceiros ocultos

**Londres, Inglaterra
12 de maio de 2002**

O Pintor cobra sempre em duas vezes: 50% antes da realização do crime e 50% depois. Após o roubo em Paris, Jack, como é chamado por seus conhecidos e amigos, ao chegar em Londres, na estação de Waterloo, foi até o depósito da estação, alugou o armário nº 2118 B e guardou numa caixa o Anel Magdas. Ligou para Glasgow, para o secretário do sr. Watermann, avisando que ele receberia pelo correio Express, na manhã do dia 11, a chave de um armário do depósito na estação Waterloo, em Londres, com as devidas instruções para retirar a encomenda. Mais uma vez seu trabalho foi realizado com muito sucesso, agora era só aguardar o momento de receber os 50% restantes do pagamento. Depois do total recebido, como de costume, Duque, seu fiel parceiro, e quem controla suas contas, começará a distribuir o dinheiro nas contas que possuem espalhadas ao redor do mundo.

Quando Jack voltou do parque de Kensington, onde foi fazer sua corrida matinal de 15 km e seus exercícios diários, tomou o café-da-manhã assistindo ao noticiário da TV no canal francês, para ver se comentavam sobre o ocorrido, mas nada foi dito, como já imaginava. Leu o jornal *Le Monde* que havia comprado na volta do parque e também nada encontrou. Tinha apenas uma nota sobre um grave acidente ocorrido em Paris, envolvendo 17 automóveis, com 3 vítimas e 9 feridos.

Jack havia descansado por mais de 12 horas, estava exausto, a semana tinha sido bem corrida, planejando e estudando como roubar o anel Magdas, além, é claro, da fuga feroz traçada entre as avenidas de Paris, que teve como conseqüência 6 pontos no cotovelo direito.

Depois do banho, Jack foi para seu *notebook* e conectou-se à internet, conferindo primeiramente o depósito complementar em sua conta, conforme combinado, após a entrega do anel Magdas ao sr. Watermann. Confirmando o depósito de 350 mil euros, Jack entrou em seu correio eletrônico, pelo qual se comunica com o Duque.

Duque, totalmente desconhecido pela polícia, é uma pessoa com grande acesso a informações, pois trabalha na Interpol. O contato com Jack é feito pelo ICQ de seu *notebook*, que fica em sua residência. Ele raramente se comunica de dentro do escritório, apesar de seu equipamento ser todo turbinado com ante-rastreamento. Duque é a pessoa de confiança do Jack e seu grande parceiro. De dentro da Interpol, ele passa todas as informações de que o Pintor precisa, dados de qualquer pessoa e todo o processo de busca que a CIA e a própria Interpol faz na caça ao Pintor. Trabalham como uma dupla: o Pintor realiza o crime, executa os roubos e entrega a mercadoria. Já o Duque, trabalha nos bastidores, com as informações, sejam elas confidenciais dos arquivos secretos da polícia ou sobre pessoas registradas nos países membros da Interpol. Localizar uma pessoa, para o Duque, é questão de segundos.

— Bom dia, Boss — disse o Duque. — E aí, está tudo bem?

— Mais ou menos, você já deve saber o que aconteceu.

— É, fiquei sabendo, você está se descuidando... Desta vez teve sorte. Tem que ser mais cuidadoso. Mas aqui eles nem suspeitam de você, apesar de *monsieur* Pasquim ter pedido duas vezes na reunião para não tirar o seu nome da lista de suspeitos.

— Esse cara é um "mala" mesmo. Deixa eu te fazer uma pergunta, quem era a mulher que estava com o xeque?

— Não tenho certeza, mas me parece ser Rebecca Ludjung. Essa mulher também tem uma ficha bem interessante, uma especialista em jóias. É sueca, tem 24 anos, não cursou faculdade e parece que ela fala mais de dez idiomas, até Esperanto ela sabe falar fluentemente. É um mulherão. Pela descrição que vi no relatório, chamou a atenção o fato de ela ter uma tatuagem na nuca, mas não sei que desenho é. A polícia francesa a prendeu e estão tentando ver o *link* dela com o ladrão: "Senhor dos Anéis". Eles ainda não se ligaram que se trata da Sueca. Tanto a Interpol como a polícia francesa não perceberam que é ela. Aliás, é assim que estão chamando o autor do roubo, Senhor dos Anéis.

— Ah é? Verdade? Bom, esse pessoal da Interpol é criativo.

— A tal Sueca parece-me boa. Ela é muito paciente, ficou a semana toda esperando uma chance para conhecer o xeque, e quando teve a oportunidade levou dois dias para dar o golpe. Tive sorte de tê-la no caminho, ficou mais fácil assim.

— Vamos ao que interessa: já verifiquei, entrou né?

— Sim, Boss, o escocês do Watermann quitou a parte dele.

— Que bom. Vou ver o Danny hoje à tarde, te cuida. Ah, alguma novidade naquele IP que te passei?

Jack verificou que havia uma mensagem que ele andava recebendo há uns dias. Como ele estava concentrado na realização do roubo do anel Magdas em Paris, não procurou entrar em contato. Porém, para adiantar, ele já havia passado o número do IP que mandava as mensagens, para que Duque verificasse a origem e quem o estava procurando.

— Sim, te mando um e-mail passando as informações.

— Ok. *Ciao*. Vou ver o Danny. *Bye*.

Danny é um grande gênio na área de engenharia eletrônica, responsável por toda a parafernália que o Pintor utiliza para a realização de seus trabalhos. Ele fica numa pequena loja de reparos de eletrônicos, localizada no bairro do Soho, em Londres. A loja tem a fachada suja, com a parede toda pichada. Dentro dela tem um quadro enorme com o logo do time de futebol do Arsenal e vários pôsteres dos times campeões ingleses espalhados por todo lado. Danny é um cara na faixa dos 30 anos de idade, careca, com *piercing* no nariz, e uma tatuagem do escudo do Arsenal – time de futebol do coração – no braço direito. Tem um estilo exótico, e está sempre em sua oficina procurando melhorar e inventar coisas que entrega ao Pintor. Ele recebe 20 mil *pounds* todo mês para que trabalhe exclusivamente para ele. Seu laboratório de inventos fica no andar de baixo de sua pequena loja, onde trabalha o dia inteiro.

Às 15 horas, o Pintor tocou a campainha da loja, que tem uma câmera oculta que focaliza quem está na rua. Danny, ao ouvir o toque da campainha, viu pelo monitor que era Jack. Demorou quase um minuto para subir até sua pequena loja. Toda vez que vem um cliente ou estranho, ele tranca a porta do andar que dá acesso à loja. Neste caso não precisou, porque sabia que era seu amigo Jack.

– Meu caro, como você está?

– Bem, graças a sua caneta de gás, consegui realizar um bom trabalho. Não demorou nem 10 segundos para fazer efeito, foi ótimo Danny. E o Arsenal, vai ganhar ou não este ano?

– Este ano a temporada é nossa, você vai ver, com o Henry no ataque, ninguém nos segura. Tenho uma surpresa que você vai gostar. Está vendo esta câmera digital? As demais possuem três níveis de zoom, esta possui 140, é um absurdo, alcança até a Lua se quiser. É perfeita! Tem visão infravermelha e também raios X – pode ver através de paredes com até 15 cm de espessura. Tudo bem, não é muito, mas em algumas situações pode te ajudar. Outra coisa, ela tem um dispositivo acoplado que permite disparar quatro projéteis. Incrível, não? Carrega até quatro balas, tudo com silenciador. Ainda tem um *pen drive* pequeno, com *wireless*, que armazena até 64 GB. Pode te ajudar em várias situações. Não é demais?

– Parece que sim, espero que funcione.

– Por acaso te deixei na mão alguma vez?

– Nunca e espero que nunca deixe!

– Bom, meu amigo, eu passei aqui só para deixar meu relógio para consertar. O miolo não abre direito, toda hora a trava para guardar a chave mestra enguiça.

– Hum, deixe ver...

Em menos de cinco minutos Danny consertou o relógio de Jack. Era um relógio especial, com um compartimento para uma chave mestra eletrônica digital que abre quase todos os tipos de porta.

– Você nunca lê os manuais, né? Pô, Jack, tem que ler!!! Não tinha nenhum problema aqui no relógio, você simplesmente não pressionou na hora de fechar o compartimento da chave. Você tem que começar a ler.

– Tudo bem, calma, está parecendo minha mãe.

– Desculpa, é que você me deixa puto, nunca lê os manuais, um dia vai falhar um aparelho e você ficará muito encrencado.

– Tem razão. Vou ler com mais atenção.

Jack se despediu de Danny e foi andando até o hotel, que fica em Mayfair, próximo dali.

4

Cortesã

Secretaria Geral da Interpol, Lyon, França
13 de maio de 2002

Sentado à sua mesa, *monsieur* Pasquim examinava atento se identificava alguma falha ou pista nos relatórios que estava lendo. Como sempre, ele fazia uma planilha com os itens que chamassem sua atenção. Depois de pronto ficava olhando fixamente para sua planilha até conseguir desvendar alguma coisa. Mas nesse dia, Pasquim não estava obtendo sucesso, estava tão cansado que se distraía a todo o momento. Ele acabara de chegar de Paris, onde passara os últimos dois dias investigando o local do crime do furto do anel Magdas.

No primeiro dia, fez o trabalho de um detetive padrão, ouviu depoimentos de alguns funcionários do hotel, fazendo anotações em seu pequeno caderno de bolso com uma letra que somente ele consegue decifrar. Leu também os depoimentos obtidos pelo detetive Fabien Lorreine, várias vezes, questionando seu colega de trabalho exaustivamente. Andou pela cena do crime inúmeras vezes. Tirou várias fotos. Ficava em alguns momentos parado olhando os móveis, os objetos, a fim de localizar alguma pista. Assim era a maneira pela qual *monsieur* Pasquim trabalhava, sempre detalhadamente, incansavelmente, até chegar ao resultado pretendido: desvendar o crime e depois capturar o criminoso.

Mas *monsieur* Pasquim sabia que alguma coisa estava errada para ele, o criminoso tinha feito um trabalho perfeito, em menos de 5 minutos, havia derrubado com gás sonífero todos os seguranças do xeque. Isso era algo impressionante. Para fazer isso ele teria que saber quem eram os seguranças, quantos eram e o lugar em que eles estariam posicionados. Precisaria observá-los para no momento do crime executar o plano com precisão. Certamente, para um crime deste nível, o criminoso teria de observar sua presa antes da execução. Sempre o criminoso observa sua presa, como um predador, antes de dar o bote. Isso era algo óbvio. Além disso, o fato de todas as câmeras de vigilância não funcionarem por três horas, em razão de uma falha causada por um vírus no sistema, era algo muito engenhoso. O ladrão era, além de detalhista, observador e rápido, muito rápido. Paciente e engenhoso. Estas características levavam diretamente ao Pintor, apesar de ele não ter feito antes nada parecido, em termos da complexidade de conhecimento em informática.

O autor do crime – e que botou o vírus no sistema – era um perito, um verdadeiro *hacker*. Mas até isso, o Pintor, que está sempre inovando, poderia ter feito. O que não batia era a característica principal do Pintor: deixar sua assinatura, algo que revelaria sua obra. Desta vez não havia nenhum objeto. A única falha nas investigações era que tinham decidido não envolver a namorada do xeque, a fim de não causar constrangimentos. Para ele isso era muito estranho... Como a polícia francesa a deixou partir sem interrogá-la? Certamente Lorreine, o detetive francês, fora subornado pelo segurança do xeque, Said. Será que ela era mesmo a namorada do xeque? Quem era ela? Provavelmente, esta era a grande pista que ele tinha que seguir. Mandou chamar um de seus assistentes, Mark Pierre, para investigar a namorada do xeque, a srta. Kátia Kotait... Como assim!? Kátia Kotait é um nome árabe! E a mulher era uma loira com olhos azuis. Pegou o telefone e falou com sua secretária.

– Chame já o Mark Pierre!!!

Pasquim resolveu parar de olhar aqueles escritos todos, não agüentava mais olhar para a sua mesa. Estava repleta de papéis. Quando levantou-se, bateram na porta.

– Quem é?

– Mark Pierre, *monsieur* Pasquim, posso entrar?

– Claro, eu te chamei. Quero que você investigue aquela moça, a namorada do xeque. Estou achando muito estranho o fato de...

Mônica, uma de suas assistentes entrou na sala, interrompendo-o.

— *Monsieur*, não precisa mais investigá-la.
— Como assim? Certamente você me interrompeu por um motivo muito bom. Espero que sim. Aliás, nunca mais faça isso.
— Desculpe *monsieur*, voltarei outra hora, mas ia lhe dizer quem roubou o anel Magdas...
— Como assim, pegaram o ladrão?
— Não, eu mesma o descobri.
— Hum, ok, me conte.

Olhando com um sorriso sarcástico, Pasquim inclinou a cadeira para trás, tirou os óculos e olhou fixamente para Mônica.

— Antes, vou contar meu raciocínio. Esta mulher com nome árabe que os seguranças do xeque passaram, Kátia Kotait, encontrada nua na cama do xeque, não foi investigada, tudo muito estranho, e os depoimentos dos seguranças não batem. Pesquisei com minhas fontes no Oriente Médio se o xeque tem alguma namorada loira. Veio a resposta: várias namoradas loiras. Pedi a foto de todas, e nenhuma é ela. Estou desconfiada de que ela não é nenhuma namorada do xeque. Ela é a conhecida ladra Rebecca, a Sueca. Tem uma foto do hotel que conseguimos hoje, mostrando suas costas, e dá para ver a tatuagem de golfinho em sua nuca.

Pasquim ficou olhando, não muito animado com o raciocínio da moça.

— Agora, por que os seguranças do xeque mentiram sobre ela e liberaram-na para partir? Esta é a questão.
— Será que não a prenderam? Ela deve estar, a uma hora dessas, presa em um dos calabouços de seus palácios do Oriente Médio. Afinal, se eles sabem quem é ela, devem ter motivos de sobra para prendê-la, não?
— Pode ser, mas, o que mais você tem além desta suposição?
— *Monsieur*, agora vem a parte mais importante, acompanhe meu raciocínio. Que o roubo foi feito por um garçom, todo mundo sabe. Ligaram da cozinha avisando que fariam uma entrega ao xeque, conforme o relatório das investigações dos seguranças. Bom, o hotel tem um localizador de chamadas interno, que permite localizar todas as chamadas que os hóspedes fazem durante sua estada.
— Bom, isso é obvio, mas e aquela pane que cortou o sistema elétrico?
— Aí é que tá. Esse hotel tem um gerador que mantém algumas coisas funcionando, neste caso, o sistema de telefone. Pois bem, foi feita uma

chamada do apartamento 517 para o ramal 601, aquele montado diante do elevador do sexto andar, de onde os seguranças do xeque atendiam às chamadas. Esta chamada bate com o horário em que o segurança do xeque, Kalif, atendeu o chamado da cozinha. Sabemos que não foi feita nenhuma ligação da cozinha do hotel ou do serviço de quarto, e achamos três ligações no mesmo horário do roubo, sendo que uma delas foi para o ramal 601.

— Interessante, mas você deve ter alguma coisa a mais para me dizer, não?

— Sim, senhor, verifiquei o registro dos quartos e no 517 estava registrado um hóspede com o nome de Eduard Madeiro Neto, profissão de artista gráfico.

— Quando vi esse nome, me lembrei de uma cena de um quadro...

— Pasquim se levantou da cadeira com um grito, dando um murro na mesa.

— Filho de uma puta! Eu sabia, alguma coisa me dizia.

— Édouard Manet. Que coisa óbvia, ele não teve trabalho algum para elaborar um nome mais inteligente, é só juntar as letras. Claro que ele não deixou objetos como pistas, deixou-a nua, deitada em cima da cama, como

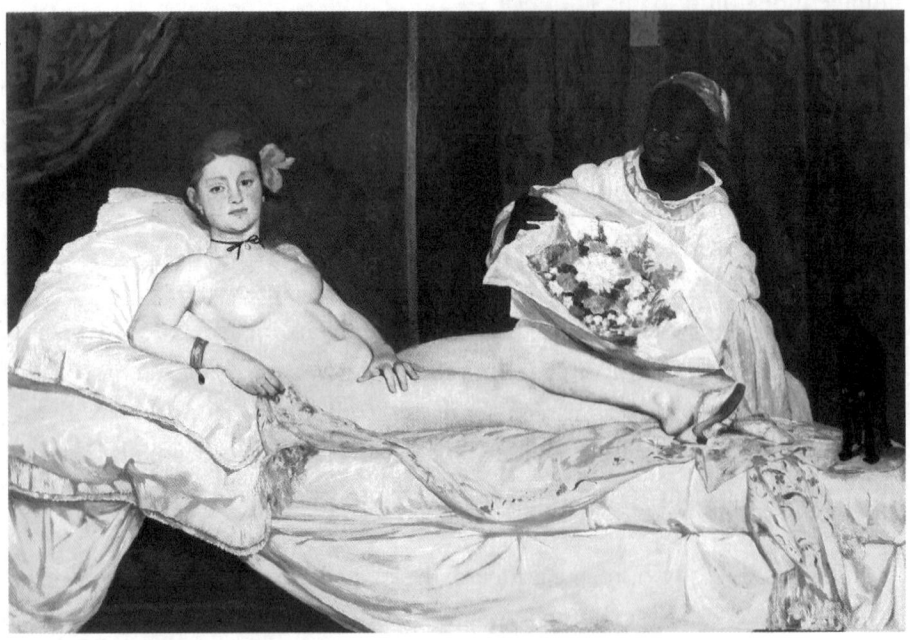

Olympia, 1863, Musée D'Orsay, Paris.

uma cortesã, uma prostituta. Exatamente como no quadro, esta é a pista. Mônica entregou para ele a impressão colorida que havia feito da pintura em questão.

– Veja os detalhes *monsieur*, ela foi encontrada nua, calçando sapatos de salto alto e com uma das mãos colocadas na coxa direita, além da rosa vermelha em sua orelha esquerda, como na pintura de Manet. Certamente a serviçal negra que temos na pintura é a figura do xeque, que não passava de um serviçal na mão desta mulher.

– Sabia que somente esse cara teria bagos o bastante para roubar o xeque. Ligue-me agora para o serviço secreto francês, quero falar com o Fabien Lorreine...

5

Masterpiece

Londres, Inglaterra
15 de maio de 2002

Londres é uma das cidades prediletas de Jack. É onde ele sente que está em casa. Já faz quase uma semana que ele chegou. Durante todas as manhãs, ele procura fazer seus exercícios físicos sistematicamente, por duas horas, todos os dias da semana. Corre por uma hora, e depois faz exercícios musculares, treinamento de artes marciais e ioga. Nesta manhã, tinha se exercitado no Green Park. Voltou para o hotel, tomou banho, colocou uma bermuda, uma camiseta e foi tomar o café-da-manhã em uma loja de *fast-food* perto dali.

Pediu suco de laranja, um *croissant* com queijo e um *pan chocolat*, tudo bem calórico. Estava tomando um *cappuccino*, tranqüilo, lendo na revista *Newsweek* a reportagem da Copa do Mundo de 2002 na Coréia, sobre todos os preparativos e custos estimados para a realização deste grande evento. Estava interessado na reportagem, comendo calmamente quando seu celular indicou que tinha uma pessoa procurando por ele na internet. Jack tem um sistema *wireless* que interliga o celular ao seu *notebook*, e lhe permite acessar todos os programas de seu computador. Pelo rastreador de chamadas verificou que era o IP 01236794452, que estava tentando contato com ele há alguns dias. Certamente era alguém que o estava procurando para realizar um trabalho. Jack calmamente terminou sua refeição e foi para o hotel. Chegando ao quarto ligou o *laptop*, curioso, querendo saber quem o procurava.

O contato para localizar o Pintor é sempre feito da mesma forma: a pessoa interessada em seu serviço entra no site da Google e navega pelo diretório grupos, tópico Pessoas, Diversão e Arte, Artistas, Artes Visuais, e localiza vários grupos específicos que comentam sobre pinturas e pintores. Toda vez que alguém entra nesse diretório final, digita Masterpiece em procura. Esta é a senha, é a palavra que indica a Jack e Duque que alguém procura o Pintor para realizar um trabalho. Desta forma eles driblam as organizações que estão à sua procura como, por exemplo, a CIA e Interpol. Assim que alguém realiza o procedimento, por meio de um sistema que Danny desenvolveu, uma indicação de chamada é encaminhada ao ICQ tanto de Jack como de Duque, ICQ que muda constantemente, de modo que é impossível alguém rastrear. O sistema de localização de Jack é feito de boca em boca entre os colecionadores, que são as pessoas que procuram seu trabalho. Através de um estudo do IP de quem o procura, Duque faz uma triagem verificando a confiabilidade da origem do contratante. Nunca aceitam IP oriundos de um *cyber* café ou coisa parecida. Depois de verificar a origem e o contratante, Jack entra em contato com ele, via e-mail, e depois, dando seqüência aos contatos, marca um local de encontro e daí acertam o serviço e o valor.

Jack imediatamente se conectou com Duque, pedindo alguma novidade sobre o IP que havia passado há uns dias. A partir do IP, ele facilmente encontra o remetente das mensagens. Duque respondeu num e-mail para Jack:

> Boss, o IP está registrado como sendo de Los Angeles, da Companhia NipponCenter. Parece ser de origem confiável. Pode responder para ele.

Jack colocou no diretório do grupo Masterpiece a frase: "Hoje às 19 horas", e ficou esperando, assistindo à TV, até que, exatamente no horário estabelecido, se conectou ao IP 01236794452, agora faltava apenas se comunicarem pelo ICQ.

— Olá, estou atrás de você há alguns dias. Não tinha certeza se daria certo.
— Olá. Em que posso ajudar?
— Quero te fazer uma oferta.
— Que tipo de oferta?
— Uma obra de arte me interessa. Você pode conseguir para mim?
— Bom, me conte e eu vejo o que posso fazer por você.
— Meu nome é Sughimoto, e estou interessado em seus serviços.

— Que tipo de serviço?
— Não posso adiantar nada agora, prefiro te encontrar pessoalmente.
— Se você não pode me contar nada agora eu também não posso te encontrar pessoalmente.
— Bom, primeiramente, estou acessando a net da sala do meu escritório, passo todas as informações que você quiser a meu respeito, mas sobre o trabalho, só pessoalmente.
— Faremos o seguinte, então: me passe algumas informações sobre você, com todos os seus dados pessoais, marcamos um encontro no local que eu escolher, analisarei sua ficha, e se eu desconfiar de alguma coisa, você terá problemas, ok?
— Parece justo, ok. Mando as informações que você precisa. Envio pela manhã alguns dados meus. Mando para este diretório mesmo?
— Exato. Amanhã nos falaremos neste mesmo horário.
— Ok.

Depois da conversa pelo *laptop*, Jack chamou Duque.

— Duque, você estava acompanhando, copiou a conversa?
— Sim, estava.
— Vê o que você consegue de informações sobre esse Sughimoto.

Às 21 horas, chegou um e-mail com a ficha completa que Jack estava esperando. Duque havia obtido todas as informações necessárias, desde a infância, ascendência, contas bancárias, dados sigilosos etc.

Akiro Sughimoto, 64 anos, viúvo, pai de 3 filhas, avô de 2 netos, um homem muito rico e influente na Califórnia. Está entre as maiores fortunas de Los Angeles. Nasceu em Yokohama, importante cidade japonesa, situada próxima de Tóquio. Ainda pequeno, aos 5 anos, perdeu os pais, assassinados na própria casa. Dizem os relatórios que, escondido, assistiu a todo o episódio. Depois foi mandado para os Estados Unidos, para a casa de seu único tio, em Los Angeles. Criado nas ruas de LA, teve que assumir as coisas da casa e trabalhar cedo, pois seu tio morreu de infarto. Aos 11 anos, começou a trabalhar numa empresa de importação para os japoneses residentes em LA, principalmente com produtos alimentícios. Muito esperto, aos 19 anos já era gerente do negócio. Com a morte do proprietário, que não tinha filhos e o considerava como um, acabou assumindo o controle da empresa, já com 27 anos. De repente, acredito que, com muito trabalho, fez fortuna na América. Hoje tem a maior distribuidora de produtos japoneses nos Estados Unidos e no Canadá, além de representar várias empresas asiáticas nos Estados Unidos. Tem 8.300 funcionários, fica sediado em LA, mas atua em toda a América do Norte. É uma empresa bilionária. Estou mandando para você analisar, a descrição institucional de sua empresa e também uns arquivos que peguei na internet de reportagens a respeito dele e de sua empresa. Em sua ficha, não possui nada sujo, ao contrário, está tudo em ordem. Pai de família, cumpre seus deveres, sendo respeitado e conceituado na sociedade. Paga todos os impostos. Há quatro anos, foi feito um *dossiê* do fisco, em que ele teve problemas, mas consta como cancelado. Quando escrevem isso, é porque já foi resolvido. Agora, esse Sughimoto não se parece com os colecionadores que estamos acostumados a atender, não freqüenta leilões nem é um patrocinador ou apoiador de museus, ou entidades. A única coisa em comum com nossos clientes é o fato de ele ter muita grana, só isso. Agora resta saber por que este cara está interessado em nós. Não tenho a menor idéia. Isso é tudo, Boss.

Jack analisou todas as informações possíveis de Sughimoto, mas não descobriu o que ele queria. O roubo de alguma coisa valiosa, muito provavelmente. Mas, o que seria? Teria que aguardar o próximo contato.

**Londres, Inglaterra
16 de maio de 2002**

No outro dia, no mesmo horário, se conectava ao IP 01236794452.

— Olá, boa noite. Espero que as informações que mandei sejam suficientes.
— Boa noite. Sim, estão ok.
— Quer referências também?
— Não, não precisa. Eu tenho que fazer isso para segurança tanto minha como sua, espero que o senhor compreenda.
— Claro que sim. Entendo perfeitamente.
— Aonde e quando podemos nos encontrar?
— Gênova, Itália. Daqui a três dias, se hospede no hotel Bristol Palace. Haverá uma mensagem em seu nome. Lá estará indicado o local e a hora onde almoçaremos no próximo dia.
— Me parece ok.
— Combinado.

6

Dom Carmelo

Cidade do Vaticano, Roma, Itália
17 de maio de 2002

Jack costuma sempre ir a Roma, geralmente, antes e depois de executar algum trabalho, ou seja, um roubo. Nesta cidade de ruas confusas, repleta de pessoas caminhando de um lado para outro e turistas lotando os lugares é onde Jack procura relaxar, curtir bons momentos.

Além do fato de ele se sentir à vontade nessa bela cidade, tem outro motivo que sempre o traz a Roma: visitar seu grande amigo, dom Carmelo, de 74 anos, cabelos grisalhos, olhos verdes, nariz comprido e fino, estatura baixa, porém corpulento, com pernas tortas. Ele é a única pessoa que sabe do passado de Jack, sua origem, sua história, quem foram seus pais, onde nasceu etc. Mas apesar de conhecer o passado de Jack tão bem, melhor até do que ele próprio, dom Carmelo não tem a mínima idéia do que seu pupilo faz, qual é o seu meio de vida. Ele pensa que Jack é um advogado na área de direito internacional, por isso faz sucessivas viagens pelo mundo todo.

O pai de Jack faleceu quando ele tinha 8 anos, e ninguém da família podia cuidar dele. Passou por um período sozinho, pulando de um orfanato para outro até que um conhecido do pai de Jack soube da situação do menino, e pediu para dom Carmelo, na época um jovem vigário de uma paróquia no interior da França, que cuidasse dele. Ele mandou buscar o garoto a quem acolheu e de quem cuidou por 8 anos. Dom Carmelo fora um exímio professor de história, artes, latim, italiano e francês, matérias das quais Jack, desde os 8 anos, aproveitara muito bem. Jack o considera como um pai, afinal, boa parte da sua juventude foi passada ao lado deste homem que lhe ensinou muito.

Jack entrou na basílica de São Pedro, fez o sinal da cruz, foi até o altar principal, ficou sentado rezando e refletindo por uns 40 minutos, depois se levantou e foi até os confessionários, procurou em qual deles estava a placa de italiano e espanhol, confessionário em que dom Carmelo costumava atender. Estava ocupado, e havia duas pessoas na fila. Esperou cerca de 20 minutos e, quando chegou sua vez, entrou.

— *Buongiorno*, padre.

— *Buongiorno*. Em que posso ajudar, filho?

— Vim comungar. Cometi alguns pecados.

— Tudo bem, você é cristão?

— Sim, sou, padre.

— É católico, apostólico, romano?

— Sim, senhor.

— Você, filho...

— Desculpe, mas o senhor faz muitas perguntas. Só porque matei algumas pessoas, não tem o direito de ficar perguntando tanto.

— Como, não estou entendendo — dom Carmelo espiou bem pelas frestas para ver quem era o rapaz problemático, quando...

— Padre, sou eu, Jack.

— *Mannaggia*. Que susto você me pregou filho, você não muda mesmo. Achei que fosse um louco. Que bom que é você. *Mamma mia*, estava preocupado contigo, por onde tem andado, menino?

— Fique tranqüilo, estou bem, desculpe a brincadeira. Não pude evitar. Tenho trabalhado muito, mas está tudo bem. Vim convidá-lo para um almoço; ficarei somente hoje na cidade, e sei que seu horário está acabando, são 12h40. O senhor pode almoçar comigo hoje?

— Claro que sim. Mesmo que tivesse compromisso, desmarcaria só para te ver, filho.

— Que bom, fico feliz com sua presença. Mas antes quero me confessar.

— Está bem, depois iremos almoçar. Me conte o que você fez agora.

— Roubei, matei, menti, briguei, bati, invejei, desejei...

— Chega!!! O de sempre. Você não muda, um dia vai ser castigado. Tudo bem, me prometa que não vai mais fazer isso. Tente melhorar um pouco, ser menos mentiroso, mais honesto, sincero e menos arrogante. Todo advogado é arrogante. *Maledetti.*

— Nem todos, nem todos...

— Pelo menos você tem consciência de que é um pecador.

— Reze 10 Ave-Marias, 10 Pai-Nossos e 10 Credos. Se você cumprir sua promessa, será um grande passo para sua redenção ao reino de Deus.

— Sim, senhor, irei me esforçar.

— Imagino! Que Deus te abençoe, filho. Bom, vamos *mangiare*, estou com fome. Por um acaso eu já te contei a história do advogado que tentou entrar no reino de Deus e foi barrado por São Pedro?

— Já, dom Carmelo, já. Vamos *mangiare* que também estou faminto.

Saíram da basílica, andaram por quase 40 minutos até chegar à Piazza Del Popolo. Lá existe um pequeno restaurante, Pasta Prima, com mais de 100 anos, passado de geração para geração, local que, para Jack, serve o melhor espaguete ao sugo da Itália, prato simples, porém o seu predileto. Passaram a tarde sentados, almoçando e conversando, tudo regado por um bom vinho branco, pois estava quente nesse dia.

— Quanto tempo vai ficar fora desta vez, filho?

— Amanhã já estou indo embora, tenho um grande negócio para resolver.

— Nossa, você anda trabalhando muito. Cuidado, senão ficará estressado e com problemas de saúde.

— Fique tranqüilo, padre. Eu estou bem.

— Filho, você precisa casar. Já está com idade para isso. Está na hora de constituir uma família. Faz bem para o homem ter um lar.

— Concordo, padre, concordo. Mas ainda não achei a pessoa ideal.

— Pelo que te conheço não vai achar nunca, menino. Você não muda, não muda nunca...

Assim que chegou a conta, Jack pagou, deu um beijo de despedida em dom Carmelo, e pediu para que ele rezasse por ele, pois partiria para mais uma missão. Dom Carmelo o benzeu e foi embora. Jack partiu, estava na hora de começar a trabalhar em mais um caso. Estava curioso, pois não tinha nenhuma idéia do que se tratava o encontro que teria com o empresário japonês Sughimoto.

7

A encomenda

Gênova, Itália
20 de maio de 2002

Na Via XX de Settembre, um fino e discreto restaurante especializado em comida da região da Ligúria, Cantina Pellegrino, foi escolhido a dedo por Jack para ser o ponto de encontro com Sughimoto. Servindo como uma espécie de proteção aos criminosos, local em que se realizam encontros diversos da Cosa Nostra, de políticos de todos os tipos, grandes empresários, e de famílias poderosas, geralmente opostas, rivais. Um lugar neutro, onde todos são tratados da mesma maneira, independentemente de quem sejam. Na entrada de todo restaurante deste tipo, apelidado pela CIA e chamado igualmente pela Interpol de "Confraria do Crime", existe um sistema de bloqueador de celulares e detector de metais. Armas de fogo, facas, escutas, gravadores, nada disso passa da entrada, é barrado pelo aparato de segurança. A Cantina Pellegrino pertence a um grupo de restaurantes que existe no mundo todo, mas é pouco difundido, somente algumas pessoas têm conhecimento sobre tal local. Funciona como uma espécie de clube: paga-se uma anuidade e pode-se freqüentar os 47 estabelecimentos da rede. Dizem que a anuidade está ao redor de 20 mil euros. Somente os sócios podem freqüentá-los. Ninguém conhece os proprietários do grupo, há sempre proprietários locais. A polícia tem conhecimento de alguns desses restaurantes, mas não consegue fechá-los ou prender os proprietários locais, pois não há nenhuma contravenção, vestígio de drogas ou qualquer outro artefato de crime que poderiam incriminá-los.

Ainda assim, a polícia não conhece todas as Confrarias do Crime, e a Cantina Pellegrino é um dos locais que a polícia italiana ainda não descobriu. A comida servida ali é da mais alta qualidade e sofisticação. Em média, um almoço não sai por menos de 500 euros por pessoa. Uma grande vantagem é que a bebida está incluída.

Um homem com barba ruiva, de 1,80 metro de altura, olhos azuis, de pele branca como uma vela, terno cinza e gravata azul-turquesa, chegou ao local 30 minutos antes do horário combinado e subiu a escadaria que dá acesso ao restaurante. Na entrada, passou pelo detector de metais. Um segurança pediu licença para revistá-lo. Tudo com muita educação e cuidado. Uma linda *hostess* foi em sua direção.

— Boa tarde. Está reservado em nome de quem?

— Número 123Bacco4, Vincent. A *hostess* digitou no computador.

— São duas pessoas? O seu convidado não é credenciado, será sua primeira vez aqui. Tem uma taxa extra de 120 euros, o senhor está ciente?

— Sim, estou.

— Por favor, me acompanhe. A bela *hostess* conduziu Jack ao bar, onde se ouvia um agradável piano, e o garçom veio anotar o pedido da bebida.

— Boa tarde, o que posso servir-lhe para beber? — Gostaria de um vinho tinto, senhor?

— Sim. O que vocês estão servindo?

— Brunello di Montalcino. Safra 99.

— Perfeito.

Jack sabia que nesse restaurante serviam sempre excelentes vinhos.

Quando eram 13 horas em ponto, um táxi estacionou e dele desceu um homem gordo, japonês, de uns 60 anos de idade, terno azul-escuro com camisa preta e gravata azul, que chamava a atenção pela aparência assustada e desesperada, subiu a escada e foi em direção ao restaurante. Passou pelo mesmo procedimento que Jack. A *hostess* o conduziu até a mesa do bar em que estava Jack, ou melhor, Vincent.

— Boa tarde, prazer em conhecê-lo, sr. Sughimoto.

Pela foto que tinha dele, era o mesmo homem, estava igualzinho à foto, a mesma cara, o mesmo cabelo. Isso era um bom sinal.

— Boa tarde, até que enfim conheço o famoso...

— Vincent.

— Então, este é seu nome? Pensava que o senhor não se identificasse com nomes. Mas que bom que posso chamá-lo por um nome.

— É, assim fica mais fácil para tratar de negócios.

— Mas, por favor, sente-se.

— Muito obrigado.

O garçom veio com os menus, e Jack perguntou qual seria o prato do dia. "Sempre uma especialidade fantástica", comentou com Sughimoto.

— Hoje, de entrada, temos uma lasanha da Ligúria com alcachofras espanholas, como prato principal, lagosta cubana com recheio de tâmaras da Turquia e caviar iraniano, e de sobremesa, marron-glacê com sorvete de pêra.

— Parece muito bom. Para mim está ok.

Sughimoto pediu a mesma coisa. Impressionado pelo valor que viu na entrada, de 85 euros por pessoa, sabia que o melhor seria a recomendação do dia pelo chefe da cozinha.

Durante duas horas, almoçaram e conversaram sobre diversos assuntos. Akiro Sughimoto mostrou-se muito solícito, simpático, um homem de muita gentileza. Quando chegou o café expresso para os dois, o sr. Sughimoto disse:

Bom, eu o procurei porque tenho uma proposta para o senhor. Como lhe falei, tenho uma empresa nos EUA, chamada NipponCenter. Atuamos no ramo de distribuição de produtos orientais, mais precisamente, asiáticos.

— Interessante. Mas, o senhor precisa me falar sobre o serviço e de quanto é a proposta para que eu possa analisá-la.

— Claro — respondeu Sughimoto, mas Jack notou que ele estava um pouco nervoso, com a voz trêmula. Poderia ser pelo fato de estar ao seu lado, às vezes sua presença assustava algumas pessoas.

— Bem, sr. Vincent, este serviço é muito mais difícil do que aqueles que o senhor está acostumado a fazer, eu presumo.

Jack ficou pensativo, pois certamente este comentário tinha algum propósito, e então respondeu:

— Eu já tratei de muitos assuntos difíceis, sr. Sughimoto. Talvez não seja tão difícil assim, mas vamos ver.

— Espero que sim, por isso estou recorrendo ao senhor. Gostaria de contratá-lo para pegar um livro para mim. Este livro é um *bushido*. O senhor sabe o que é um *bushido*?

Jack inclinou a cadeira para responder à pergunta, mas não estava certo de sua resposta.

– É o código de honra dos samurais, não é isso?

– Isso mesmo!

– Mas, que eu saiba, esse livro não existe. O código de honra é passado de geração para geração, verbalmente.

Isto é o que a maioria das pessoas acha, mas não é verdade. Esse livro existe, e foi escrito por um dos primeiros chefes dos samurais, o mestre Tokugawa. O *bushido* de que estamos falando se chama *Bushido de Ouro*.

– Mas por que o senhor quer essa preciosidade?

Eu, dentre outros *hobbies*, sou um colecionador e tenho um museu particular enorme. É surpreendente, coleciono artefatos japoneses. Quadros, esculturas, objetos preciosos. Estou sempre presente em leilões. Gosto de muitos objetos que, acredito, sejam do seu conhecimento.

– E onde se encontra o *Bushido de Ouro*?

– Bom, ele está no Castelo de Matsumoto. Não sei se o senhor já ouviu este nome.

– Não, nunca ouvi falar.

– Matsumoto é hoje um velho, chefe de uma família japonesa muito rica, muito poderosa e influente na região.

– E por que esse livro está com ele?

– Porque, como eu disse, ele é uma pessoa muito influente na região. É da Yakuza.

– Hum. Sei.

– Jack ficou parado, olhando para Akiro Sughimoto.

– Mas quanto estaria disposto a pagar, sr. Sughimoto?

– Valores, bom, vamos lá – Sughimoto deu uma risada com a mão na boca, ao estilo dos orientais.

– Estou disposto a pagar 5 milhões de dólares. Sendo 1 milhão agora, já que estou com o cheque aqui, e o resto depois.

– Eu preciso pensar, esse serviço é muito complicado, como o senhor mesmo disse.

– Sr. Vincent, penso que esta oferta é muito generosa. Com esse montante de dinheiro, qualquer homem no mundo pode se aposentar. Cinco milhões de dólares é uma grande soma.

— É, mas o senhor sabe, tenho uma equipe grande, não trabalho sozinho, e uso material de primeira, tecnologia de última geração. E o risco que eu e minha equipe correremos é muito grande também. Não sei, tenho que analisar bem. Não é tão simples assim.

— Quanto seria o bastante para cobrir seu risco, sr. Vincent?

— Dez milhões, só que em euros, sendo metade agora e o resto na entrega.

— Nossa, o senhor está pedindo mais que o dobro!

— Sim, exatamente. Mas pode ter certeza de que o serviço será feito.

— Não! Este valor é inviável, não posso pagar isso.

— Bom, então acho que estamos conversados, sr. Sughimoto.

Jack se levantou, estendeu a mão como um gesto de despedida, quando...

— Sem problemas, combinado. Vou fazer o cheque agora mesmo. Eu sei reconhecer um homem de estilo e atitude. Apesar de achar caro o serviço, gostei de seu estilo.

— O pagamento tem que ser depositado. É mais fácil. Este é o número da conta e o banco — Jack escreveu num papel e passou para ele.

— Ok, mas preciso de uns dias para levantar este montante de dinheiro; preciso falar com meus advogados e contadores.

— Bom, começo a trabalhar assim que o dinheiro estiver na conta. Quanto mais rápido, melhor.

— Ok, vou tentar conseguir até depois de amanhã.

— Ok, depois de amanhã começo a trabalhar, então.

Ambos riram...

— Está certo. Só mais uma coisa: eu não gosto quando minhas ambições não dão certo. Fico muito chateado, se o senhor me entende...

— Fique tranqüilo, eu não gosto de frustrar as ambições das pessoas.

— Foi por isso que o escolhi, sei que o senhor é o melhor. Gosto de contar sempre com o melhor.

O sr. Sughimoto pagou a conta, altíssima, os dois levantaram-se, despediram-se e foram embora.

Saindo do restaurante, Jack andou pela Via XX de Settembre em direção a uma grande loja de departamentos. Chegando lá, passou no guarda-volumes da loja, pegou sua mala de mão e foi até o banheiro, no 3º andar, sempre olhando para ver se alguém o seguia ou se algo estranho chamava a sua atenção. No banheiro, trocou de roupa, tirou as lentes azuis, limpou a maquiagem que o deixara com a pele bem branca, tirou o aplique de cabelo ruivo e a barba, e guardou no compartimento falso de sua mala de mão. Colocou um paletó preto com uma gravata vermelha, uma peruca grisalha, fez uma maquiagem rápida, botou óculos de sol e saiu. Pegou um táxi e foi para a estação central, onde pegou um trem rumo a Milão. Durante o caminho, Jack foi pensando em como faria para executar o roubo do livro. Seria uma ação muito arriscada, roubar de um homem da Yakuza. Ao mesmo tempo que isso o assustava, excitava-o cada vez mais. Mas como fazer? Esta era a questão que ficava martelando na cabeça de Jack.

Assim que chegou a Milão, foi direto ao hotel, fez o *check-in* e subiu para o quarto. Entrou na internet para contatar Duque.

— Boa tarde, são quase 18 horas, acabo de chegar ao hotel. O sr. Sughimoto quer que eu roube um livro muito precioso, é um *bushido*, o *Bushido de Ouro*.
— O que é isso?
— É o código de honra dos samurais. Um objeto lendário que eu nem sabia que existia. Eu pensava tratar-se de uma tradição passada de geração para geração.
— Quanto ele está disposto a pagar?
— Dez milhões de euros.
— Uau, nossa! Por essa quantia deve ser algo muito perigoso. Boss, não será melhor analisarmos os riscos? Faça o seguinte: descanse, relaxe, e hoje mesmo preparo um material completo sobre o *Bushido de Ouro* para você.

Duque nem desconfiava que Jack já havia aceitado a proposta, e o Pintor nunca desfaz um acordo.

— Ok, aproveite e veja se consegue mais algumas informações sobre o japonês, o Sughimoto. Estou desconfiado que cobrei até barato, porque ele aceitou muito rápido minha contraproposta. Além do mais, você havia dito que ele não freqüenta leilões, mas me pareceu um cara que vive neles.
— Abraços.

Jack foi tomar seu banho, estava excitadíssimo, planejava todo o tempo como executar o roubo. Tal código de honra era algo diferente para Jack, algo imensurável, muito precioso e, além disso, era muito perigoso se meter com alguém da Yakuza. Nunca havia conseguido cobrar tanto por um trabalho.

Com apenas esse serviço, poderia conseguir sua independência financeira, a tão sonhada aposentadoria dos crimes. Após o banho, Jack saiu para jantar, estava cansado, mas resolveu dar uma volta na Praça Duomo, para poder relaxar um pouco, esquecer o assunto até o dia seguinte, espairecer, como o Duque tinha sugerido.

Andou cerca de 1 hora, estava sem fome, sentou-se em um bar que fica logo no começo da Galeria Vitório Emanuel, com vista para a catedral. Sentado, tomando um café expresso, ficava imaginando como executaria tal crime, e se seria perigoso. Onde faria o roubo? Nem o local ele sabia. Talvez o Duque tivesse razão: pegou o serviço sem analisar direito os fatos. O Sughimoto foi muito objetivo e rápido. Conversaram e pronto. Mexer com a Yakuza, que loucura! E como ele iria agir? Este pensamento estava deixando Jack cada vez mais ansioso e nervoso. Para tentar se distrair um pouco, ficava olhando as pessoas que passavam por ali. *Footing*, distração preferida, observar as pessoas, analisar os biótipos, os estereótipos, é um treino para inspirá-lo a criar novos personagens. Afinal, para a execução de um crime tão complexo, ele teria que criar um personagem novo, diferente daqueles que ele costuma utilizar mundo afora. Voltou rápido para o hotel, estava ansioso por receber informações do Duque. Chegando ao seu apartamento foi para o *notebook*, e lá estava, um resumo sobre o *Bushido de Ouro*.

> Código de honra, de princípios morais que os guerreiros deviam observar tanto em sua vida diária como em sua profissão. As três principais fontes do *Bushido de Ouro* foram a filosofia budista, xintoísta e confucionista. No início do período Edo (1600) ocorreu a unificação do Japão pelo Shogun Tokugawa Ieyasu, acabando-se, assim, as guerras entre os feudos. Com o Japão unificado, a classe de guerreiros ficou sem um sentido prático, acarretando em uma enorme leva de *ronins*, samurais sem mestre ou desempregados, a buscar outro ofício no comércio, artesanato etc. Muitos procuraram continuar suas atividades dando aulas de esgrima, e daí surgiu o *kendo*, luta com espada samurai. Outros, porém, entraram para o crime, gerando o que hoje conhecemos como a Yakuza, a máfia japonesa. A máfia japonesa Gokudo, como é conhecida no Japão, é composta por algumas famílias tradicionais, ricas e muito influentes nas regiões em que atuam. Muito semelhante à máfia italiana, a Cosa Nostra, a máfia japonesa tem uma política de honra muito forte entre as famílias. Onde atua uma família, as outras respeitam. Porém, de tempos em tempos, ocorre uma guerra e essa é uma época sangrenta tenebrosa. Há mais de 30 anos não ocorre uma guerra en-

tre as famílias da máfia japonesa. Como símbolo, a Yakuza costuma tatuar seus discípulos com desenhos e escritas próprios que vão do pescoço até a perna. Cada família tem um desenho próprio, com uma escrita própria.

Jack continuou a ler o material e verificou que existem 11 famílias no Japão pertencentes à Yakuza, segundo registro da CIA. Fora do Japão são 5 famílias, sendo que uma é a do Sughimoto, na Califórnia. As famílias fora do Japão não gozam do respeito, do *status* das famílias sediadas no Japão e não contam com a união da Yakuza japonesa, apenas realizam negócios. Jack mandou de volta um e-mail para o Duque, querendo saber os detalhes de cada família, a relação de cada uma delas. Como elas atuam, os nomes dos principais membros, os desenhos de cada família, as tatuagens que utilizam como símbolo, uma espécie de brasão nos moldes da época medieval. Mesmo assim, Jack não sabia como fazer para executar o roubo. Estava excitado e procurando imaginar como faria o roubo. Conectou novamente Duque:

— Boa noite, estou indo dormir, espero que o *dossiê* que você está preparando esteja completo.

— Boa noite, Boss. Ficarei acordado esta noite preparando todo o complemento; você irá receber assim que acordar. Estou impressionado, estes caras são muito grandes, sabia do perigo, mas não tinha idéia do tamanho da encrenca. Leia com atenção, e veja se vale a pena, estamos nessa juntos, não se esqueça disso. Boa noite, e abraços.

— Boa noite.

8

Dragão branco de bico dourado

Milão, Itália
21 de maio de 2002

Logo ao acordar, Jack pediu que o *breakfa*st fosse entregue em seu quarto, tomou uma ducha, e logo conectou-se à net para ler o restante do material com todas as informações passadas pelo Duque. Estava intrigado com a Yakuza, só conhecia as histórias de filmes, mas nunca havia trabalhado com eles ou, como seria neste caso, contra eles. Além disso, certamente era o trabalho mais difícil de sua vida.

Boss, dê uma olhada no que consegui. Fiquei a noite inteira estudando o caso em questão. Seguem anexos os *links* que copiei da CIA e Interpol.

Nos anos 1940, Matsumoto Sam, com 18 anos, filho de uma prostituta, assumiu a gerência de um bordel na periferia de Tóquio. Assumiu essa função misteriosamente. Aos 23 anos, era dono do bordel Castelo da Flor. Aproveitou da grande recessão japonesa nos anos 1950 e fez fortuna com a prostituição. Aos 30 anos, Matsumoto já era uma pessoa muita rica e respeitada em Tóquio. Na década de 1950 ocorreu uma guerra entre as famílias da Yakuza, que são famílias tradicionais oriundas dos samurais. A família Matsumoto não pertencia a nenhuma delas, claro, mas soube se aproveitar muito bem dessa guerra. Durante os 5 anos que ela durou, Matsumoto traficava armas: comprava da Coréia e vendia para as famílias. Foi testemunhando o declínio das famílias, uma a uma. No final, as famílias estavam quebradas, falidas. Matsumoto, já com milícia própria, rico e bem preparado, aproveitou a brecha, invadiu o castelo da família mais poderosa da Yakuza e eliminou a todos, inclusive as crianças. Nessa famosa guerra, Matsumoto conquistou como troféu o *Bushido de Ouro*, que estava bem guardado no castelo da família derrotada. O livro era sempre guardado pela família mais tradicional e respeitada, geralmente eleita pelas demais famílias. Naturalmente, é sempre a família mais poderosa e é feito um cerimonial, um tipo de eleição com a participação das demais famílias.

Depois de vencer essa guerra, tornando-se o chefe da família mais poderosa, Matsumoto convocou as famílias remanescentes, marcou uma reunião e foi proclamado membro da Yakuza, recebendo como símbolo, um dragão branco com bico dourado. Agora como membro da Yakuza, Matsumoto determinou que o *Bushido de Ouro* ficaria em sua guarda. Foi unânime a decisão, todos votaram a favor. Depois selaram um tratado de paz entre as famílias, que vigora até hoje.

Com o passar dos anos, a família Matsumoto foi encolhendo, perdendo terreno, e as outras famílias da Yakuza cresceram novamente, em ritmo acelerado. A preocupação era a possibilidade de ocorrer outra guerra. A iminência de uma nova guerra estava próxima. No entanto, na década de 1980, com a consolidação da política econômica chinesa e visando conquistar respeito e mais mercados internacionais, o governo chinês impôs uma série de regras às suas pequenas fábricas, a fim de profissionalizar mais e ter mais controle e maior qualidade. Com isso, muitas empresas cresceram e hoje estão cada vez maiores, exportando para o mundo todo (isso é fácil de constatar: é só ir a qualquer loja e lá está um "*made in China*").

No início, várias famílias da máfia chinesa, os Tríades, bancaram essas fábricas, mas as produções eram pequenas. Com o crescimento da demanda e a necessidade de exportar para vários mercados, precisavam de alguém com muito dinheiro. Foi aí que a máfia chinesa começou a se associar a pessoas interessadas na produção e distribuição desses produtos no mundo. Aproveitando novamente essa brecha, Matsumoto, em meados dos anos 1980 entrou no mercado considerado novo. Novamente se reergueu criando um grande império.

Esse mercado informal é muito interessante. Atua especificamente com pirataria. Existem atualmente algumas famílias que controlam as indústrias ilícitas de clonagem de produtos na Ásia. A maioria fica na China (em grande parte pertencente à máfia chinesa dos Tríades), outras na Coréia do Sul e também no sul da Ásia. Todas as outras famílias e instituições que cuidam do comércio de falsificação seguem as normas e estão sob a proteção das chamadas "novas famílias". São verdadeiras instituições. São chamadas de "novas famílias" porque representam um novo tipo de máfia oriental, sem origem determinada: podem ser japonesas, chinesas ou coreanas, está tudo misturado. Cada uma controla segmentos de negócios e determinadas regiões.

As piratarias, clonagens ou falsificações, não sei como chamá-las, incluem desde canetas, relógios, bolsas, sapatos e camisas até produtos eletroeletrônicos. Curioso também é um item que eu nem imaginava que se podia clonar, ou falsificar: carros, de todos os tipos, inclusive os tops. Existe muita gente andando com carros de luxo falsificados, que na verdade não passam de latas vagabundas idênticas às originais. Idênticas na forma, no *design*, mas não na eficiência e o que é mais importante para mim, na segurança.

As "novas famílias" bancam fabriquetas localizadas em toda a Ásia, em grande parte na China e no sul da Ásia. Elas patrocinam a criação de moldes iguais ao original, e depois a produção das cópias.

No caso da família Matsumoto, que é quem nos interessa, ela saiu do mercado de prostituição, drogas e armamento, praxe das famílias da Yakuza, e se fixou nesse grande filão, que é a pirataria e o contrabando de seus produtos. A CIA, que está mais adiantada no estudo e combate do assunto, refere-se a esse trabalho como a "indústria da pirataria".

A família Matsumoto patrocina sua produção no sul da Ásia e em algumas regiões da China em parceria com uma família chinesa, mas seu grande forte é a distribuição mundial dos produtos. É chamada a "Companhia das Índias do Novo Milênio", pois controla bastante bem essa logística.

A demanda foi crescendo cada vez mais e o negócio se expandiu. Hoje, calcula-se que todo o mercado informal de pirataria no mundo, dados também da CIA, fatura mais de 100 bilhões de dólares. Imagine!

Além de coisas ilegais diversas, como já mencionei, a família Matsumoto, desde o final dos anos 1980, trabalha também com coisas legais, completamente independentes do que vimos. Possuem indústrias de produtos alimentícios, agências de viagem, postos de gasolina, lojas de departamento, redes de *fast-food* e supermercados. É um grande conglomerado chamado Matsumoto. É impressionante, na Coréia você vai ver o tempo todo essa rede. É isso mesmo, na Coréia. Incrível, né? O coreano, um povo tão xenófobo, que não morre de simpatias pelos japoneses, aceitar uma marca japonesa. Mas a verdade é que na Coréia, a rede Matsumoto trabalha com a bandeira GHI. É muito conhecida. Hoje, a parte legal representa 30% de seu faturamento. O faturamento do ano passado foi de 17 bilhões de dólares. Os outros 70% são da parte ilícita, calcule e veja quanto esses caras faturam. E o tamanho da encrenca em que estamos nos metendo! Esses caras são gigantes.

A parte legal da família Matsumoto estava crescendo cada vez mais, produzindo vários produtos com excelentes custos. Os concorrentes dizem que estavam fazendo a política do *dumping*, mas na verdade os produtos estavam sendo subsidiados, certamente você sabe como, né? Bom, estava indo tudo muito bem até que estourou uma bomba na imprensa, um repórter revelou que a GHI na verdade, é uma empresa do império Matsumoto, e que além de ser uma empresa japonesa, a família Matsumoto pertence à Yakuza. Imagine o escândalo. As vendas despencaram. Uma crise enorme na GHI. Detalhe: o repórter que fez a matéria morreu num acidente de carro... A revista, uma tradicional empresa coreana, foi pega num grande escândalo de sonegação e está quase quebrando.

Isso aconteceu há 5 anos e uma jogada de mestre do Matsumoto Sam, velho, mas sempre muito astuto, fez com que nada fosse provado sobre a ligação com a Yakuza. Mostrou que de fato um dos sócios da GHI era Heiji Matsumoto, um japonês jovem, bonito, elegante, de porte atlético, cujas fotos estão anexas. Bom, este cara, que é um quarentão boêmio, e *bon vivant*, é considerado na Coréia um magnata famoso e é muito simpático segundo a opinião pública. Não sai da Coréia, está sempre em festas, bailes, programas de TV, rádio e revistas de fofocas. Namora várias artistas e modelos coreanas etc. O negócio dele é fazer marketing, só isso, e nisso ele é muito bom. Resumindo, graças a ele foi salva a imagem da GHI, que hoje está recuperando bem as vendas, revertendo os anos de prejuízo.

Para mim, este é o seu caminho para conseguir entrar na casa do Matsumoto, onde está o *Bushido de Ouro*, através deste cara, Heiji, filho mais novo de Matsumoto, solteirão e que está sempre em festas. Ele vive em Seul, costuma ficar hospedado no Walker Hill. É um hotel muito bacana, 5 estrelas, badalado. Só para você saber, o motivo pelo qual ele se hospeda ali é porque tem um cassino, e ele adora jogos de roleta. Além disso, ele gosta muito de charutos e mulheres. É um boêmio, não esqueça.

A única contra-indicação para se chegar até ele é que o principal segurança de Matsumoto, um tal de Tanaka, o acompanha sempre em suas viagens à Coréia. Cuidado com esse cara. Tem uma ficha que causaria inveja a muita gente.

Boss, espero que tenha passado um *dossiê* bem completo sobre quem vamos enfrentar. Agora é contigo. Abraços Dq.

Depois de ler todos os arquivos, Jack estava pensativo. Eram várias informações de uma vez, estava um pouco confuso. De fato, ele estava entrando em algo muito maior do que imaginara. Resolveu ligar a TV e começou a assistir a uma reportagem do canal inglês:

"Esta será uma Copa do Mundo com várias novidades: pela primeira vez na história, o torneio será realizado em dois países: Japão e Coréia do Sul. Foram investidos nesta Copa do Mundo, só na Coréia — com a reforma e construção de estádios — ao redor de 2 bilhões de dólares, mais a metade desse valor no Japão. Além dos gastos com estádios, foram gastos bilhões de dólares em ambos os países, em infra-estrutura. Tanto o Japão como a Coréia esperam que esta seja a copa mais organizada de todos os tempos. A 17ª Copa do Mundo de futebol será transmitida para mais de 120 países com uma expectativa de mais de 40 bilhões de espectadores. Os valores pagos pelos patrocinadores não foram revelados ainda, mas calcula-se que nunca nenhum evento internacional conseguiu, até hoje, chegar perto da soma investida nesta Copa do Mundo. A procura por ingressos é tão grande que o comitê da copa está sorteando alguns. É o primeiro grande evento do novo milênio. Exatamente um ano após o ataque ao World Trade Center, em Nova York, o mundo vive ainda o clima dos atentados. A segurança da copa está muito rígida e atenta, sendo acompanhada de perto pela Interpol e CIA. O medo de ocorrer um atentado é muito grande. Torcedores de todo o planeta começam a chegar às sedes dos jogos da Copa do Mundo: 8 cidades no Japão e 8 na Coréia irão sediar os 64 jogos da primeira fase. Além dos torcedores fanáticos, que pagam altos preços para assistir aos jogos, grandes multinacionais levam convidados especiais, clientes potenciais. Personalidades políticas do mundo inteiro estarão presentes neste grande acontecimento, presidentes, senadores, artistas, ex-jogadores. De fato, durante um mês, a copa será a maior atração mundial. O mundo irá parar para viver mais uma Copa do Mundo".

Jack, de repente, começou a dar uma gargalhada: depois de tanto pensar nas últimas 48 horas, havia achado como fazer para realizar o roubo. Imediatamente mandou um e-mail para o Duque, solicitando as informações de que precisava. Sabia que ao acordar um relatório completo o estaria esperando:

Duque,
Estava na nossa cara e não percebemos. É época de Copa do Mundo. Quer melhor cenário que esse para realizar um roubo?
Abraços, Boss.

9

Reunião

Secretaria Geral da Interpol, Lyon, França
21 de maio de 2002

A equipe do Departamento Internacional de Furtos da Interpol estava reunida. Mark Pierre, Bruno Michelli, Hoogan, Débora Lins, Phil Anderson e Mônica Coahingan. Estavam todos conversando quando Pasquim entrou na sala, apesar dos vários cartazes de "proibido fumar", com um cigarro na boca. Respeitava a proibição, mas ficava com ele apagado, até o momento de entrar em sua sala e voltar a fumar.

– Boa tarde, senhores. Até que enfim consegui reuni-los. Fazia já um tempo que não contava com a presença de todos. Estou aqui com o relatório do mês de abril, que demorou um pouco para ficar pronto, certo, Bruno? Estamos quase em junho. Pensei que fosse um relatório mensal e não bimestral.

– Desculpe, *monsieur*, é que...

– Você já me disse suas razões, aquelas desculpas de sempre, mas não vem ao caso. Mesmo assim, gostaria de cumprimentar a todos. Tivemos um excelente mês. Dezessete furtos, e resolvemos 16. É um recorde para o departamento. Foi muito eficiente. Portanto, todos vocês estão de parabéns. Porém, alguém aqui está vendo um sorriso na minha cara? – ninguém na sala respondeu.

– Claro que não. Nem poderia. Para mim não adiantou nada. Estou, espero que vocês também, extremamente decepcionado, comigo e com vocês. Graças a Mônica, descobrimos que nosso ladrão do episódio em Paris, de fato, é o safado do filho da puta do Pintor, novamente. O que ele é? Mágico? Fantasma? Deve ser um X-men, aqueles mutantes, talvez aquele que muda de feição, que absorve o rosto dos outros. Estou falando sério, não conseguimos chegar nem perto dele, nunca. Não conseguimos nada dele nestes últimos cinco anos. Puxei um relatório com a ficha completa dele: 37 crimes realizados, isto é, os que nós temos conhecimento. Nenhuma pista. Nada, nem nomes, poucas fotos sem uma definição relevante, várias aparências físicas, crimes sempre fantásticos e rápidos. A única coisa que sabemos são as assinaturas que ele nos deixa, para mim, um ato para nos ridicularizar, e também os anagramas com os nomes que utiliza, que estão cada vez mais estúpidos. Só falta ele escrever o nome "Da Vinci" no próximo roubo. A média dele é de 5 minutos. Sempre chegamos tarde, e só percebemos depois de algum tempo que era ele. Neste último, em Paris, eu ouvi de cada um de vocês: "não, não deve ser o Pintor, não parece ter as características dele". Ele deve estar agora curtindo com nossa cara de merda. Puta que o pariu!!! Eu odeio esse cara.

Mônica pediu a palavra:

– *Monsieur* Pasquim, sabe o que eu penso, todo mundo tem um ponto fraco, Aquiles teve o calcanhar, Sansão os cabelos, ele tem que ter um.

– Mônica, você é a mais nova aqui na mesa, tem o quê, oito meses aqui?

– Não, *monsieur*, já são quase dois anos.

– Uau, o tempo passa rápido mesmo. Então, você sabe que já fizemos de tudo para capturar este cara?

– Senhor, concordo, porém, nós nunca procuramos antecipar algum roubo dele. Por isso, estamos sempre chegando depois.

– Sim, já tentamos isso no começo, ficamos um ano e meio atrás dele e nada. Não tem como advinhar o que ele fará. Antigamente ele roubava mais quadros, mas agora ele rouba de tudo, até jóia. Meus chefes quase cortaram minha garganta, gastamos um orçamento milionário e nada. O bom é que nossos queridos parceiros da CIA, também não têm nada.

– Será que eles não têm? Ou eles querem pegá-lo primeiro? – disse Mark Pierre.

Pasquim olhou para ele com um olhar cortante.

– Não, nós vamos pegá-lo! E antes de qualquer um. Mônica, você tem razão, vamos retornar à caça desse cara. Quero um relatório de todos os quadros valiosos do mundo, peças de museu, jóias raras, coisas difíceis, caríssimas, lendárias, tudo. Vamos recomeçar aquela ação de 3 anos atrás, desta vez tenho fortes argumentos para isso. Quero tudo para amanhã, na minha sala. Mark Pierre vai cuidar dos objetos raros. Mônica, das pistas deixadas, parece que você é boa nisso. Bruno, das exposições em todo o mundo, Hoogan, fique de olho no que comentam na CIA. Procurem tudo o que possa ser roubado de forma impossível. Desta vez ele não me escapa, vamos pegar esse safado.

10

Stand by

Milão, Itália
22 de maio de 2002

Logo pela manhã, Jack solicitou a entrega do café-da-manhã em seu quarto, como havia feito no dia anterior. Foi tomar banho enquanto não chegava o *breakfast*. Abriu as cortinas do quarto, ligou a TV no canal da BBC para ver as notícias que, em grande parte, davam destaque para a Copa do Mundo que iria começar em 10 dias, no dia 31 de maio, em Seul, com a abertura oficial e a partida inicial reunindo França e Senegal.

Antes de o café-da-manhã chegar, ele ligou seu computador para ver se havia chegado o e-mail do Duque com todas as informações referentes à Copa do Mundo. E lá estava outro e-mail gigantesco, com mais de 3 Mb.

> Boss, dê uma olhada no que consegui. Abaixo, você verá todas as informações referentes à copa. Segue uma lista anexa com todos os nomes e funções das pessoas envolvidas no evento. Tomei a liberdade de grifar algumas pessoas interessantes. Outro anexo é a lista de convidados. Tem quase 10 mil pessoas.
> Tanto no Japão como na Coréia, está uma bagunça, mais de 50 mil torcedores de fora estão viajando durante os dias da copa. Haverá muitas festas, eventos, você sabe como é Copa do Mundo, uma baita confusão, com torcedores de todos os tipos, classes sociais, pessoas apaixonadas por futebol circulando pelas cidades. Além do mais, as autoridades dos dois países estão muito preocupadas, com medo que algum atentado aconteça. Por isso vai haver ajuda militar de ambos os países e cooperação da CIA e Interpol. O interessante é que devido

ao 11 de setembro, os organizadores estão mais preocupados com atentados e talvez um simples furto passe despercebido.

Jack leu o e-mail. Deu uma olhada no arquivo anexo, reconheceu várias das pessoas que iriam trabalhar no evento, o pessoal da polícia secreta japonesa e coreana, da Cia e Interpol, muitos, seus conhecidos. Depois que o café-da-manhã chegou, Jack entrou no site do seu banco para verificar se havia sido feito o depósito de Sughimoto. Nada ainda. Já eram quase 11 horas e o depósito não tinha sido feito. Enquanto não recebia o dinheiro, ele sempre ficava cismado e preocupado, pois poderia ser um golpe, o que Jack mais procurava evitar.

Era quase meio-dia quando Jack entrou novamente no site do banco e lá estava o depósito. Começou, então, a fazer as transações de rotina: primeiro, transferir todo o dinheiro para uma outra conta sua nas ilhas Cayman. Depois, dividir por cinco o valor total e transferir novamente para outros cinco bancos. Todos no Caribe. De uma das contas, ele transfere para a conta de Duque, 20% do total. A conta do Duque, como todas as contas de Jack, está registrada como empresa. Depois de toda essa operação, ele transfere as outras quatro contas para duas contas na Suíça. Uma delas, na qual coloca 70% do que ganha, ele usa como um tipo de previdência. Da outra, ele transfere para os EUA, numa conta que ele utiliza para movimentar sempre que precisa, para seus gastos pessoais com hotéis, viagens, equipamentos etc.

Jack havia pesquisado em sites e já estava a par de todas as informações sobre o maior evento esportivo do planeta. Tudo o que iria ocorrer na copa. Tinha informações sobre os eventos, as festas, os jogos, as personalidades e notoriedades que estariam presentes, os mapas técnicos dos estádios, os nomes e as funções de todas as 13 mil pessoas que iriam trabalhar lá, desde os voluntários, diretores até os seguranças do evento. Estava tudo preparado, Jack estava com todas as informações de que precisava. O depósito já estava devidamente acertado. Havia chegado o momento de começar a agir.

PARTE II

11

Network

Coex Hall – International Media Center
Seul, Coréia do Sul, 26 de maio de 2002

A 17ª Copa do Mundo de Futebol será a primeira organizada por dois países. A fórmula de disputa é a mesma da competição anterior, disputada na França, quando a Fifa aumentou para 32 o número de países participantes (em 1930, no Uruguai, foram 13 times). O torneio na Ásia começará dia 31 de maio, com o confronto entre França e Senegal, e os 32 candidatos à taça estão divididos em oito grupos de quatro equipes cada. O sistema da primeira fase tem o pomposo nome de *round robin*: os times se enfrentam – em turno único – dentro de cada chave. São seis jogos por grupo, num total de 48 partidas na primeira fase, na qual metade dos participantes será eliminada. Só os dois melhores de cada grupo passam para as oitavas-de-final, a segunda fase da copa, que são jogos eliminatórios, nos quais nenhum dos países possui vantagens. Em caso de empate em 90 minutos, o jogo vai para a prorrogação com a regra do gol de ouro: o time que marcar um gol primeiro ganha a partida. Se o empate persistir, o regulamento prevê decisão por pênaltis. Este esquema se aplica a todo o restante do torneio até a grande final, no dia 30 de junho, em Yokohama, no Japão. Para a final há uma expectativa de transmissão para mais de 2 bilhões de telespectadores, para mais de 140 países. Os números do futebol são realmente incríveis, chegando a movimentar mais de 200 bilhões de dólares. Só nesta copa fora investido mais de 1,5 bilhão de dólares na infra-estrutura do grandioso evento.

Grandes filas se formavam logo na entrada do Coex Hall em Seul. O grandioso complexo multiuso de convenções de Seul, um dos maiores da Ásia, com mais de 15 mil metros quadrados, foi o local escolhido para sediar a International Media Center (IMC), centro de imprensa durante a Copa do Mundo. Pela primeira vez, haverá duas cidades com centro de imprensa, Seul na Coréia do Sul e Tóquio, no Japão.

Três grandes filas se formavam logo na entrada do Coex, cada uma direcionada para um setor. Cada setor atendia a um tipo de credencial: o dos jornalistas dava passe livre para trabalhar e circular durante a copa. Cerca de 10 mil jornalistas terão as credenciais e outros 5 mil, assistirão à copa na Ásia pela TV; só os jornalistas credenciados ou pessoas com ingresso poderão entrar nos estádios.

A credencial é o cartão de acesso ao mundial: é um crachá com código de barras digital, que contém a foto 5 X 7 do jornalista, suas informações pessoais, como o nome completo, número do passaporte e empresa que representa, descrevendo até o tipo sanguíneo do indivíduo. Somente com o crachá pendurado no pescoço o jornalista tem acesso aos diversos locais em que ocorre algo relacionado à Copa do Mundo, estádios, escritórios, festas etc. O processo para adquirir uma credencial foi o mais sofisticado e detalhado de todos os eventos já ocorridos na história das copas, certamente, os atentados nas torres gêmeas em 2001 contribuíram, e muito, para isso.

Há três tipos de credenciais, cada qual com uma cor específica tem um dos três mascotes da Copa do Mundo – três extraterrestres chamados Spheriks, que representam partículas de energia na atmosfera. Esses "seres" foram criados com a intenção de dar a idéia de "boas vibrações" existentes, principalmente durante os jogos de futebol. Assim, as credenciais na cor azul, com a imagem do Nik, mascote azul, foram concedidas para 1.500 jornalistas apenas, e davam ampla liberdade de locomoção pela Copa do Mundo. Apelidadas pela imprensa de "carta branca da copa", são dadas aos profissionais de grande importância dentro das maiores redes de telecomunicação do mundo, gozando de muita influência e prestígio. Há, também, as credenciais vermelhas, com imagem do mascote Kaz, e as credenciais na cor amarela, com o mascote Ato, ambas permitindo acesso a vários lugares, porém com restrições.

A fila do setor azul estava enorme e vagarosa.

— Nossa, uau! Olhe que somos chamados de "queridinhos", mas sinceramente não estou notando nenhuma regalia até agora.

— Calma, Benitez, você viu como aqui está lotado. Desta vez tem muita gente. Imagine conter este contingente de pessoas.

— Sei, quero ver mesmo se estes asiáticos são tão organizados assim.

Um rapaz de estatura mediana, cabelos castanho-claros, na faixa dos 30 anos, de óculos finos, no estilo publicitário, nariz pontudo e olhos grandes, vestindo calça *jeans* e camisa pólo, estava logo na frente deles, escutando toda a conversa, até que resolveu intervir.

— São organizados sim, os orientais hoje dão um banho em nós ocidentais, em matéria de praticidade e organização.

— Hum, pelo visto, você conhece bem a Ásia.

— Um pouco, morei dois meses em Tóquio, fiz um estágio como correspondente da Ásia.

— Uau, que legal. Acho o máximo morar fora, sabe?

— A propósito, meu nome é Bosch. Trabalho na rádio alemã DWRD.

— Prazer, Bosch, meu nome é Benitez, sou da TV mexicana, e este é Ilgner, que por coincidência também é alemão. Vocês devem ter muita coisa em comum, não?

— Pode ser. *Hallo*.

— *Hallo. Wie geht's*.

Um pouco à frente na fila, estava um rapaz moreno, com barba rala, cabelo bem curto, revelando um rosto redondo, bochechas róseas e um belo sorriso. Estava conversando com uma bela jovem de traços latinos, morena com um corpo de violão, simpática e meiga, com uma voz suave, relaxante. Coincidentemente conversavam sobre o mesmo assunto, reclamando da demora.

— Nossa, estamos conversando há um bom tempo e sequer me apresentei. Meu nome é Will. Joseth William Turner, e o seu?

— Meu nome é Sofia Castro. É verdade, estamos conversando há mais de meia hora mas nem sabia seu nome.

— De onde você é, Sofia?

— Sou de LA, EUA.

— Nossa, que legal.

— E você?

— Sou de Londres, trabalho na revista *Football & Mania*.
— Não conheço.
— É para um público bem restrito.
— Hum.
— E você é de onde?
— Sou da CNN.

De repente, um jovem de olhos verde-esmeralda começou a fitar Will e cumprimentou-o, interrompendo a conversa.

— Olá, como vai? Quanto tempo!

Will ficou pensativo, pois não lembrava quem era. Nunca havia visto aquela pessoa de traços firmes e de boa presença, se o conhecesse, se lembraria dele.

— Tudo bem, e você, como está?
— Aquilo de sempre, o corre-corre nosso de cada dia. Você chegou quando?
— Ontem, no final da tarde. Daí dormi até uma hora atrás. O *jet lag* de uma viagem para o oriente não é fácil.
— É, eu estou aqui há alguns dias, então já me acostumei, mas é assim mesmo, a gente demora para entrar no ritmo normal.
— E você não vai me apresentar esta bela moça?
— Claro, acabei de conhecê-la, o nome dela é...
— Sofia. E o seu?
— Meu nome é José Marcelo, encantado, Sofia. — José Marcelo beijou a mão de Sofia num gesto de cavalheirismo, e ela riu com a brincadeira. Continuaram conversando, só que agora os três, até que chegou a vez de serem atendidos.

— Bom dia, senhores — disse a atendente coreana, baixinho, em inglês. — Quem será o primeiro?

Ambos os rapazes esticaram a mão, indicando Sofia.

— Ah, obrigada. Mas, por favor, vá na frente.
— Obrigado...
— Qual o nome, por favor?
— José Marcelo Pancetti.
— Um momento.

Pelo computador, a moça localizava o nome do jornalista para verificar se ele podia ser credenciado ou não.

— Sim, senhor Pancetti. O senhor é do Brasil?

— Exatamente.

— Está ok. Bem-vindo ao mundial, o Comitê da Coréia do Sul lhe dá as boas-vindas. Eu gostaria que o senhor verificasse se os dados estão todos corretos. Verifique e preencha os campos em vermelho, por favor — disse, fornecendo a ele um impresso com todas as informações.

— Sim, está tudo correto.

A moça verificou se a foto do computador batia com o aspecto físico de José Marcelo Pancetti: 33 anos, cabelo raspado máquina zero, olhos verdes, bronzeado, esbelto — certamente praticava esportes, tinha os braços fortes e bem definidos de quem se exercita bastante. Ao conferir, a atendente clicava em um ícone confirmando que a aparência da pessoa correspondia à da foto... Caso isso não ocorresse, o jornalista seria direcionado a outro salão.

— Ok, irei agora imprimir um termo de responsabilidades, para que o senhor assine. Daí é só retirar sua credencial azul na sala 24 B, no segundo andar.

— Obrigado!

— Deixe eu lhe pedir um favor, não me lembro do nome deste cara que está aí atrás, ele me conhece. Depois que ele passar eu volto aqui e você pode me dar o nome dele e de onde ele é?

— Senhor, eu não posso fazer isso. As regras do Comitê da copa não permitem fornecer a terceiros informações sobre nossos credenciados.

— Por favor, você não sabe como é constrangedor uma pessoa que sabe tudo sobre você e você não se lembra nem do nome dele — disse, com um grande sorriso, jogando o charme brasileiro, dando uma piscada para a jovem coreana, que ficou encabulada.

— Eu vou ver o que posso fazer.

José Marcelo assinou e agradeceu indo em direção ao segundo andar. Benitez, olhando toda a cena logo atrás na fila, resolveu intrometer-se e foi falar com Will.

— Nossa, que absurdo este rapaz, pelo que percebi você não o conhece, não é?

— Não sei. Não me lembro direito.

— Pela sua reação não conhece. Sabe, sou muito observador. Reparo nas reações das pessoas.

– Que bom. Bem, com licença, chegou minha vez.

Sofia estava saindo em direção ao segundo andar, quando...

– Sofia, belíssima!!! Como você está linda.

– Beni, quanto tempo. Nem vi você aí na fila. Estava tão próximo.

– Nem eu, nossa, você está um espetáculo. Maravilhosérrima...

Continuaram conversando. Will, já cadastrado, viu que Sofia e Benitez estavam numa conversa íntima, passou ao lado dos dois e deu um sorriso para Sofia. Estava saindo em direção ao corredor que dá acesso ao segundo andar quando disse:

– Espere, vou subir com você. É na sala 24 B, né?

– É, isso mesmo. Vamos juntos?

– Nananinaninanão, nós vamos todos juntos. Todos!

Com o comentário de Benitez, Will e Sofia não tinham como recusar. Esperaram por ele e os quatro, Will, Sofia, Benitez e Ilger, subiram para a sala 24 B.

No segundo andar havia outra fila, mas levaram só 5 minutos para retirar as credenciais. Além de convites para eventos receberam *kits* fornecidos pelos patrocinadores, como camisetas, bonés etc. José Marcelo voltou para o andar de baixo, e foi até a jovem coreana na recepção. Esperou que ela atendesse outro repórter que estava na fila, pediu licença a um homem de cabelos grisalhos, alto, magro, que seria o próximo a ser atendido, explicando que iria só tirar uma dúvida.

– Oi, voltei, lembra de mim?

– Olá senhor, o nome dele é Joseth William Turner, é inglês. Não posso fornecer mais informações sobre ele.

– Nem como prefere ser chamado.

– Ok, só esta informação, na ficha dele está: apelido, Will.

– Excelente. Estou superagradecido. Para mim já é o suficiente. Obrigado mesmo.

– Você trabalhará nos outros dias aqui no mundial? - disse, novamente, com um sorriso maroto.

A jovem coreana, vermelha, ria com a mão na boca, toda sem graça.

– Sim, senhor, eu trabalharei sempre aqui no atendimento.

– Bom, quer dizer que vou vê-la certamente em outros dias. Que bom. Seu nome é? – leu no crachá Sung Cho – Obrigado, Sung.

Will, Sofia, Benitez e Ilgner saíram do belíssimo prédio envidraçado do Coex, e avistaram outra fila, só que agora era para pegar um táxi. A fila estava gigantesca.

No começo da fila estava José Marcelo, conversando com um italiano, Giuseppe.

– Então, sei que lá no Rio de Janeiro é assim, faz calor o ano todo, vou para praia sempre que posso... Quando...

– Will, Will, Will!!! – Will olhou assustado para ver quem o chamava.

Viu José Marcelo parado na fila, já na boca para pegar o táxi.

– Então você conhece esse cara? – perguntou Benitez.

– Acho que sim. Devo conhecer.

– Bom, acho que seu amigo está te chamando. Melhor irmos falar com ele.

Foram os quatro em direção a José Marcelo.

– Que bom que chegaram, estávamos esperando, vocês demoraram muito.

José Marcelo cochichou ao ouvido de Will, "te quebrei um galho, vocês iriam pegar esta filona, e agora vocês podem pegar o próximo carro".

– Não, obrigado, vou pegar a fila mesmo assim.

Benitez olhou para o tamanho da fila e percebendo a reação de Will, logo se pôs na frente.

– Ah, que bom – disse, olhando para Benitez, Sofia e Ilgner e sorriu, um pouco sem graça. – Que maravilha. Estávamos preocupados se íamos te alcançar ou não. Então vamos.

Todos entraram no táxi que acabara de chegar. Foram conversando no carro, em meio a um trânsito lento. A conversa era sobre a cara-de-pau de José Marcelo e Benitez que fez com que eles furassem a fila na frente de todos. Por sorte, todos estavam hospedados em hotéis que ficavam na mesma região, Itaewon, região conhecida como americana, devido à base militar instalada na área, repleta de restaurantes, lojas e mercadorias ocidentais, para os americanos. Nessa região havia hotéis de todas as categorias e muitos repórteres se hospedavam por ali. Foram saindo do carro, um a um, cada qual em seu hotel, se despediram, combinando de se encontrar às 20h30 na entrada do Palácio Gyeongbokgung, para o jantar de boas-vindas fornecido pelo Comitê da Coréia à imprensa. Ficaram apenas José Marcelo e Will.

— Posso te fazer uma pergunta?

— Mande, Will.

— Desculpe-me por fazer esta pergunta agora, mas de onde você me conhece?

— Bom, para ser sincero, não te conheço. Desculpe. É que eu odeio filas e precisava fazer um monte de coisas antes do jantar de hoje à noite. Percebi que você estava conversando com aquela moça bonita, distraído e tal. Então era uma brecha para conseguir, digamos, furar a fila.

— Uau, hein, pelo menos você foi sincero. Apesar de pilantra.

— Calma Will, eu já reparei qualquer injustiça. Você iria ficar uns 20 minutos na fila do táxi, debaixo daquele sol tremendo. Vamos fazer o seguinte: quero apagar a má impressão que deixei. Hoje à noite, no jantar, vamos todos ficar na mesma mesa. Sairemos daqui juntos, afinal você está no hotel ao lado do meu, o que você acha?

— Ok, sem problema, para mim está tudo certo. Não fiquei com nenhuma má impressão de você. Afinal, somos repórteres e assim é a vida. Eu sabia que não te conhecia, pois tenho excelente memória. Por isso perguntei.

Will estava aliviado com a confissão de José Marcelo.

— Está de pé irmos juntos para a festa?

— Claro, nos encontramos no *lobby* do meu hotel às 20 horas. Pode ser?

— Fechado, até mais tarde.

Ambos saíram do táxi e dividiram a corrida. Will entrou em seu hotel e José Marcelo atravessou a rua. Seu hotel ficava exatamente do lado oposto.

Secretaria Geral da Interpol
Lyon, França

A equipe do Departamento Internacional de Furtos estava reunida. Mônica Coahingan havia solicitado uma reunião em caráter de urgência.

— *Monsieur* Pasquim, recebi informações do pessoal da polícia secreta israelense. De acordo com eles, o xeque colocou a cabeça do Pintor a prêmio, por 2 milhões de dólares. Vivo. E o mais interessante, comunicou aos caçadores de recompensa que o Pintor estará atuando na Copa do Mundo, na Coréia e no Japão, que começa em alguns dias.

— Espere aí, como ele sabe que o Pintor estará na Copa do Mundo?

– Parece, não tenho certeza de que os homens do xeque conseguiram essa informação de dentro da CIA.

– Ah, então agora está tudo bem. Porra! Como é que a CIA sabe que ele estará na copa? Caralho, Mark Pierre, o nosso departamento não sabe disso por quê? A CIA, o pessoal do xeque e mais de uma dezena de caçadores de recompensa já estão sabendo. E nós só sabemos agora. Eu não entendo isso. É impressionante, não entendo.

Hoogan fez a pergunta certa na hora certa:

– *Monsieur*, o que será que ele vai fazer na Copa do Mundo?

Pasquim parou de reclamar para pensar na resposta. Ficou calado por uns 5 segundos com ar pensativo.

– Mônica, você e Mark Pierre irão comigo para Seul no primeiro vôo. Hoogan, você vai para os EUA e vê se descobre alguma coisa sobre a CIA. Phil, Débora, vocês ficarão aqui em contato conosco. Ah, antes que me esqueça, Mark, entre em contato com a polícia secreta coreana e também a japonesa. Ninguém vai pegá-lo antes de nós.

Palácio Gyeongbokgung
Seul, Coréia do Sul

Ao norte da Sejongno Street, fica o Palácio Gyeongbokgung, construído em 1405, e reconstruído em 1592, após a invasão japonesa, sendo a sede e palácio principal por 270 anos. Agora era palco do jantar oferecido pela organização à imprensa que cobriria o mundial.

Importante museu, recentemente nomeado pela Unesco como patrimônio mundial da humanidade, abriga hoje acervos da história coreana, o museu nacional e o folclórico de Seul. Era junto ao acervo histórico da cultura coreana que Benitez, Sofia e Ilgner esperavam a chegada de seus dois novos colegas para entrarem no palácio. Estavam diante da entrada principal, Donhwamun Gate, uma enorme porta de madeira colorida, inteiramente desenhada com imagens folclóricas, muito bela, cartão-postal de Seul. Aqueles que passavam pela frente da entrada somente viam o imenso portão, sem visão para o interior.

Dentro do táxi, a caminho do jantar, Will e José Marcelo conversavam sobre o difícil trânsito na cidade. Estavam muito atrasados quando o taxista avisou que estavam próximos ao local. Pensando serem americanos, pois conversavam em inglês, apontou para eles a embaixada americana, logo à direita.

– Estamos próximos? – perguntou José Marcelo ao taxista, mas este sem entender nada de inglês, não respondeu. Apenas mostrou novamente a embaixada dos EUA.

– Acredito que sim, deve ser aquele prédio logo ali em frente. Vamos pedir para ele encostar e vamos andando, caso contrário chegaremos atrasados e não entraremos.

– Tem razão, Will, vamos lá.

Desceram do carro e foram caminhando os 400 metros de distância até a entrada do palácio.

Já eram quase 20h50 e Benitez estava começando a ficar irritado. Seus amigos não tinham chegado ao local de encontro, na entrada Donhwamun Gate. Eles iriam esperar mais cinco minutos e se os dois não chegassem, entrariam, afinal o convite deixava bem claro que as portas iriam fechar às 21 horas em ponto, dando início ao cerimonial. Mas felizmente eles chegaram a tempo e José Marcelo veio com suas histórias.

– Desculpem, meus amigos, eu não me dou bem com esta gravata-borboleta, para ser sincero, é a segunda vez que uso um tuxedo. Não vejo a hora de beber um belo uísque.

– Sem problemas – disse Benitez, se divertindo com as brincadeiras do brasileiro que, a princípio, ele havia detestado no Coex.

Cruzaram a entrada principal, onde estava montada uma linha de segurança. Simplesmente necessitavam passar as credenciais pelos leitores digitais, onde jovens coreanas, trajadas com roupas típicas, davam as boas-vindas e registravam a presença dos convidados. José Marcelo dizia, o tempo todo: "este é o povo que mais gosta de filas que eu conheço".

Logo passando a entrada, havia outras duas filas, nas quais seguranças diante de portas com sensores solicitavam a revista das pessoas e também das bolsas que carregavam. Depois da vistoria dos seguranças, um longo tapete vermelho, ladeado de tochas, conduzia os convidados até o local da cerimônia, um trajeto de 600 metros, passando por outra porta tradicional coreana de madeira, revelando o pátio do Injeongjeon Hall, um lugar enorme, cercado por muros com um palácio ao fundo, onde, em um passado distante, eram realizadas recepções e celebrações para estrangeiros convidados pelo rei. Certamente era o local ideal para a realização do evento.

Chegando ao pátio, todos se deslumbraram com o local da celebração do evento; estava belíssimo, todo enfeitado, bandeiras dos países participantes estendiam-se esticadas por fios a céu aberto de um lado a outro do muro que cercava o pátio. Tudo estava iluminado somente por grandes velas esculpidas no formato de símbolos coreanos. No palco, uma grande cortina vermelha com o desenho de um dragão – símbolo de poder e força dos orientais – tampava o que seria a atração da noite. Os garçons trajavam uma roupa azul típica, com o logo da Copa do Mundo. As mesas também estavam decoradas com velas.

– Beni, Beni... Jeroen Bosch, sentado à mesa, chamava seu nome. Benitez o avistou e comentou com seus colegas.

– Ah, é o Bosch, de hoje à tarde. Eu o conheci lá no Coex. Vamos lá, tem lugar na mesa para nós.

Aproximaram-se da mesa.

– Guardei um lugar para vocês aqui, sentem–se com a gente. Ou vocês já têm mesa?

– Não, ainda não. Será que cabemos aqui?

– Claro, esta mesa tem dez lugares. Os cinco sentaram-se rapidamente, Bosch estava na mesa com outros dois convidados. Foi anunciado que em 5 minutos começaria o evento. Por último, um rapaz magro, com barba rala, cabelo comprido e uma bela loira com um vestido colante sentaram-se também, completando as últimas duas cadeiras da mesa.

Às 21 horas em ponto, conforme descrito no convite, entrou no salão um grupo de 100 figurinos, tocando em tambores típicos um som ensurdecedor. Ficaram durante 10 minutos fazendo muito barulho, em seguida, fogos de artifício anunciavam a grande atração da noite, uma famosa cantora coreana. Ela cantou duas músicas conhecidas de seu repertório, e depois um coro com mais de 50 crianças entrou no palco para, juntos, cantarem o hino da Copa do Mundo de 2002. Após a apresentação, as luzes se apagaram formando um *black-out* instantâneo, e surgiu de trás do palco o mestre-de-cerimônias, um famoso ator, muito popular na Coréia. O presidente da Federação Coreana e o da Federação Japonesa fizeram discursos rápidos. O mestre-de-cerimônias terminou as apresentações da noite com a frase:

"Para nós, organizadores, e vocês, parceiros jornalistas, a Copa do Mundo 2002 começa aqui e agora. Um bom jantar a todos e boa noite."

As mesas eram de dez lugares, num total de 200 mesas repletas. Todos comentavam, impressionados, que o jantar era um show.

Benitez fez as honras da mesa:

– Vou apresentar meus dois amigos, Giuseppe e Henry, acabei de conhecê-los aqui na mesa, são muito simpáticos – todos os cumprimentaram. – Sabem o que eu gostaria de fazer? Ah, que barato... Vou apresentar um por um, assim todos ficam sabendo direito quem é quem. Vou começar por mim, claro. Meu nome é Benitez, tenho 37 anos e trabalho para a Televisa, estarei cobrindo a copa inteira e espero que desta vez minha seleção possa sacudir o mundial. Desculpem o meu jeito, mas sou uma pessoa muito extrovertida e sincera. Podem me chamar de Beni, é assim que meus amigos me chamam. Vou apresentar primeiramente quem eu conheço de longa data, este alemão alto, um belo loiro de olhos azuis, não é Ilgner? Nos conhecemos na Copa do Mundo de 1990, na Itália, numa situação muito parecida com a de hoje, em um jantar, na época oferecido pela Rai. Um dos presentes daquele jantar fez uma brincadeira muito divertida e legal, na qual todos da mesa se apresentaram e tal. Daquilo nasceu uma amizade entre vários jornalistas que estavam cobrindo aquela copa, entre eles, nós dois, presentes naquele jantar e que agora estamos aqui, nesta mesa. Se vocês quiserem, poderemos fazer o mesmo aqui, agora. O que vocês acham?

Todos na mesa estavam olhando estupefatos tal situação, um pouco constrangedora, infantil e, ao mesmo tempo, divertida. Concordaram com a brincadeira proposta pelo simpático mexicano.

– Se você comandar a brincadeira, acho que todos nós topamos – comentou José Marcelo.

– Vamos lá. É o seguinte: a apresentação começará comigo e seguirá o sentido horário da mesa. Bom, vejamos, acho que eu me apresentei para vocês. Agora é com você – e apontou para Ilgner, que estava ao seu lado. Todos estavam se divertindo com a figura espontânea de Beni.

– Meu nome é Ilgner, sou alemão, acho que nem precisava dizer, com esta minha cara. Estou completando, depois de amanhã, 41 anos, muito bem vividos. Tenho um programa de esportes num canal de TV a cabo, e estou cobrindo mais esta Copa do Mundo. Trabalho nisso desde 1986, no México. Em 1990 estive na Itália, onde conheci esta figura hilária e espontânea, Benitez. Sabem, quando eu vi este cara pela primeira vez, gordinho, loiro de cabelo liso, sempre com camisas justas, mostrando sua bela silhueta, achei que era um louco, mas a gente vai se acostumando.

— Aproveitando o embalo do meu conterrâneo, meu nome é Jeroen Bosch. Estou com 31 anos. Esta é a minha segunda Copa do Mundo, cobri apenas a da França, em 1998. Trabalho para uma rádio de Munique, DWRD, sou editor da parte esportiva. Bom, que mais posso dizer? Como *hobby,* gosto de futebol.

Todos riram de Bosch pela originalidade do comentário.

— Bom, acho que agora é minha vez, meu nome é Sofia, estou também na casa dos 30, mas não vou dizer minha idade não.

— Ah, que pena — comentou José Marcelo.

— Hum, bom, trabalho na CNN. Estou cobrindo a copa pela primeira vez. Mas fiz um trabalho semelhante nas olimpíadas de Atlanta, em 1996. Espero que seja uma excelente Copa do Mundo e que este jantar resulte em uma excelente amizade. Saúde a todos nós.

Todos brindaram.

— Meu nome é José Marcelo Pancetti, 34 anos, solteiro.

Todos riram na mesa.

— Estou trabalhando pela primeira vez na Copa do Mundo, sou brasileiro, da cidade maravilhosa do Rio de Janeiro. Meu *hobby*, Bosch, também é futebol. Gosto de ir à praia e de malhar no calçadão. Desejo a todos um bom começo de trabalho. Vou passar a bola para o Will.

— Obrigado, Zé. Bom, meu nome é Joseth William Turner, trabalho no *Football & Mania*, revista inglesa especializada no mundo da bola. Esta também é minha primeira Copa do Mundo. E, desta vez, espero que eu traga sorte para a minha seleção e que meu trabalho acabe numa imensa festa em Londres, no Covent Garden.

Todos riram. Parecia que se conheciam há muito tempo. Benitez e seu amigo Ilgner, na verdade, se conheciam de longa data, mas Sofia, José Marcelo e Will tinham se visto pela primeira vez nessa manhã, no Coex, e Giuseppe e Bosch, apesar de se conhecerem no jantar, já estavam bem entrosados. Mas na mesa havia ainda dois convidados: uma loira, que chamava a atenção por sua beleza, séria, não ria de nada, parecia distante, aparentando certo desconforto, e um moço magro com expressão de timidez. Benitez percebeu que a jovem loira estava bem calada e interrogou-a.

— Desculpe, mas notei que você está muito calada, não fique com vergonha, desculpe nosso jeito, mas garanto a você, é a melhor maneira para quebrar o gelo e criarmos uma excelente amizade durante o mundial.

— Sem problemas, achei muito bacana este envolvimento na mesa, muito mesmo, estava esperando chegar minha vez, pelo que sei, você pulou...

— Minha vez, comentou Giuseppe, era minha vez, mas para uma bela mulher como você, não posso resistir, passo a vez — disse, olhando para a loira com seus belos olhos azuis. — Depois de você eu me apresento, por favor, continue.

A loira, de expressão séria, estava ao mesmo tempo sem graça e lisonjeada, pois Giuseppe era um homem muito bonito. Tanto ela como Sofia, as únicas mulheres da mesa, tinham percebido o charme daquele homem, o olhar malicioso, a roupa elegante, o corpo que parecia bem moldado. Tinha o cabelo com alguns fios brancos, quase grisalho, lembrava o Pierce Brosnan, o antigo 007, só que ainda mais charmoso, na versão italiana.

— Bom, obrigada. Meu nome é Carolina, sou argentina, estou cobrindo pela segunda vez a Copa do Mundo. Tenho 27 anos. Muito prazer.

— Mas que criança... — comentou Beni.

— Me permita, *buona sera*, meu nome é Giuseppe Arcimboldo, sou jornalista, 45 anos. Estou velho, né? Não cubro apenas esporte e sim eventos, porém já estive em outras copas. Também trabalho desde 1990 com os mundiais, quando foi na Itália. Saúdo a todos, fazendo um brinde à Copa de 2002. Todos brindaram.

Benitez intercedeu novamente na brincadeira...

— Bom, só falta você, meu rapaz. Tão tímido. Você sabe que quem não fala muito, dizem, pensa muito. Gostaria de saber o que se passa na jovem cabeça deste rapaz, nosso Otelo da mesa.

Benitez o chamou de Otelo devido à sua cor quase parda, uma cor diferente, parecia um bronzeado artificial, combinava com os olhos verdes do rapaz de cabelo encaracolado e traços firmes.

— Uau, sou tímido sim, mas não imaginava que isso fosse tão evidente. Meu nome é Henry Pierri Danloux, sou francês, não trabalho com esportes, faço reportagens de grandes eventos, como Giuseppe. Tenho 28 anos. Vou cobrir a Copa do Mundo, pela primeira vez. Acho que é tudo.

O jantar seguiu tranqüilo. As horas passaram rapidamente, criando-se uma empatia geral. Jack percebeu que naquela mesa só havia credenciais azuis, com exceção da bela argentina, Carolina, que falava pouco, lindíssima, com o corpo escultural, ela era a única que Jack percebeu em todo o salão que não tinha a credencial azul e sim a vermelha.

Jack, agora incorporando o estereótipo de um jornalista, procurava observar a todos atentamente, não falou muito durante o jantar, prestava atenção nas conversas, pois numa mesa de jornalistas muita fofoca rolava. De certa forma, foi um presente que caiu do céu a Jack, penetrar numa roda de jornalistas com tamanha facilidade. Isso seria muito importante, certamente iria abrir para ele grandes oportunidades durante a copa. Oportunidades de que precisava para conhecer Heiji Matsumoto.

Benitez estava impressionado com a beleza de Giuseppe, homem bonito, alto, de olhos azuis, lembrava mesmo o ator do 007. Não cansava de perguntar coisas para ele.

— Mas, Giuseppe, o que você faz realmente, como é o dia-a-dia de suas reportagens?

— Eu escrevo para algumas revistas e jornais da Europa, tenho uma empresa de jornalismo, a JP Reportagens, que faz contratos com os jornais e as revistas, tenho uma equipe grande que me ajuda.

— Ah, entendo...

Todos estavam se levantando para ir embora quando Benitez disse:

— Gostaria de convidar todos vocês para jantarmos juntos depois de amanhã, dia 28 de maio. Vamos comemorar o aniversário de Ilgner. Gostei muito de vocês. Vamos aproveitar antes de começar a confusão da copa. Depois, cada um de nós vai viajar para um lado e, com certeza, dificilmente vamos nos ver de novo e como gostei de todos, vocês serão meus convidados. Que tal às 20h30 no restaurante Gaetmaeul Millbatjip? Guardem o nome, pois é difícil. O restaurante é excelente, serve tradicional comida coreana, é o máximo. Fica em Insa-Dong, vocês sabem onde é, não?

— Eu cheguei ontem, estou perdida, não tenho muita idéia — comentou Carolina.

— Carol, vou te chamar assim, fofa. É superfácil, dá para ir de metrô ou táxi, é só dizer "Insa-Dong", que todos conhecem. É uma rua muito especial, repleta de restaurantes e lojinhas, tem também uma galeria bem exótica. É meu lugar predileto em Seul.

— Bom, pelas lojinhas já me convenceu...

— Estamos acertados então?

Todos concordaram. Despediram-se, e foram embora para seus hotéis. José Marcelo — que já estava um pouco alto com a bebida — e seu novo amigo Will, resolveram voltar a pé para os respectivos hotéis. Henry, Giuseppe e Bosch que estavam hospedados no mesmo hotel, concordaram e fizeram parte desta aventura de 7 quilômetros, às 2 da manhã. Durante o trajeto, foram contando piadas, sempre encabeçadas por José Marcelo, que certamente era um comediante por natureza.

— Giuseppe, fale a verdade, será que os dois são namorados? O mexicano e o compatriota do Bosch? O mexicano solta a franga descaradamente, mas o Ilgner, nem tanto. O que você acha?

— Acho que o Ilgner não é alemão, não. Porque na Alemanha não tem gay.

— Ha, ha, ha. Sei, percebi seu jeito de ser...

Todos riram de Zé Marcelo.

— Mas você fez uma pergunta para mim, vou te responder, Zé. Namorados não, são bons amigos.

Riam alto e bem animados os cinco novos amigos. Ao chegar aos respectivos hotéis, mal se despediram uns dos outros, tamanho o cansaço.

Jack, ao entrar no quarto, estava cambaleando de cansaço, em virtude da enorme distância percorrida, mas mesmo assim, conectou-se à internet.

— Oi Duque, boa noite.

— Boa tarde, Boss, aqui ainda são 17h30.

— Que maravilha, aqui já é madrugada. Bom, vou ser rápido. Preciso do endereço de um contrabandista de armas. Alguém de confiança, pois não entrei com nenhuma arma nem mesmo com nenhum equipamento, estava complicado, a segurança no aeroporto está difícil.

— Hum, ok, vou te enviar. Tem um cara muito bom aí em Seul. Assim que você acordar já terá um e-mail.

— Ok, vou amanhã mesmo nesse local. Bom, boa noite, estou quebrado, nem vou tomar banho, *ciao*.

Jack deitou de roupa mesmo, apenas tirou os sapatos e o *blazer* do *smoking*.

12

Mr. Kim

**Seul, Coréia do Sul
27 de maio de 2002**

Logo ao acordar, Jack nem esperou para tomar o café ou mesmo seu banho matinal, tamanha a pressa, foi se conectando à internet para ver se o Duque havia lhe passado o endereço do contrabandista fornecedor de armas. Afinal, ao entrar em Seul, devido ao esquema de segurança fortíssimo nos aeroportos era muito arriscado trazer qualquer arma, mesmo sendo ela fabricada com material de fibras de carbono, imperceptível ao infravermelho, como ele já havia usado em outras ocasiões. Mas para isso precisaria de um fornecedor de confiança, uma pessoa que pudesse arrumar o que ele quisesse, desde armas das mais potentes até equipamentos eletrônicos hipermodernos.

Bom dia, Boss, conforme combinado, segue abaixo o endereço de mr. Kim, ele é o cara. Tudo que você precisar, ele tem. É um shopping center em matéria de armamentos e equipamentos de guerra. Fica localizado nas ruas do Namdaemun Market. É uma loja pequena, que tem cintos pendurados na fachada. Vende cintos, a grande maioria de marcas falsificadas. Não tenho o nome da rua e muito menos o número da loja. Mas parece que existem apenas umas 20 lojas que vendem cintos. E mr. Kim só existe um, e todos o conhecem.

A senha para ele te receber é pedir um cinto da marca BASIC. Só isso, entrar e pedir um cinto com esta marca. Boss, boa sorte.

Jack, assim que se desconectou, tomou um rápido café-da-manhã, tomou banho e seguiu para Namdaemun Market.

Aeroporto Internacional de Incheon
Seul, Coréia do Sul

Monsieur Pasquim, Mark Pierre e Mônica pegaram as malas na esteira e foram em direção à polícia federal, onde o chefe da polícia coreana, Jai Heo, acompanhado por dois agentes da polícia federal, assim que os avistou, dirigiu-se a eles.

— Bom dia, meu nome é Jai Heo, sou o chefe da polícia coreana. Irei acompanhá-los em vossa estada na Ásia. Os senhores não precisam passar pela burocracia da aduana, é só me acompanharem que estamos com um carro à espera.

— Prazer, eu sou a Mônica, este é Mark Pierre e este é o *monsieur* Pasquim.

— Encantado. *Monsieur* Pasquim, fez uma boa viagem?

— Não, não suporto viajar em classe econômica, mas os incompetentes do meu departamento não conseguiram arrumar nada na executiva.

Jai Heo ficou sem graça pela resposta ríspida e grosseira de Pasquim, mas já ouvira sobre seu estilo. Mark Pierre e Mônica ficaram constrangidos, mas também já conhecem bem o estilo do chefe.

— É, estava tudo lotado, é véspera de Copa do Mundo. Mas ainda bem que nos encaixaram neste vôo — respondeu Mônica.

Logo depois que passaram pela aduana foram em direção à saída, para o local onde o motorista aguardava com o porta-malas do carro aberto, pronto para os ilustres passageiros da Interpol. Ele os cumprimentou e começou a guardar as malas, quando *monsieur* Pasquim observou um rapaz loiro, bonito, bronzeado, trajando calças *jeans* claras e uma camiseta preta. Jai Heo perguntou se estava tudo em ordem.

— Não faz parte do meu trabalho, mas não deixei de reparar numa coisa. Você está vendo aquele rapaz ali, encostado na mureta, que espera a chegada de algum passageiro?

— Sim, estou vendo.

— Bom, você como investigador chefe da polícia coreana, não deve estar muito atento, né? Afinal está na cara que este rapaz é um receptador de drogas e está esperando seu comparsa traficante. Você não vê? Um loiro? Tá na cara que não é daqui. E está bronzeado. Não vive aqui também, porque 99% dos expatriados que trabalham aqui são executivos, e que eu saiba não têm tempo para manter a pele assim bronzeada. Aqui na Coréia não deve fazer tanto sol assim. Outra coisa, se está esperando alguém, porque não espera dentro, na saída da aduana? Se está aqui fora, deveria estar fumando ou no celular, mas nem uma coisa nem outra. Outro detalhe, está nervoso, dá para perceber pelo tique que tem na mão esquerda, daí você pensa, sim está nervoso porque deve estar esperando alguém, está ansioso. Mas vamos esperar um pouquinho, se estiver esperando alguém, assim que a pessoa chegar, sua recepção será calorosa.

— Mas, *monsieur*, só por causa disso?
— É só por causa disso! Você não acha?
— Então, vou chamar um policial de plantão e vamos abordá-lo.
— Calma, rapaz, só teremos certeza se, por um acaso, sair um passageiro sozinho, homem ou mulher, e pela reação dele vai dar para saber se é namorado, parente ou amigo.

Jai Heo, comunicou-se pelo rádio com policiais de plantão do aeroporto, avisando sobre o suposto malfeitor.

— Sabe o que acho interessante? Vocês têm um supercontrole de segurança, mas não observam o óbvio.
— Calma, *monsieur*, não sabemos ainda...Vamos averiguar.

Uma morena, bonita, alta, vestindo calça preta justa, camiseta branca e carregando um blusão azul, saiu com uma mala pequena com o desenho da bandeira dos EUA. Logo ao chegar, deu um beijo rápido no rosto do rapaz e os dois seguiram em direção à saída.

— É, não temos certeza ainda, mas se este cara é seu namorado, pelo beijo rápido que se deram, depois de uma viagem longa, devem estar com algum problema no relacionamento não é, mr. Jai Heo?

Não deu tempo de completar a frase, Jai Heo pelo rádio chamou o sistema de segurança do aeroporto, e rapidamente cinco policiais cercaram o casal, que estava caminhando em direção à garagem do aeroporto. Pararam os dois e os encaminharam para a delegacia de polícia do aeroporto.

— Bom, já dei minha pequena contribuição. Vamos, estou cansado, temos muito que fazer. Mas peça para nos informarem pelo telefone se eu estava certo ou não.

Entraram no carro, onde já estavam sentados Mark Pierre e Mônica, conversando, sem prestar atenção no que Pasquim e Jai Heo faziam.

No caminho para o hotel, no centro de Seul, Jai Heo foi distribuindo os dossiês e explicando como é feita a logística da segurança durante a copa, os nomes de todos os hóspedes dos hotéis de Seul, uma pasta com mais de 140 páginas, uma para cada um dos três. A explicação foi interrompida com o toque do celular de Jai Heo. Ao atender recebeu a notícia confirmando que se tratava de dois traficantes. A moça portava no fundo da mala 10 quilos de cocaína. E no forro de sua jaqueta havia *crack*.

– *Monsieur* Pasquim, o senhor estava correto. Foram presos os dois.

– Eu sabia. Para mim estava muito evidente.

Mônica e Mark Pierre não estavam entendendo nada.

– O que foi?

– Nada Mônica, nada.

Fizeram o *check-in* no hotel e foram direto para uma suíte que estava devidamente montada com os equipamentos solicitados por Mônica a Jai Heo. Instalaram-se, e *monsieur* Pasquim deu duas horas de descanso para que, a partir das 14 horas, começassem a trabalhar, já com uma videoconferência marcada com Lyon.

Myeong Dong
Seul, Coréia do Sul

Jack descera na estação de metrô de Myeong Dong. Caminhou pela via subterrânea repleta de lojinhas e vendedores dos mais variados tipos de mercadorias. Pegou a escada rolante até a saída para a grande loja de departamentos Shinsegae. Entrou na loja, já era hora do almoço, pegou o elevador e foi até o último andar, local com uma praça de alimentação com alguns restaurantes, cada um servindo um tipo de comida. Em todos os restaurantes, os cozinheiros, trajados como chefes de cozinha, fazem os pratos na frente dos clientes. Jack, ao assistir a algumas das preparações de pratos dos diferentes restaurantes, escolheu o de massas, ficou encantado com o espaguete com camarão. Parecia muito saboroso. Foi logo pedindo ao chefe para fazer sem molho e sem pimenta, afinal a comida coreana é muito condimentada. Mas como a comunicação entre os dois era em inglês, não foi de muita valia para Jack, pois o belíssimo prato com vistosos camarões estava demasiadamente apimentado.

Jack estava faminto, procurou dar algumas garfadas para saciar sua fome, mas a cada garfada sentia mais o sabor do condimento. Começou a transpirar, o calor crescia, seus olhos começavam a lacrimejar. Jack não gostava de comidas com temperos fortes, tradição das comidas coreanas. Por isso escolheu almoçar nessa loja de departamentos, que tinha a praça de alimentação com restaurantes "*western*", como são chamados, ou seja, com comida do ocidente. Excelentes restaurantes, mas mesmo nos pratos ocidentais os chefes de cozinha coreanos não deixavam de colocar uma pitada do tempero asiático.

Jack sabia que a forma de curar aquele calor na boca não era tomando nenhum líquido, isso seria a pior coisa, pois espalha ainda mais os condimentos pela boca. A melhor coisa a fazer era tomar um sorvete. Perguntou a uma das atendentes, que indicou o andar onde fica o supermercado e também a *rotisserie* da loja. Lá acharia uma sorveteria, com sorvetes excelentes. Com esta indicação, Jack não perdeu tempo e foi direto para o primeiro andar. Chegando lá, ficou impressionado com a *rotisserie* e o supermercado, tamanha a organização e distribuição das gôndolas de vendas. De longe avistou a Giolitti, famosa rede de sorveterias, com sede em Roma, na Itália, um dos pontos favoritos de Jack, e considerada uma das melhores do mundo. Ao ser atendido, viu que um dos sabores era marrom-glacê. Nunca havia experimentado tal sabor, resolveu provar. Jack estava salvo, aliviado pelo sorvete de marrom-glacê, agora poderia confortavelmente fazer aquilo que estava traçado. Saiu da loja de departamentos e foi caminhando em direção a Namdaemun Market.

Assim que entrou em uma das ruas do famoso bairro comercial de Namdaemun, Jack achou que parecia véspera de Natal: uma multidão de pessoas andando de um lado para o outro, todos carregando sacolas nas mãos.

Ele não tinha idéia que por trás daqueles grandes arranha-céus nas avenidas de Seul, existia um bairro tão exótico, primitivo e bagunçado. Nas avenidas, tudo do mais moderno, e logo atrás, um viveiro humano praticando a mais primitiva das formas de comercialização mundial, uma verdadeira feira medieval. Um grande shopping center a céu aberto. Vende-se de tudo, é uma mistura de varejo e atacado, lado a lado. Um mar de lojas pequenas, amontoadas, com camelôs na frente das lojas e vendedores ambulantes caminhando pelas ruas.

Jack, logo na primeira rua achou uma vendedora ambulante com um carrinho que parou em sua frente, montou seu ponto com uma rapidez enorme, e escreveu em cima de uma tábua de madeira o preço das meias que vendia, todas falsificadas, de algodão, das mais variadas grifes mundiais. Ele achou interessante e comprou logo o pacote que estava em promoção, cinco pares de meias Louis Vuitton por apenas 5 dólares. Achou interessante caminhar naquelas ruas com uma sacolinha verde de plástico. Afinal, todos caminhavam com várias sacolinhas, e ele ali, sem nenhuma, era algo muito diferente. Virando a esquina, Jack deparou-se com uma rua comprida, com aquele mesmo cenário de uma grande feira, confusa e muito dinâmica. Agora, ele tinha que achar logo a loja do mr. Kim. Resolveu andar por essa rua comprida, cujo nome nem estava sinalizado nas placas. Caminhou por mais um trecho e encontrou uma loja que vendia cintos. Entrou na loja, olhou alguns cintos e perguntou se vendiam da marca BASIC. O vendedor disse que não, mais que tinha cintos de primeira qualidade para vender. Jack achou que poderia ser parte da senha, disse ok ao vendedor. Este saiu e pediu que ele ficasse. Depois de uns 5 minutos voltou de dentro da loja com três caixas de papel, e abriu-as na frente de Jack, revelando uma penca de cintos, de várias grifes e marcas, com variados modelos, todos, claro, falsificações.

– Ah, ok. Mas não tem BASIC?

– Hum, tenho Hugo Boss – dizia o vendedor, em um inglês carregado, difícil de entender.

– Não obrigado, busco BASIC.

O vendedor mostrou outras marcas, já mostrava comentando os valores, fazendo propostas. Jack entendeu que certamente aquela não era loja. Agradeceu ao homem que parecia furioso, o que demonstrou com um gesto abrupto e resmungando em coreano. Jack notou que o vendedor havia ficado muito irritado por não ter realizado a venda. Saiu da loja e voltou a caminhar pelas ruas de Namdaemun. Achou outra loja, na mesma situação. Parecia uma reprise da loja anterior. O vendedor ficou furioso também, sendo mais grosseiro que o primeiro.

Jack já estava caminhando há mais de uma hora e não conseguia achar outra loja de cintos. Resolveu voltar para a primeira, mas já não conseguia lembrar do caminho. Apesar de ser muito observador e ter um ótimo senso de direção, desta vez estava perdido, as ruas eram enormes e praticamente umas iguais a outras. Estava começando a ficar impaciente quando avistou uma terceira loja de cintos, a maior das três que havia visto até então. Deveria ter uns 4 metros quadrados. Entrou, estava movimentada, havia três mulheres coreanas comprando e mexendo nos cintos. Jack resolveu ficar no canto da loja espiando, até que o único vendedor, como em todas as lojinhas, perguntou se queria alguma coisa.

– Sim, estou procurando uma marca de cintos, BASIC. Você tem aí?

O vendedor, que falava muito mal o inglês, não entendeu o que Jack queria. Então, ele escreveu num pedaço de papel: BASIC. O vendedor fez o mesmo que fizeram na primeira e na segunda loja, pediu um momento, esperou as senhoras saírem da lojinha, levou um tempo e voltou com uma caixa enorme de cintos, pedindo a um garoto, de uns 10 anos, que ficasse na porta vigiando, para ver se aparecia alguém. Jack viu que era a mesma coisa, cintos de marcas falsificados, mas desta vez teve uma idéia – iria comprar. Selecionou três cintos, barganhou com o vendedor e fechou o negócio por 40 dólares. O vendedor colocou os cintos numa sacolinha amarela de plástico. Sorridente, perguntou se Jack gostaria de mais alguma coisa. Ele percebeu que com este vendedor havia funcionado diferente, claro, porque havia feito o negócio e não o fizera perder tempo, como os anteriores. Por isso não houve uma reação negativa como nas outras lojas. Resolveu aproveitar esta deixa do vendedor.

– Sim, quero falar com mr. Kim. Você o conhece?

– Mr. Kim, mr. Kim?

– Exato.

– Um momento, por favor.

Pegou o celular e falou com uma pessoa. Ao desligar, fez um sinal com a cabeça, e pediu para aguardar mais um momento. Depois de uns 10 minutos apareceu um outro coreano, magrinho, que já lá fora, perguntou a Jack.

– Pois não, no que posso ajudar? – disse em um inglês perfeito, diferente de todos que Jack conhecera no bairro.

– Sim, o senhor é mr. Kim?

– Sou sim.

– Ok, estou procurando uma marca de cintos chamada BASIC. Não os encontrei ainda.

– Ok. Um momento.

Pegou o telefone e rapidamente disse umas palavras, desligou e, virando-se para Jack disse:.

— Me acompanhe, por favor.

Ao sair, Jack percebeu que ele dera a mão para o vendedor para se despedir, e nela havia uma nota de dinheiro, certamente em agradecimento. Saíram da loja e foram andando pelas movimentadas ruas de Namdaemun. Entraram em uma galeria, e foram para o subsolo. Para surpresa de Jack, lá também havia milhares de lojas. Andaram até o fundo da galeria, e o coreano bateu numa pequena porta, de onde apareceu outro coreano, que o convidou para entrar. Era um prédio velho, sujo, parecia cair aos pedaços. Jack estava muito desconfiado, pois sabia que se tratava de algo ilegal. Na Ásia, geralmente, as coisas escusas estão em lugares decadentes. Ao entrar no prédio, aguardaram o elevador, que era antigo, de estrutura de ferro.

O coreano abriu a porta pantográfica do elevador, entraram os três e subiram até o 11º andar. Saíram do elevador, e lá estava outra porta pantográfica. Outro coreano abriu a porta, cumprimentando Jack. Entraram num apartamento pequeno, de paredes brancas sujas, e o coreano da lojinha pediu a Jack que se sentasse e apontou o sofá marrom com manchas diversas. Os outros dois coreanos saíram do apartamento, provavelmente voltando aos seus postos. Jack ficou sentado sozinho na sala de estar, onde, além do sofá marrom não havia nenhum outro móvel. Podia ver, através de uma porta semi-aberta, quatro coreanos sentados em cadeiras velhas, contando dinheiro.

Jack esperou até que de lá saiu um coreano, ao redor dos 50 anos, com bigode ralo, vestindo um terno preto com listras azuis, camisa branca, gravata vermelha. Era elegante, com gel no cabelo e exalava um perfume forte.

— Boa tarde amigão, no que posso ajudar? – disse, esticando a mão e cumprimentando Jack.

— Boa tarde. Venho aqui indicado por um amigo meu. Preciso comprar uns equipamentos.

— Hum, sei. Posso te perguntar quem me indicou?

— Claro, o nome dele é Paytron, trabalha para a CIA.

— Hum, sei, Paytron, americano. Conheço ele. Faz tempo que não entra em contato comigo. Como ele anda?

— Agora foi promovido, é o chefe de investigações na área de terrorismos no Oriente Médio.

— Uau, o cara está bem, né?

— Bastante.

– Bom, não vamos perder tempo. Vamos ao negócio. Primeiramente, como você pode me pagar?

– Transação bancária, me passe o valor que já autorizo o pagamento.

– Ok. Então, vamos ver, vou te mostrar um catálogo de produtos e você escolhe.

– Quero duas semi-automáticas, silenciadores, calibre baixo. Quero um visor de raios X noturno, 100%, modelo americano, tamanho pequeno, para mulher. Quero também um canivete suíço, com 40 funções. E para finalizar, spray de fumaça roxa, identificador de raios laser.

– Uau, vai roubar quem? O imperador japonês? Hahaha!

Mr. Kim achou graça da própria piada, não foi o caso de Jack, que estava sério.

– Pensei que um profissional como você não fizesse perguntas.

– Desculpe, foi só uma brincadeira, aqui em nosso ramo, ética é o que mais conta.

Em coreano, mr. Kim chamou um de seus ajudantes, que trouxe cinco catálogos. Jack, rapidamente olhou e selecionou seus instrumentos.

– Ok, deixe que eu faço os cálculos.

Mr. Kim puxou uma calculadora de seu bolso, e começou a calcular, chegando ao valor de 95 mil dólares e mostrou a Jack.

– Este valor é especial, estou fazendo o preço que faria para meu colega Paytron.

– Não, por este valor não dá.

– Cara, você não está em situação de negociar. Só eu tenho esta mercadoria num raio de 5 mil quilômetros. E este valor é o que eu faço para você. E é sério, não está caro.

– Bom, sou profissional, não amador. Não pago mais que 60 mil nisso.

– Tá louco? Só 60? Bom, então, um abraço.

Em coreano, chamou seu assistente que fitava Jack o tempo todo. Jack disse ok e se levantou para sair. Mr. Kim falou alguma coisa em coreano em tom de deboche para seu assistente e voltou-se para Jack, que já estava de pé, pronto para sair.

– Calma, ok, vamos chegar a um acordo: 75.

– 70.

– Tu é negociador. Mas quero esta grana hoje.

— Ok. Quando tenho o material?
— Consigo em uns 15 dias.
— Sem chance, preciso antes.
— Tu abaixa o preço, e ainda quer mais rápido a entrega?
— Ok, te pago 71, mas me entregue na semana que vem.
— Ok, acho que dá.
— Acha?
— Tudo bem, dou um jeito. E a entrega será onde?
— Tóquio. Vou te passar o endereço do hotel.
— Tóquio?
— Putz, vai ter extra para esta entrega. Fazemos o seguinte: entregue neste hotel e pago 72.
— Fechado rapaz. Fique tranqüilo. Você irá receber tudo junto numa única caixa.
— Que risco tem de a mercadoria ser extraviada?
— Nenhum. Faço via Hong Kong. Tenho um esquema e a polícia federal japonesa nem chega perto. Apesar de longe, em Hong Kong não corremos risco.
— Como posso testá-los?
— Bom, nunca tive devolução das minhas mercadorias. Mas você tem uma semana de garantia. Te dou esta cortesia, e mais: me pague 60% hoje e o restante depois.
— Não, pago tudo hoje. Mas quero tudo funcionando perfeitamente.
— Ok, mestre, fique tranqüilo. Gostei de negociar com você. Escreva seu e-mail neste papel. Jack escreveu o e-mail. Pegou os dados da conta para o depósito e foi embora.

13

Edición Limitada nº 60

Seul, Coréia do Sul
28 de maio de 2002

Japão e Coréia estavam em festa. O clima de uma Copa do Mundo estava presente em todos os lugares, o mundo estava ligado no Oriente, chegavam cada vez mais torcedores vindos do mundo inteiro, fanáticos, convidados, artistas, políticos, jornalistas, todos estavam ansiosos esperando o começo da copa.

Jack, motivado pela agitação nas ruas, o clima positivo entre os turistas, a alegria contagiante da copa, resolveu acordar cedo e ir malhar na academia do hotel, onde passou 3 horas. Depois, tomou apenas um suco de laranja no café-da-manhã e imediatamente foi até seu quarto se conectar com Duque. Havia dois bips em seu celular; era o sinal de que Duque precisava falar com ele com urgência.

— Bom dia, Boss.
— Bom dia, Duque.
— Eu tenho uma notícia para você não muito boa.
— O que foi?
— Sua cabeça foi colocada a prêmio pelo xeque. Isto já esperávamos. Agora, o xeque avisou que você estaria atuando durante a Copa do Mundo. Fiquei surpreso. Não imagino como ele pôde saber disso.
— Hum, não sei, que informação é essa?
— Chequei e vem da CIA. Eles sabiam que você estaria aí durante o mundial.

— Como eles sabem? Muito estranho. Será que não é alguma suposição deles? Ou será que o pessoal do xeque, que está atrás de mim, ouviu alguma coisa?

— Pode ser, mas é bom ficar atento. É bom você começar já a pôr em prática o roubo, para cair fora daí o mais rápido possível.

— Tem razão, mas acho que sei como. Responda-me uma coisa, onde posso conseguir uma caixa de charutos do tipo exótico, aqui em Seul?

— Hum, preciso ver onde tem uma boa loja aí na Coréia. Me informo e mando um torpedo para seu celular.

— Ok, mas preciso de uma superloja, com as mais variadas marcas e com os charutos mais exóticos. Bom, preciso ir andando para o Coex.

— Ok, Boss. *Ciao*

Coex
Seul, Coréia do Sul

Durante três meses, antes do início da Copa do Mundo, foi realizado um *tour* passando pelas cidades sedes da copa, a fim de divulgar e celebrar o grande evento, expondo a taça Copa Fifa. Em todas as cidades o troféu ficou exposto em média por três dias, e vários eventos foram realizados. A última cidade-sede a receber a Copa Fifa era Seul, onde exatamente 72 horas antes do jogo inicial, seria exposta pela última vez, no Coex.

Eram 13 horas quando, após o último discurso da cerimônia, foi exposta a lendária Copa Fifa. O *hall* do primeiro andar do Coex estava lotado, a imprensa do mundo inteiro estava presente, além de grandes empresários, artistas e pessoas da alta sociedade, todos querendo dar uma olhadinha antes de a exposição ser aberta ao público.

Faltava menos de uma hora para abrirem os portões e filas de mais de duas horas se estendiam do lado de fora para visitar e fotografar o troféu mais famoso do planeta, a taça dos sonhos que a cada 4 anos reacende as esperanças dos aficionados pelo futebol. A última seleção a sentir o gostinho de ter a taça foi a francesa. Durante 3 anos, a taça ficou aos cuidados da França, que a protegeu com segurança máxima em Paris. Depois, a taça voltou à sede da Fifa, em Zurique, sendo exposta novamente na celebração do sorteio da copa, em dezembro de 2001.

Jack era um entre os milhares de repórteres ali presentes. Contemplava a bela protagonista, exposta atrás de uma caixa de vidro blindado. Seis câmeras dentro da sala filmavam os 360 graus ao redor do vidro blindado que protegia a taça no meio do salão. Muitos seguranças estavam presentes no local.

Apesar da presença da anfitriã da festa, o que prendia a atenção de Jack não era a taça e sim um japonês elegante, de estatura média, corpulento, trajando um terno cinza-claro, bem talhado, camisa branca com gola tipo italiana, larga, gravata amarela. Ao se olhar para Heiji, era impossível não reparar em seu cabelo, penteado para trás, fixado por gel. E o relógio, ouro puro, um Patek Philippe que deve ter sido feito sob encomenda. Jack, como bom observador, não deixou de reparar nos sapatos de Heiji, que, embora fossem de pelica, brilhavam a distância. Certamente, um homem de gosto apurado, elegante e altivo. Postura sempre erguida, com um sorriso estampado no rosto.

Heiji estava acompanhado por três seguranças. Um deles era o famoso Tanaka, um japonês alto e que, mesmo trajando um *blazer* escuro, era possível notar seus músculos salientes. Traços firmes e grossos destacavam seu rosto, ainda mais por causa da cabeça careca e o *piercing* na orelha. Exímio conhecedor de artes marciais, era sobrinho de Matsumoto e responsável pela segurança da família. Por ordem de Matsumoto, estava sempre acompanhando a agitada vida de Heiji, o relações públicas e *playboy* da família.

Enquanto todos ali presentes tiravam fotos, filmavam e assistiam aos discursos durante a exposição da taça, Jack observava e analisava detalhadamente Heiji e Tanaka. Percebeu que Tanaka era muito atento a tudo o que estava ao redor. Por um instante, Jack notou que Tanaka o fitara e rapidamente Jack desviara o olhar para o chão. Sabia que um bom observador marca seu alvo pelo olhar.

Estavam todos trabalhando, tentando conseguir espaço maior para fazer uma foto melhor ou um ângulo original, principalmente os fotógrafos e cinegrafistas de plantão. Já os demais repórteres estavam apenas esperando a oportunidade para entrar na fila e ver de perto a lendária taça. Will foi um dos primeiros a entrar na fila. Não levou nem 5 minutos para estar na frente da taça. Já estava saindo quando José Marcelo e Benitez o cumprimentaram, bateram um papo e José Marcelo perguntou o que iria fazer.

— Estou de saída, tenho que mandar um relatório para o escritório. E vocês?

— Temos um monte de coisas, mas vamos almoçar antes. Você já almoçou?

– Ainda não. Vamos? O que você acha?

– Demorou! Mas onde?

– No shopping center aqui embaixo tem um bom restaurante de massas. Toda vez que passo na frente me dá vontade de experimentar.

Era inacreditável, o restaurante estava lotado, e o pior era que todos os restaurantes estavam com um monte de pessoas na fila. A previsão era de, no mínimo, uma hora de espera. A solução foi comer em um *fast-food*, e irem embora. Foi o que fizeram. Afinal, estavam todos com muita pressa. José Marcelo havia dito que tinha que trabalhar a tarde inteira em uma reportagem que iria para o ar no mesmo dia.

– Esta matéria tem que estar no ar às 13 horas no horário do Brasil, ou seja, daqui a 10 horas. O problema é que tenho que editá-la. Mas sabe como é, coisas do jornalismo, sempre demora mais do que queremos.

– Nossa que estresse... Sabem, hoje estou um pouco mais tranqüilo, tenho gravação só amanhã. Posso descansar o final do dia. Acho que vou fazer compras. Mas amanhã tenho que fazer duas entradas para a TV.

– É Beni, teu caso é bem mais complicado mesmo, afinal, você é repórter de TV, além de fazer a matéria, escrever, tem que estar sempre sorrindo para a câmera.

– Olha, Will, posso te dizer, tem suas vantagens. Lá no México não pago a conta em vários restaurantes.

– Hum, está se achando o artista agora.

Will e Beni acharam graça da brincadeira de José Marcelo, e cada um voltou para seus afazeres.

Hotel Cassino Walker Hill
Seul, Coréia do Sul

O cheiro do charuto Cohiba Robusto de Heiji Matsumoto podia ser percebido desde a entrada do cassino. Jack, ao entrar, foi em direção à banca, trocou 2 mil dólares em fichas e foi para a mesa 31, ao lado da mesa 34, onde estava Heiji Matsumoto.

Heiji tem como *hobby* as mesas de jogatina, de todos os tipos, e pode ser encontrado facilmente num cassino. Ele gosta muito de jogo, particularmente de *black Jack*. Já está há uma semana em Seul, e todas as noites passou horas no cassino, acompanhado de belas mulheres e de seus três seguranças.

Chega sempre tarde, depois da meia-noite, ficando, às vezes, até o cassino fechar. Já chegou a virar a noite, obrigando indiretamente o gerente a manter o cassino aberto por 24 horas.

Costuma jogar na mesa 34, que considera sua mesa de sorte. Sempre ficam a disposição de Heiji, além dos seus três seguranças, dois garçons, um gerente e o seu crupiê de confiança, condição *sine qua non* para seu divertimento. Um dos garçons mantém seu copo com Blue Label cheio o tempo todo. Todos conhecem suas preferências.

Jack, de sua mesa, observava a mesa de Heiji. Notava sua aparência arrogante, acompanhado por duas belas loiras, certamente prostitutas oferecidas pelo hotel. Jack não estava com muita sorte. A roleta não estava a seu favor. Esperava o momento certo para se aproximar da mesa de Heiji. Depois de uma hora só perdendo dinheiro, Jack encostou ao lado de Heiji, na mesa 34. Tanaka olhou imediatamente, pedindo pelo *walkie-talkie* que um dos seguranças ficasse ao lado do rapaz de *blazer* azul-escuro e calça bege que estava assistindo ao jogo. Olhou para o chefe dos seguranças do hotel indicando com o rosto o rapaz.

Jack acendeu minuciosamente seu charuto Romeu & Julieta Churchills Edicion Limitada nº 60, revelando a marca e o tão precioso artefato de luxo. Um charuto considerado uma preciosidade pelos amantes do tabaco.

Heiji não demorou para notar o odor agradável daquele charuto e olhou para Jack, mais de uma vez. Certamente havia gostado do cheiro que se espalhava pelo ar. Pediu a um de seus seguranças para acender um novo charuto. Mas logo ao tragar, sentiu-se incomodado com o aroma mais forte e encorpado que saía da direção de Jack.

— Rapaz, desculpe, mas qual a marca desse charuto?

— É um Romeu & Julieta Churchills Edición Limitada nº 60.

— Hum, tem um aroma agradável. Quero uma caixa deste. Chamou o gerente e solicitou um igualzinho ao do homem de *blazer* azul-escuro no canto da mesa.

Depois de uns 5 minutos, o gerente se aproximou de Heiji, comunicando que eles não tinham aquela marca em seu estoque e as lojas de Seul estavam todas fechadas, mas que conseguiriam para ele no dia seguinte.

— Mas que hotel é este que não tem esse charuto? Não deve ser um charuto tão difícil, não mesmo.

Jack ao ouvir Heiji levantar a voz, sorriu para ele, tirou uma pequena caixa de charutos e o interrompeu:

— Você gosta de charutos? Percebi que você está fumando um Cohiba Robusto. Sabe, eu também sou, digamos, um viciado em charutos. Este que estou fumando é muito difícil de achar. Poucos lugares têm esta raridade. Mas vou fazer o seguinte, se não for abuso da minha parte, gostaria de lhe oferecer esta preciosidade. Sei reconhecer um homem que aprecia a arte do tabaco.

Tanaka deu um salto e segurou Jack pelo braço. Os seguranças do hotel fizeram um cerco atrás de Heiji, e os outros dois seguranças de Heiji se colocaram na frente dele. Houve um rápido tumulto. Revistaram Jack, não encontrando nada. Heiji se levantou em direção a Tanaka.

— Calma, calma. Larguem este homem. Vocês não sabem respeitar um homem gentil? Por favor.

Heiji fez um rápido e ríspido comentário em coreano com o seu sempre atento segurança.

— Deixe-me ver este charuto.

Pegou o charuto na mão, olhou, examinou, cheirou e disse a Jack:

— Primeiramente, desculpe o mau jeito. Muito obrigado. Irei experimentá-lo. De fato, se o sabor for como o aroma, deve ser muito bom. Não conheço. Deve ser especial.

— Sim, muito especial, foi feita uma única produção há uns 15 anos, em Havana, em homenagem ao aniversário de Fidel Castro, em seus 60 anos. Uma pequena parte da produção perdida, encontrada por colecionadores, está espalhada pelo mundo.

— Nossa, que incrível. Deve custar muito caro um desses, não? Onde você os conseguiu?

— Em Cuba. Lá se consegue muita coisa, em se tratando de charutos.

— Ah, imagino. Não conheço Cuba. Um dia irei. Bom, por favor, junte-se a nós.

Heiji pediu ao garçom um uísque igual ao dele, para Jack.

Tanaka estava observando Jack, não havia gostado daquele homem.

— Bom, meu nome é Heiji. Muito prazer.

Jack fez o mesmo, se apresentou a Heiji, e conversaram durante a noite toda. Jack torrou a quantia que havia trocado na banca, mas Heiji pediu para pendurar mais 2 mil dólares em sua conta. Gostou de Jack, de cara. Ele havia estudado o dossiê de Heiji, sabia tudo que o agradava, por isso não era difícil seduzi-lo.

Eram mais de duas da manhã quando Heiji convidou Jack para uma festa particular, na qual haveria seis modelos esperando por eles numa suíte do hotel, em retribuição à gentileza que Jack havia feito a ele. Jack aceitou sem hesitar.

Tanaka não gostou nada da empatia criada entre os dois. Fitava Jack com cara de poucos amigos. Jack, por sua vez, quando notava os olhares de Tanaka, correspondia com um sorriso discreto.

Passaram a noite bebendo, tragando e "brincando" com as belas modelos oferecidas pelo hotel, entre muita conversa e altas risadas. Heiji, um autêntico *playboy*, sabia apreciar pessoas como ele, que levavam uma vida em puro *carpe diem*. A identificação entre os dois foi espontânea. Entre os assuntos tratados, Jack disse que era um repórter e estava trabalhando para cobrir o mundial. Contou várias histórias de bastidores, assunto que agradava a Heiji. Mas Tanaka, sem piscar os olhos, do outro lado da sala de estar, parecia filmar Jack.

A festa privada foi até de madrugada, quando Heiji se despediu do Cubano, apelido que dera a Jack.

14

Restaurante Gaetmaeul Millbatjip

Seul, Coréia do Sul
29 de maio de 2002

Eram 8 horas quando o telefone tocou. Jack, ao atender, notou que era o serviço de despertador do hotel. Havia solicitado para todos os dias esse serviço, mas esquecera de cancelá-lo na noite anterior. Tinha chegado às 6 da manhã. Estava dormindo há menos de duas horas. Quando chegou, nem sequer tomou banho, foi direto para a cama, mesmo com o forte cheiro de charuto impregnado em sua roupa.

Jack não pôde resistir ao toque insistente do telefone. Estava exausto, não conseguia nem abrir o olho, mesmo assim, pegou o telefone e tirou do gancho. Mas logo em seguida, às 8h15, veio o segundo despertador, que era da TV, programada por Jack como *backup* caso ele não acordasse com o serviço de despertador. Desta vez não teve jeito: enrolado no lençol, com os olhos semi-abertos, ele não conseguia encontrar o controle remoto. Abriu os olhos lentamente, zonzo, procurando o controle remoto para desligar urgentemente a TV, cujo sistema de despertador aumentava o volume a cada minuto e resolveu se levantar da cama e desligá-la manualmente. Voltou para a cama, mas já era tarde e, apesar de exausto, havia perdido o sono. Dormir até mais tarde era um plano, agora, do passado. Ficou na cama durante mais uma hora, rolando de um lado para o outro, mas começou a ficar com dor de cabeça. A melhor coisa a fazer era ir para o Coex.

Na sala da internet, que ficava no 2º andar do Coex, com mais de 300 máquinas conectadas à rede, Giuseppe estava sentado no computador 175, onde havia passado muitas horas trabalhando em pesquisas. Saiu para ir até o banheiro, mas deixou alguns de seus pertences na mesa, indicando que o computador estava ocupado, além de deixar a cadeira inclinada, conforme a orientação dada pela organizadora no International Media Center.

Todos os lugares estavam ocupados, provavelmente, se saísse de lá e não marcasse seu assento, quando voltasse estaria ocupado. Com seu andar elegante e fino, despertando olhares de várias mulheres no local, Giuseppe foi até o banheiro e quando voltou, para sua surpresa, encontrou sentado à sua mesa um senhor de uns 50 anos, magro, de bigode, cabelo loiro, provavelmente tingido, pois a cor estava um pouco exagerada. O que o deixou mais surpreso é que seus pertences, uma maleta, uma garrafa de água e um caderno de anotações estavam jogados num canto no chão da sala.

– Com licença. Este lugar é meu, fui até o banheiro e deixei minhas coisas indicando que a mesa estava ocupada. O senhor não tem o direito de fazer isso, além de ocupar meu lugar, ainda colocou meus pertences no chão. Porque fez isso?

O homem ali parado se levantou e ergueu a voz no mesmo tom.

– Escuta aqui, rapaz, não tinha ninguém aqui quando cheguei. O lugar estava vazio, preciso trabalhar, procure outro computador...

– Como assim, deixei a cadeira inclinada e meus pertences para indicar que esta mesa estava ocupada! Você é um mau caráter. Este lugar é meu e pode sair já daí.

– O lugar é seu? Não estou vendo nenhum nome aqui marcado.

Nisso, chegou um amigo que falou com ele em alemão e encarou Giuseppe. Todos ao redor estavam olhando. As vozes de ambos estavam exaltadas, algumas pessoas já estavam formando uma roda para assistir à briga prestes a ocorrer.

– O lugar é meu – disse Giuseppe, empurrando o alemão para trás com força, quase derrubando-o. Foi a gota d'água para começar uma grande confusão, o amigo do alemão, que era mais alto e mais forte, parecendo um soldado nazista, deu um murro na direção de Giuseppe, que por sua vez, se agachou, desviando do soco. Outro soco foi dado em sua direção, e Giuseppe se safou novamente com imensa agilidade, desviando do golpe que seria certeiro. Empurrou o outro alemão com força na direção de seu amigo, que perdeu o equilíbrio e caiu no chão. Ele levantou-se imediatamente e ambos foram em direção à Giuseppe, no momento em que chegavam Bosch, Henry e José Marcelo. Eles se colocaram na frente de Giuseppe, e Bosch falou em alemão com os outros dois:

— Vocês estão loucos, saiam daqui, seus covardes. Eu vi vocês armando esta confusão aqui. Este lugar era dele. Você ocupou o lugar e depois foi grosseiro e mal-educado, além de covarde, contando com mais um pateta para defendê-lo. Nós presenciamos e vamos contar aos seguranças tudo o que ocorreu. Vocês vão perder as suas credenciais, seus idiotas.

Eles ficaram olhando para Bosch, intimidados com o tom agressivo de sua voz. Giuseppe ficou calado, bem como José Marcelo. Os alemães retiraram-se resmungando. As pessoas presentes assoviaram e bateram palmas pelo ocorrido.

— Obrigado, meus amigos, vocês salvaram esses dois de uma surra.

Ambos riram pela reação de Giuseppe, que apesar do clima esquentado no local, ainda tinha senso de humor.

— É, né! Bom, vamos sair daqui, meu chapa, porque logo virão os seguranças e vão te encher o saco por causa da confusão ocorrida.

Não deu outra, mas quando os seguranças estavam chegando, já era tarde. Os três saíram da sala rapidamente e foram ao O Kim's Brauhaus, um bar no estilo alemão, que fica no primeiro andar do Coex. Sentaram-se, pediram uma cerveja e começaram a conversar. Giuseppe contou como ocorreu toda a confusão.

— Obrigado — disse Giuseppe. — Vocês foram superlegais. Mas não precisavam me trazer justo num bar alemão.

— É para manter o clima — comentou José Marcelo.

— Sinceramente, se vocês não entrassem na confusão provavelmente eu teria um problema com aqueles caras. Poderia vir um segurança, sei lá, e ocorrer alguma coisa desagradável e me prejudicar. Obrigado mesmo.

— Não foi nada, meu chapa. Por sorte estávamos lá, e em maioria. Se não fosse o nosso amigo aqui falar alemão, e daquela maneira, teríamos que sair na porrada com eles. Agora, Giuseppe, você é bom de briga porque a forma como você se desviou daqueles dois golpes, só vi em filme do Rocky Balboa.

Que agilidade, cara! E o empurrão no cara, que força, hein? Porra meu, você treina alguma arte marcial, tipo *kung-fu*?

– Que exagero, José. Sei lá, estava um pouco motivado. Os caras foram folgados, acho que isso me enervou. Na verdade, sou um cara calmo. Foi minha primeira briga na rua.

– Primeira, com esta agilidade? Para mim, você é profissional. Sinceramente. Sabe, brinco de jiu-jítsu lá no Rio. Faço academia lá. Sei reconhecer um cara que sabe lutar, você me impressionou.

– Sorte de principiante.

– Mas, Giuseppe, você é esquentado. A forma com que você começou a falar com eles, não teve outra saída, tinha que rolar um pega, cara. Foi aí que nós resolvemos interceder.

– É, a situação criada não tinha jeito. Concordo, eu talvez tenha exagerado, levantando a voz, quem sabe seria mais fácil ter chamado um fiscal. Sei lá. Bom, a sorte mesmo era termos o Bosch que falou alguma coisa que fez eles fugirem.

– Nada, só falei que você era gay e que gostava de brigar. Se continuassem, você poderia se apaixonar.

Todos caíram na risada.

– Você está aprendendo com o Zé Marcelo, hein?

Continuaram conversando por mais meia hora, tomando uma rodada do belo chope que serviam no bar, até que se deram conta de que já eram 19 horas e tinham que se arrumar para o jantar marcado com Benitez, logo mais, às 20h30.

Hotel Lotte
Seul, Coréia do Sul

A suíte presidencial do Hotel Lotte, em Seul, fora totalmente transformada em uma sucursal da Interpol na Ásia. Jai Heo, investigador chefe da polícia secreta sul-coreana, havia atendido a todas as reivindicações de Pasquim – todos os equipamentos imagináveis estavam disponíveis e um batalhão de funcionários, investigadores da inteligência, estava de plantão servindo ao *monsieur*.

Jai Heo nem podia imaginar o que seu superior pensaria se desconfiasse das regalias que havia proporcionado a Pasquim, ainda mais com o estresse da Copa do Mundo: estava ocorrendo o maior evento do século e ele deslocando homens para atender esse francês maluco e arrogante. Tinha medo de se arrepender mais tarde, mas era também uma grande oportunidade de fazer um arranjo com a Interpol e conquistar prestígio para a vaga de diretor geral da Ásia, que estava pleiteando.

A suíte presidencial era gigante, dividia-se em cinco cômodos, sendo o principal a suíte máster, onde estava alojado Pasquim. Havia mais três quartos, cada qual com banheiro privativo. Um deles era ocupado por Mônica e uma assistente da inteligência coreana. Em outro, estava Mark Pierre e um investigador da polícia coreana e no terceiro, três investigadores da polícia sul-coreana.

Estavam todos terminando de instalar os aparelhos quando Mônica entrou na sala. Ela havia acabado de voltar de um rápido almoço no shopping center que ficava no complexo do hotel...

— *Monsieur* Pasquim, preciso falar com o senhor. Estive pensando sobre o Pintor, o porquê de ele estar aqui, o que ele veio buscar. Tive várias idéias...

— Calma, Mônica, você está muito ansiosa. Espero que valha a pena eu parar minha pesquisa para te dar ouvidos, vamos lá... Pessoal, todos na sala de reuniões, a Mônica tem algo a nos dizer.

A sala de reuniões improvisada foi montada onde era a sala de TV da suíte. Havia espaço razoável para a equipe toda. Estavam sentados à mesa de reuniões esperando as novidades de Mônica.

— Bom, é o seguinte, estava pensando no porquê de o Pintor estar aqui na Ásia. Seria por causa da Copa do Mundo? Bem, para mim até pode ser. Mas acho muito óbvio, e ele roubaria o quê? A taça Fifa, ontem, estava em todos os jornais, só se falava nela. Mas eu não acredito que ele queira roubá-la, não agora, durante o mundial. O mundo todo está olhando para cá. Seria difícil carregar o troféu para fora daqui. Deve ser outra coisa. Afinal, ele é um ladrão de objetos valiosos, dos mais variados. Pensei que poderia estar ocorrendo uma exposição num museu, de algum pintor famoso. Algo que despertaria o desejo de um colecionador que o teria contratado para atuar aqui. Mas também é muito complicado, não pelo roubo em si, afinal estão todos preocupados com a segurança dos hóspedes e a copa, mas carregar para fora qualquer objeto, qualquer que seja, é muito difícil. Estão revistando tudo, todos, várias vezes. Tudo o que sai e entra passa por uma vistoria completa.

Seria mais fácil ele esperar acabar a copa e aí sim, entrar em ação. Daí, pensei, mas existem muitos milionários aqui na Ásia, e muitos colecionadores. Não sei se vocês sabiam, mas dizem que hoje mais de 40% dos grandes colecionadores mundiais estão na Ásia e pagam qualquer preço por um objeto. São exagerados e arrojados quando querem alguma coisa.

— Mas quer dizer que o Pintor veio visitar um cliente?

— Claro que não, Mark Pierre. Obviamente, ele não conhece seus clientes. Deve fazer o serviço, entregar a mercadoria e pular fora. Deve ter alguém aqui na Ásia, milionário. E algum objeto que despertou o interesse de um colecionador que o contratou para roubar tal objeto.

Pasquim ficou olhando pensativo.

— Você pode ter razão. Está confuso o seu raciocínio, mas acho que saquei. Jai Heo, faça o seguinte: veja para mim uma lista com o nome de famosos colecionadores do Japão e da Coréia, aliás, da Ásia toda. E também de objetos bem valiosos e exóticos, que existem nas mãos de colecionadores. Desde quadros, obras de arte, jóias etc. Atenção: inclua também objetos lendários.

— Ok, *monsieur*, vou trabalhar com o pessoal daqui desde já. Senhores, vocês escutaram. Mãos à obra.

Pasquim olhou para Mônica e, pela primeira vez, deu um sorriso para ela. Ele estava ficando impressionado com sua funcionária. Lembrou-se de que no começo da carreira ele também tinha muito dinamismo, um brilho nos olhos, vontade e determinação. Tudo aquilo que ele perdera com o passar dos anos, com a vida difícil e monótona do dia-a-dia. Tornou-se arrogante, frio, racional, desprezível. Não tinha mais amigos, a esposa o abandonara e depois da morte de sua filha, tinha ficado sozinho. Deve ser esse o motivo pelo qual estava sempre trabalhando para ocupar seu tempo, não ficando nunca sozinho em casa e sim, sempre ocupado trabalhando. De fato, essa moça tinha potencial e, o mais importante, gana de vencer. Pasquim admirava isso nas pessoas.

— Mônica.

— Sim, *monsieur*.

— Eu não te contei, mas tenho um plano para capturar o Pintor. Estou só esperando a confirmação da Interpol para concluí-lo. Mais tarde, vamos tomar um café expresso lá no shopping e te conto. Mas só você, além de mim, saberá.

— Ok *monsieur*, vamos sim.

Restaurante Gaetmaeul Millbatjip, Insa-Dong
Seul, Coréia do Sul

Giuseppe e José Marcelo haviam combinado de se encontrar às 20h15 na frente da estação de Insa-Dong. Iriam juntos até o restaurante Gaetmaeul Millbatjip encontrar o pessoal que haviam conhecido recentemente. Assim que se encontraram, foram em direção ao restaurante, que ficava no número 755, a pouco mais de 500 metros da estação. Era um caminho muito agradável, numa rua repleta de lojas que vendiam *souvenirs* e restaurantes típicos coreanos. Rua badalada, freqüentada por jovens e endinheirados coreanos. No caminho, bem próximo ao restaurante, estava Henry, parado, olhando para uma vitrine com seu olhar sereno, tímido.

– Henry, meu chapa, você por aqui?
– Oi, vocês dois juntos? E eu aqui sozinho, hein?
– Aqui é o clube dos caçadores. Estamos atrás de mulheres. Só entra desesperado. Estamos aqui na copa há mais de uma semana e não comemos ninguém. Se você estiver nesta situação junte-se a nós.
– Então somos três, José...
– O clube está crescendo – todos riram. – A verdade é que nos encontramos por acaso à tarde, no Coex, e daí marcamos de vir juntos para cá, e aqui estamos.
– Que legal. Bom, acho que podemos ir andando, então.

Henry é um homem que está sempre observando, muito detalhista, certinho, simpático, apressado e dinâmico. Era evidente que ficar parado esperando era algo que o incomodava, por isso estava matando hora, olhando as vitrines das lojas. Foram andando até entrar no restaurante. Quando chegaram, o restante do pessoal já estava sentado.

José Marcelo e Will pareciam pertencer a uma dupla musical, trajados de maneira muito semelhante, ambos com calça *jeans* e camisa pólo. Logo que José Marcelo e Giuseppe entraram no restaurante, Benitez não deixou de reparar nesse fato, olhou para Bosch, que já estava sentado, e foi o primeiro comentário feito à mesa. Todos riram muito. Já os olhos de Carolina eram para outra pessoa, Giuseppe, que estava muito elegante de *blazer* azul-marinho, com quatro botões, camisa branca, calça bege. Ela também estava irresistível, com um vestido amarelo colante, destacando as curvas sensuais de seu belo corpo. José Marcelo, que estava animadíssimo, foi logo falando.

— Boa noite senhores, espero não ter chegado muito tarde.

Benitez, sempre bem-humorado, foi logo soltando suas gracinhas:

— Não, tarde por quê? Ainda nem comemos a sobremesa...

Todos riram.

— Claro que não, chegamos quase todos juntos. Fomos sentando porque este restaurante fica muito lotado e aqui na Ásia, mesmo com reserva, se você não chega na hora e ocupa sua mesa, eles passam a mesa para o próximo da lista. E como você pode ver, o restaurante é pequeno.

— Sem problemas.

O restaurante era um lugar muito típico, decorado com móveis tradicionais coreanos, todo em madeira, teto baixo, odor de incenso. As quatro garçonetes trajavam um quimono branco, tinham o cabelo preso e uma maquiagem que realçava os fortes traços orientais. Um lugar muito agradável, com música ao vivo, executada por um senhor idoso, descalço, sentado num canto do salão. Ele tocava vários instrumentos: harpa, clarinete, banjo e outros. Produzia uma variedade de sons, que pareciam vir de um CD e não de um músico só. Durante o jantar todos conversavam e riam muito. José Marcelo, com seu estilo despojado, alegre, divertido e espirituoso contagiava a todos. Benitez o adorava e se divertia como uma criança.

— Vou contar o que aconteceu conosco hoje à tarde. Vocês não vão acreditar. Nosso nervosinho, Giuseppe, armou a maior confusão.

— Ai, meu Deus, foi você quem brigou na sala da internet. Já fiquei sabendo do babado.

— Nossa, Benitez, você é fofoqueiro mesmo — completou Will, que nessa noite estava mais calado.

— Fofoqueiro não. Gosto apenas de babados, rapaz.

Todos riram novamente.

— Olha, conheço bem o Beni, ele gosta mesmo de um babado.

— Fica calado, Ilgner. Você não fala muito e quando fala, é para falar mal de mim.

Foi uma noite muito divertida. Jack, apesar de calado, também se divertia muito. Até havia se esquecido de toda a história do roubo e das ações programadas que tinha que fazer. Havia começado bem: uma das ações, conhecer Heiji Matsumoto, tinha sido muito bem-sucedida, mas, e agora, como iria falar com ele novamente? Tinha que pensar no próximo passo a tomar, deveria ser inteligente, sábio, na hora certa, caso contrário estragaria todo o seu plano. Mas a noite estava muito divertida, e resolveu esquecer um pouco o trabalho, sua forma metódica de ser, estava relaxado, curtindo com seus amigos.

Ao final do jantar, José Marcelo convidou a todos para continuarem a noite numa danceteria que havia perto de seu hotel.

– Mas qual, Zé? – perguntou Ilgner.

– Não sei o nome, mas...

– Deixa comigo, não esqueçam que de babado eu entendo. Tem uma danceteria muito legal em Itaiwon, no bairro americano, é muito legal. Vamos nessa, estamos em 12 pessoas, quatro táxis serão suficientes. Vamos?

Um dos convidados que estava com Benitez, Alfredo, disse que estava cansado, mas o restante topou na hora. Todos saíram e foram em direção a Itaiwon, para a danceteria HotSpot, que fica ao lado de um Burger King, numa esquina. A danceteria tem dois andares, no andar de baixo há um bar com decoração *country*. No andar de cima, a balada rolava solta.

Havia uma longa fila para entrar. José Marcelo resolveu esse incômodo rapidamente: deu ao segurança 50 dólares, e ele liberou sua entrada, diante do olhar incrédulo do pessoal que estava na fila.

Dentro da danceteria estava muito quente, a animação ia aumentando ao ritmo da música *techno*, que agitava a casa. Ilgner e Henry bebiam chope sem parar. José Marcelo fitava Carolina na pista de dança, mas percebeu que ela estava interessada no belo Giuseppe, que conversava com Sofia sem dar atenção à bela argentina.

José Marcelo estava conversando com Benitez, quando, para sua surpresa, Carolina chegou por trás dele, apertando sua bunda e falando em seu ouvido.

– Eu adoro esta música, dance comigo. Vamos para a pista. Rapidamente os dois entraram num mesmo ritmo frenético e erótico de dança. Ambos se encostaram, se agarrando cada vez mais, trocando o suor do corpo. José Marcelo fitava a boca de Carolina, carnuda, vermelha de batom, com o olhar chamando-a para um beijo. Carol não resistiu e em pouco tempo ambos se beijavam. Logo, estavam nus no quarto de Carolina. José Marcelo, com a boca, retirou a calcinha pequena, rosa, do corpo de Carol e enfiou seu membro viril no meio de suas coxas. Passaram a noite inteira fazendo sexo, sem parar...

15

Abertura da Copa do Mundo

Seul, Coréia do Sul
31 de maio de 2002

O Seul World Cup Stadium vai abrigar três jogos durante a Copa do Mundo. A festa de abertura do mundial, com o jogo de estréia entre França e Senegal, além de Turquia X China, no dia 12 de junho, ainda na primeira fase, e uma das semifinais da competição, que será no dia 25 de junho.

    O maior estádio da Ásia levou três anos para ser construído. Foram gastos mais de 160 milhões de dólares para fazer o complexo industrial, que abriga um museu, um parque e o próprio estádio, tudo em Sangam *area*, Mapo-gu, em Seul. São sete andares num formato octogonal comportando 64.677 lugares, com assentos em várias cores: preto, branco, vermelho e azul, que são ocupados de acordo com as cores impressas no ingresso, para facilitar a vida dos torcedores, sendo que um andar fica no subsolo, local onde ficam os modernos e confortáveis vestiários. A arena tem um conceito multifuncional, comportando desde partidas de futebol a realização de shows. Um dos andares é retrátil, abrindo espaço para a instalação de um palco de 300 metros quadrados. O telhado é um espetáculo à parte, é capaz de controlar a temperatura ambiente em seu interior. Foi construído com materiais de alta tecnologia, e proporciona um efeito de transparência para quem está dentro do estádio. É um dos estádios mais modernos do mundo. Visto de cima, parece uma imensa pipa, o que para os coreanos representa o vôo da vitória.

Depois de 40 minutos de metrô, Jack chegou, por volta das 14 horas, ao estádio. Pegou a rampa de acesso à tribuna de imprensa pelo portão azul, subiu os sete andares, pelo caminho repleto de fotos e imagens da exposição que mostrava os últimos 50 anos da história da Coréia do Sul. Jack andava lentamente, olhando as fotos e imagens. Belas imagens em painéis fotográficos. Caminhou até chegar às tribunas, virou à direita diante da placa de sinalização que indicava a Tribuna da Imprensa. À esquerda, a placa indicava a Tribuna de Honra, local dos convidados e patrocinadores. Seria nesse local que Jack ficaria de olho durante o jogo, pois ali estaria Heiji Matsumoto, que para ele era a atração da noite, e não a grande partida que se aproximava e que mais de 1 bilhão de pessoas aguardavam ansiosas.

Ao chegar à tribuna, que ficava bem no meio do estádio, proporcionando uma visão perfeita do campo, Jack admirou o belo gramado, aparado e pronto para o espetáculo. Sentiu seu coração bater mais forte. A Tribuna de Imprensa já estava lotada, técnicos de informática auxiliavam os profissionais de comunicação nas últimas instalações das mesas de trabalho. Com um mapa, as empresas de comunicação encontravam o local onde iriam trabalhar. As ilhas comportavam até cinco pessoas, com linha telefônica, internet banda larga, monitores de LCD e um excelente sistema em rede, permitindo acesso simultâneo com a sede de imprensa e o mundo.

Jack invejou os convidados que ficavam na Tribuna de Honra, exatamente ao lado da Tribuna de Imprensa, pois dispunham de um serviço diferenciado com uma mesa farta com drinques e serviço de cozinha com um bufê de sanduíches e *petit-fours*.

À medida que o tempo ia passando, as pessoas ficavam mais ansiosas, faltava pouco, muito pouco, para que o maior evento do novo milênio, a 17ª Copa do Mundo de futebol tivesse início. O estádio estava começando a lotar, já eram 17h. A cada olhada que dava para as arquibancadas, Jack se surpreendia com o número sempre crescente de espectadores. Nos alto-falantes, tocavam várias músicas do CD da Copa do Mundo, de todos os países participantes.

Jack, graças a seu credenciamento azul, tinha acesso ao *hall* dos vestiários, e foi para lá que se dirigiu. O *hall*, formado por um grande *lobby*, estava repleto de profissionais da imprensa que esperavam a oportunidade de fazer uma entrevista com os jogadores das seleções ou de fotografá-los. De dentro do *hall* avistavam-se dois corredores, cada um reservado a uma seleção. A seleção francesa, uma das mais badaladas da copa, estava no corredor 1. A porta estava fechada e jornalistas do mundo inteiro se amontoavam na frente do corredor para pegar o melhor ângulo e ver a saída da grande seleção francesa, atual campeã do mundo e a grande favorita dessa copa, em direção ao gramado. No outro corredor, o número 2, bem menos papariçada, com poucos jornalistas, estava a seleção do Senegal, time modesto, com atletas de origem humilde, que jogam todos, sem exceção, fora de Senegal, e a grande maioria, por acaso, na França. Será uma partida em que os titulares da sclecção francesa, que possui poucos atuando em sua liga, jogarão contra a seleção de Senegal, cuja maioria dos jogadores atua no futebol francês.

O vestiário do Senegal já estava aberto, permitindo a entrada das pessoas credenciadas. Jack foi até o começo do vestiário, viu os jogadores abraçados rezando, em conjunto, uma prece diferente, africana, que ele não conhecia. Notou nos olhos dos jogadores muita vontade; este certamente seria o grande jogo do Senegal, o mais importante da história dessa nação, pois era a primeira copa em que participava, jogando logo na estréia, na abertura, assistida pelo mundo inteiro, e ainda por cima, contra a França, que colonizou seu país durante tanto tempo. Certamente era uma grande oportunidade do Senegal mostrar ao mundo sua força.

19 horas – Começa o show da Copa do Mundo de 2002

Certamente era um grande espetáculo que o alemão Bosch assistia. Com duração de 40 minutos, a cerimônia de abertura valorizava a celebração da paz e da harmonia entre os povos. Membros das famílias reais de alguns países e chefes de Estado estavam presentes. Em seu discurso, no início da festa, o presidente da Fifa, o suíço Joseph Blatter, eleito para um novo mandato de quatro anos, desejou que o mundial fosse um dos mais "esplêndidos e perfeitos da história". O cerimonial com efeitos especiais e coreografias representou a coexistência pacífica e harmoniosa entre os homens e a natureza. A mistura de tradição e alta tecnologia eram destaques certos na festa de abertura. Bosch estava atento a cada detalhe impactante da cerimônia. Certamente, esta seria uma copa que entraria para a história, pensava ele.

José Marcelo, com uma camisa amarela por baixo do colete de imprensa, resolveu dar um tempo e parar para assistir ao evento. Estava tentando ler no telão a letra do hino da copa, interpretado por cantores japoneses e sul-coreanos que faziam a parte final da festa, cantando a música que homenageava a paz. Era um hino muito bonito, cantado metade em japonês e metade em coreano. No final, para felicidade de José Marcelo, uma cantora apresentou a versão inglesa, encerrando a bela festa.

Will, sorridente, bebia um copo de água, enquanto observava a desmontagem do palco provisório instalado no gramado para o show de abertura. Era incrível como uma cerimônia desta, com muita música, danças folclóricas sul-coreanas, além de homenagens aos 32 países participantes com muitos efeitos de luzes e projeções, em poucos minutos deu lugar ao palco principal, o gramado, que estava à disposição do tão esperado jogo.

As seleções já estavam no gramado. Foi anunciado pelos alto-falantes a equipe que iria jogar. A França, com camisa azul-turquesa, calções e meias brancas, estava do lado direito do campo. Escalada com: Barthez (goleiro); Thuram, Leboeuf, Desailly e Lizarazu; Petit, Vieira, Djorkaeff e Wiltord, Henry e Trezeguet. Técnico: Roger Lemerre. Os jogadores franceses acenavam para o público que os aplaudiam e se posicionavam para o hino nacional. Mas o que chamava a atenção de Giuseppe era a seleção de Senegal, com camisa branca, calção verde e vermelho, posicionada do lado esquerdo do campo, que revelava no rosto dos jogadores uma vontade enorme de surpreender e vencer a tão tenebrosa seleção francesa. A seleção de Senegal estava escalada com Sylva (goleiro); Coly, Diatta, Malick Diop e Daf; Aliou Cisse, Diao, Ndiaye e Bouba Diop; Diouf e Fadiga. Técnico: Bruno Metsu.

Quando começou o hino da seleção francesa, era notável a imensa torcida francesa, que parecia ser a grande maioria, para surpresa de Benitez, Sofia e Ilgner, que estavam sentados juntos, imaginando que os coreanos iriam apoiar a seleção mais fraca e não a grande favorita. A torcida estava rendida àquele grande esquadrão.

No rosto dos jogadores via-se muito nervosismo. Mesmo os mais famosos, deixavam transparecer a excitação com o início da partida; alguns se benziam, outros estavam concentrados, outros emocionados, lacrimejavam ao som da Ola que soava nas arquibancadas. Finalmente o juiz, Ali Bujsaim, dos Emirados Árabes, com um apito deu início ao torneio.

Os africanos tentaram surpreender os franceses com velocidade, principalmente pelo lado direito. A França passou a tocar a bola, aproveitando seu entrosamento, procurando esfriar o ânimo adversário. Aos poucos, o time campeão do mundo começou a se soltar e criar uma ou outra chance. Henry, sentado do lado de dois jornalistas que pulavam e vibravam a cada lance da seleção francesa, empolgados com a copa, não se movia, atento a cada lance da partida.

Aos 30 minutos, o Senegal criou uma grande oportunidade num contra-ataque, fazendo o primeiro gol da Copa do Mundo. Henry colocou as mãos na cabeça não acreditando no que estava vendo, um desastre, gol da seleção do Senegal. Sentado perto, comemorando o gol, José Marcelo avistou Henry, divertindo-se com a reação do francês. Logo atrás de Zé estavam Will e Bosch se divertindo também com a cara de Henry, que não era muito boa.

Durante o resto do primeiro tempo a seleção francesa ficou atrapalhada, perplexa, parada, sem reação, deixando os senegaleses se animarem mais, transformando Senegal de coadjuvante a comandante do jogo, e cativando aos torcedores mundiais pela grande apresentação. Giuseppe, como todos os presentes no estádio que não eram franceses e coreanos estava adorando o placar daquele jogo. Mas, certamente, no segundo tempo a seleção da França iria acordar e virar o jogo, pensavam quase todos.

No intervalo do jogo, Jack foi ao banheiro, onde havia uma fila enorme. De repente, para sua surpresa, avistou *monsieur* Pasquim, acompanhado por um rapaz e uma moça. Pasquim, para variar, estava fumando, encostado numa parede, xingando o técnico da seleção francesa, nervoso com o resultado até então. O moço, Jack reconheceu, era Mark Pierre, um novato e puxa-saco de Pasquim que ultimamente era quem o ajudava a decifrar os anagramas deixados no local do crime. A moça ele não conhecia. Tinha uma fisionomia estranha, devia ser nova no Departamento de Furtos da Interpol. Magra, estava vestida com roupas simples, *jeans* e camiseta branca, não tinha um corpo de chamar a atenção, e seu rosto, apesar da beleza comum e discreta, tinha traços finos. Estranha coincidência essa: encontrar Pasquim e sua equipe no estádio. A informação do Duque estava correta, sabiam que ele estaria na copa. Sendo assim, mais cedo ou mais tarde iria topar com Pasquim, não teria jeito.

Jack foi para o banheiro. Estava lavando as mãos quando Pasquim entrou, parou na pia ao seu lado, começou a lavar o rosto e pegou um pedaço de papel para enxugar-se. Olhou para o lado e cumprimentou rapidamente o rapaz que estava lavando as mãos, e saiu rapidamente. Jack, pela primeira vez em sua vida, tinha ficado lado a lado com Pasquim, seu grande rival, inimigo que o caçava como um predador voraz. Por outro lado, nem passou pela cabeça de Pasquim que aquele homem que estava lavando as mãos ao seu lado era o lendário Pintor.

Todos se encontraram no intervalo, Will, Bosch, Henry, José Marcelo e Giuseppe. Parecia uma rodinha no intervalo da Faculdade. Era impressionante como haviam se dado bem, pareciam amigos de longa data. Os cinco estavam lá, contando piadas, comentando o jogo e aproveitando para tirar um sarro de Henry, afinal, a seleção francesa, a grande *Les Bleus*, estava perdendo, que zebra! Sentaram-se juntos para assistir ao segundo tempo que começava com grande avanço da seleção francesa.

Com forte marcação e forçando o adversário a cometer erros em saídas de bola, a França pressionava cada vez mais, deixando com o passar do tempo o toque de bola, o esquema tático e utilizando a raça como sua grande força. O goleiro do Senegal fazia grandes defesas, os franceses passaram a explorar os contra-ataques. Mas com o passar do tempo, o desespero tomava conta da seleção francesa que foi perdendo o brilho e, embora mantivesse a posse de bola por mais tempo, não era eficiente e pouco chegava na área adversária.

Fim do jogo, surpresa geral: deu zebra, a primeira dessa copa. Pela terceira vez, desde que o vencedor da copa anterior passou a inaugurar a copa seguinte, a seleção foi superada por uma equipe de menor tradição. A Argentina foi surpreendida em 1982 e 1990, respectivamente, por Bélgica e Camarões, ambas as vezes por 1 a 0, mesmo placar do mundial da Coréia do Sul e do Japão, dos senegaleses contra os franceses. O resultado, embora construído com mérito pelo Senegal, não fez justiça à aplicação do time francês, que teve boas chances de gol, mas parou nas defesas do goleiro senegalês e na trave.

Benitez, ao reparar nas gargalhadas e brincadeiras de um grupo de homens, viu que eram os seus amigos. Foi encontrá-los, saudando Henry, pela derrota de sua seleção. Foram juntos em direção à saída do estádio. Uma multidão de pessoas seguia a mesma direção quando Heiji Matsumoto, elegantemente vestido, com um *blazer* azul-escuro, a camisa branca dobrada destacando seu relógio de ouro, acompanhado sempre por Tanaka e mais dois seguranças, com um charuto na boca se dirigiu ao grupo de jornalistas.

– E aí, Cubano, gostou do resultado ou está chateado com o placar?

– Chateado não, sou profissional. Estou surpreso. E você? Pelas cores que está vestindo deve ter ficado triste com o resultado.

– Eu também fiquei surpreso, não esperava que a grande *Les Bleus* perderia este jogo. Anotem o que vou dizer, esta será a copa das zebras, aliás, agora, com a entrada do novo milênio, muita coisa vai mudar. Muitas equipes que não tinham tradição irão começar a disputar e ganhar campeonatos. Bom, antes de mais nada, prazer, meu nome é Heiji. Simpaticamente cumprimentou a todos. Tanaka, sempre reservado, a distância observava aquele grupo de homens conversando com Heiji.

Ficaram conversando por mais de 30 minutos, esperando os outros torcedores irem embora. Heiji perguntou se estavam com fome. Ele conhecia um local bacana perto dali, onde poderiam comer e beber alguma coisa. Afinal, já eram mais de 23 horas e poucos lugares bons estariam abertos. Saíram do estádio e uma limusine já estava esperando por eles numa rua próxima. Tanaka entrou numa Grand Cherokee que estava logo atrás da limusine. Estavam saindo do estádio em alto estilo, segundo comentou Benitez, brincando.

Em menos de 15 minutos foram até o Lotte World Hotel, complexo reunindo hotel, um grande shopping center e um enorme parque temático. Heiji percebeu pelo olhar surpreso de todos que eles não conheciam o lugar.

– Estou me sentindo na Disney – comentou Benitez.

De fato, muitas coisas estavam fechadas, inclusive o shopping center, porém o Lotte World Park, que normalmente funciona até as 23 horas, durante o mundial estava fechando a 1 hora da madrugada. Funcionava com um número menor de atrações, porém. Nesse horário, se o cliente fosse apenas à praça de alimentação, não era cobrado ingresso. Foi o que fizeram, sempre seguindo Heiji, direto para o restaurante francês que ficava no centro do Fountain Plaza. Essa praça de alimentação ficava na área da "Aventura". Seis restaurantes estilo *fast-food* integravam a área.

Sentaram-se, e escolheram os pratos, que foram regados a muito chope. Era impressionante a forma com que devoravam seus pratos. Tanaka, sempre de pé, observava o grupo de jornalistas e Heiji conversando e saciando o apetite. Tanaka estava com fome, porém, como sempre, de forma impecável, não deixaria por um minuto sequer de prestar atenção em alguém da família Matsumoto para comer alguma coisa. Esperaria de pé, cansado e faminto até a hora que chegasse ao hotel e deixasse seu mestre Heiji em seus aposentos. Tão famintos como Tanaka, os outros dois seguranças faziam o mesmo do lado de fora da praça de alimentação, aguardando as ordens de Tanaka.

Quando se levantaram para ir embora, já estava quase na hora de fecharem a praça de alimentação. Caminharam até a saída do parque de diversão, passaram pelo *lobby* do hotel e foi nesse momento que Jack avistou *monsieur* Pasquim novamente. Ele passou reto, com seu andar sempre apressado, em companhia de seu ajudante, Mark Pierre e da jovem que já havia visto no estádio. Seria ela da Interpol? CIA? Provavelmente da CIA não. Mas era alguém diferente. Iria perguntar para o Duque. Com certeza estavam voltando do estádio e estavam hospedados ali. Que ironia do destino, tinha passado o dia todo próximo de seu predador.

Entraram na limusine de Heiji, que deixou os rapazes numa estação de metrô mais próxima e foi embora em direção ao hotel Walker Hill, em que Heiji estava hospedado. Tanaka esperou Heiji descer do carro, acompanhou-o até a porta de seu quarto conforme fazia todas as noites, uma suíte no final do andar. Esperou Heiji fechar a porta, posicionou dois seguranças na frente da porta e foi para o seu aposento, que ficava num quarto ao lado do de Heiji. Assim que chegou ao quarto, Tanaka pediu o serviço de quarto, estava faminto, já eram mais de 2 horas da madrugada.

16

Tocaia

Hotel Lotte, Seul, Coréia do Sul
1º de junho de 2002

7h30. Estavam todos prontos para começar a reunião. *Monsieur* Pasquim, Mônica, sentada à sua frente, Mark Pierre, Jai Heo e os cinco investigadores da polícia secreta coreana. Na mesa de reuniões estava instalado um projetor ligado ao *laptop* e havia uma tela no final da mesa, onde seria projetada uma apresentação.

— Vamos começar a nossa reunião. Jai Heo tem uma apresentação sobre uma lista de exposições que estarão ocorrendo aqui na Ásia. E também uma lista de conhecidos colecionadores. Por favor, Jai Heo, comece expondo sua apresentação.

— Bom dia, senhores. Vou começar com a lista de famosos colecionadores aqui da Ásia. É uma lista extensa. Vou passar rapidamente essa parte. Vocês estão com as cópias e depois poderão estudar com mais calma. Agora vou direto ao *slide* 23, onde temos as exposições. No momento, há quatro exposições em Seul, três são de pintura, mas não há nenhum objeto valioso ou interessante para um ladrão.

— Tudo bem — interrompeu Mônica — mas quanto a colecionadores de fora, por exemplo, alguém que poderia estar comprando alguma coisa. Não podemos esquecer que no seu último crime, o Pintor roubou um xeque, e não uma exposição ou algo assim. Não teria nos seus registros alguém que pudesse despertar o interesse de um ladrão?

– Certamente, sra. Mônica, existem várias pessoas, entre elas os presidentes da República da Coréia, do Japão e os demais que vieram especialmente para a abertura da copa, que foi ontem. Sem contar os artistas, empresários etc. Estamos na copa. Seria quase impossível prever onde ele iria. Mas a senhora está indo rápido demais, deixe-me continuar, encontrei coisas muito interessantes.

– Mônica, ele está certo. Anotem as perguntas que depois faremos a Jai Heo, vamos deixá-lo falar primeiro.

– Sim, *monsieur* Pasquim.

– Bom, vou chegar aonde todos querem. Estão ocorrendo 23 eventos muito interessantes. Está acontecendo também a feira de calçados em Xangai e a feira de brinquedos em Hong Kong.

Jai Heo foi enumerando as 11 feiras que aconteceriam na Ásia naquele mês.

– Sinceramente, nenhum destes eventos chamou minha atenção – disse Pasquim.

– *Monsieur* Pasquim, concordo, só estou informando o que vocês nos pediram. Mas espere para ver o que vem em seguida.

– Desculpe. Vamos ver.

Pasquim não gostou da cortada que Jai Heo deu nele, mas ele estava certo, afinal, Pasquim tinha interrompido sua explanação. Mas estava desconfiado que Jai Heo não iria apresentar nada interessante.

– Bom, agora as festas, teremos dez importantes festas, três das quais, muito interessantes. Uma é de um milionário chinês que vive em Hong Kong. Por acaso ele tem uma coleção de quadros valiosos, incluindo dois Rembrandt, e um Picasso. Será no dia 4, daqui exatamente a três dias.

A segunda grande festa é de outro milionário, sr. Chang Lee, banqueiro, que oferece todos os anos uma festa comemorativa de suas empresas. Será no próximo dia 5. Grandes personalidades da Coréia do Sul estarão presentes, entre elas, possivelmente, o presidente da República e outros políticos de muito prestígio. Ocorrerá aqui em Seul, no hotel Grand Hyatt.

Temos também o evento de 25 anos da empresa TSC, empresa do ramo de informática que faz programas de computadores. Será uma megafesta, com mais de 3 mil convidados, em Kioto, ocorrerá no dia 7. Em Cingapura vai haver duas festas. Uma em homenagem ao poeta... – Jai Heo continuou explicando até chegar na penúltima festa, que chamou a atenção de *monsieur* Pasquim.

No dia 15, haverá a festa de 80 anos de Matsumoto Sam, um dos homens mais ricos da Ásia. Ele tem um império de empresas e também é um dos cabeças da Yakuza.

— Eu sei quem é ele. Tenho um relatório dele nos meus arquivos. Mas me conte mais.

— Bom, ele dará uma festa em sua casa, no Castelo Matsumoto. Serão convidados grandes empresários e políticos do Japão.

— Esse homem tem o estilo de colecionador. Ele coleciona o quê?

— Ele tem uma grande coleção samurai: desde roupas, pinturas, desenhos e vários objetos de famosos samurais. Muitos, inclusive, são lendários.

— Hum, interessante. Falta mais um evento?

— Sim, *monsieur*. O último evento de grande importância é a própria final da Copa do Mundo, que acontece no dia 30 de junho. Será em Yokohama, e estarão presentes convidados muito especiais, praticamente do mesmo nível que estavam na abertura. Acredito que este pode ser o foco do Pintor. Ele teria duas oportunidades para roubar o que ele quer, na abertura, que foi ontem, e ele até mesmo já pode ter feito o roubo e nossa reunião já está sendo em vão ou poderia analisar e estudar bem a abertura, ver como funciona o sistema de segurança e agir no encerramento, no Japão.

— Bem pensado. Jai Heo. Pode ser... Pelo que conhecemos dele, que é quase nada, só sabemos uma coisa, ele é muito detalhista, observador. Para agir, ele tem que estar com 100% de certeza; é como um crocodilo quando vai pegar sua presa, espera horas, dias, até dar o bote.

Mônica, após a fala de Pasquim levantou uma pergunta:

— Mas será que ele está aqui para roubar alguma coisa relacionada à copa?

— Pode ser. Não sabemos o que será. Mas além do dia da final, há outros eventos interessantes. Aquele que será aqui, em Seul, no Grand Hyatt, por exemplo, e também o do cara da Yakuza. Vamos analisar detalhadamente cada evento. Todos os convidados, pessoa por pessoa. Quero tudo de cada convidado. Temos alguns prováveis lugares onde ele pode agir, agora precisamos descobrir quem seria a vítima.

— *Monsieur* Pasquim, sobre a festa na casa de Matsumoto Sam, da Yakuza, há um item interessante a ser observado.

— O que, Jai Heo?

— O senhor havia mencionado lendas. Dizem que em sua residência está guardado o *Bushido de Ouro*, livro do código de honra dos samurais, que foi passado de geração para geração, há mais de mil anos. Foi adquirido na última guerra da máfia japonesa, um genocídio enorme que teve no Japão. Mas ninguém sabe se isso é verdade, nunca foi tirada uma foto, ou existem provas de alguém que o tenha visto.

Pasquim olhou para Mônica e percebeu que ela pensara o mesmo que ele. Estava aí um grande alvo para o Pintor, um grande desafio, roubar um objeto tão valioso, lendário. No momento que Jai Heo descrevera toda a história do objeto, o perfil do Matsumoto, a festa etc., para Pasquim ficou claro onde o Pintor iria agir e também quem seria a vítima. Mas apesar dessa certeza, sabia que poderia estar errado e que o Pintor poderia agir em outro lugar. Teriam ido até lá, gastando tempo, dinheiro e nada. Seria uma missão fracassada. Poderia, dessa vez, até perder o emprego, ou pior, sua reputação, o que ele mais prezava.

— Vou fazer uma pergunta a vocês. Que disfarce vocês usariam para executar um roubo durante uma Copa do Mundo? — Mark Pierre foi logo respondendo.

— De um jogador de futebol, *monsieur*?

— Claro... Claro que não. Somente um idiota pensaria assim.

Todos na mesa ficaram calados. Mônica aparentemente não gostou da resposta grosseira que Pasquim havia dado a Mark, chamando-o de idiota na frente dos outros, mas entendia quando Pasquim ficava irritado com os outros e ficar irritado com Mark Pierre não era difícil.

— *Monsieur*, eu fingiria ser jornalista ou empresário de jogador.

— Por que, Mônica?

— Porque certamente ele não pode fingir ser um oriental. Não deve dominar uma língua asiática, espero. Mas seria muito fácil se fazer passar por um alto executivo de uma empresa ou por um jornalista conceituado, com acesso a vários locais.

— Mas também poderia estar disfarçado de político.

— Mark Pierre, o que está acontecendo? Você está lendo muito Harry Potter. Só fala fantasias. Você acha que o cara se faria passar por um político? Um senador de Nova York? Claro que não! Político todo mundo conhece, os órgãos de imprensa sabem tudo sobre eles. Mas sobre o pessoal da imprensa ninguém sabe nada, são muitos, cada um de um país, a rotatividade nessa área é grande, muitos saem da área, outros entram, não tem como conhecer todos. Pode ser nossa deixa.

— Mas *monsieur*, para ser jornalista, como conseguiria a credencial?

— Ele deve ter feito alguma manobra e descolado uma credencial, sei lá. Hoje em dia esse pessoal faz de tudo. Mas não vamos perder tempo. Estou pensando em como fazer para pegar nosso homem. Podemos bolar um evento surpresa, inesperado, convidando todos os jornalistas. Algo de caráter oficial.

— Desculpe, *monsieur*, mas não acho que ele vá roubar algo nesse local. Sinceramente, eu achei que o senhor havia pensado a mesma coisa que eu. Ele irá agir naquela festa em Yokohama. Todos da mesa olharam para Pasquim com a certeza de que ele iria dar uma de suas respostas ríspidas para a moça...

— Primeiramente, Mônica, por favor, não me interrompa, ou perco meu raciocínio. Não podemos errar desta vez. Também acho que ele irá atacar em Yokohama. Porém, pode ser que ele ataque em outro lugar. Na verdade, eu sinto que ele está aqui como jornalista, é a melhor forma de ele se deslocar, ter acesso a tudo, a todos, e com isso pode chegar ao seu alvo. Mas, por enquanto, é isso. Vamos fazer um *break* para o café-da-manhã e depois conversamos a respeito. Logo que terminou a reunião, Pasquim chamou Mônica e Jai Heo para tomar café com ele. Mandou Mark Pierre tomar café com os auxiliares de Jai.

Pasquim foi direto para a mesa com o café na garrafa térmica. Começava a preparar seu copo colocando adoçante quando Mônica e Jai Heo pararam atrás dele.

— Sabem, estou nessa área há muitos anos, conheço uma cara de interrogação e a estou vendo em vocês dois. Quando falei que temos que criar um evento para os jornalistas, falei sério, temos que fazer isso e fazer logo, um aqui em Seul e outro em Yokohama, local onde estão as duas sedes da imprensa.

— Mas, *monsieur*, como faremos isso? Teremos que envolver a entidade organizadora?

— Sim, certamente, mas podemos inventar algo, sei lá, uma suspeita de um terrorista, talvez.

— Tudo bem, se conseguirmos fazer este evento, pode ser que uma grande parte não compareça e ele pode estar nessa parte.

— Não, temos que fazer algo de caráter obrigatório, todos os jornalistas tem que ir.

— Nossa, será uma grande confusão, são várias cidades, em dois países.

— Tudo bem, faremos em todas as cidades sedes. Só temos que pensar em um bom motivo...

— Ok, levamos todos os jornalistas e depois iremos fazer o quê? Prender a todos? Desculpe, mas eu não estou entendendo, qual é sua idéia?

— Mônica, é apenas um *feeling* meu, nada mais.

Mônica ficou olhando incrédula para Pasquim, um homem tão racional confiar em sua intuição, não podia ser.

— Não, não é apenas *feeling*, vou confiar em vocês dois, só nós três saberemos o que vou contar. Quero sigilo total dos dois. Jai Heo, ninguém de sua confiança pode saber, mas preciso confiar em vocês, senão não consigo dar continuidade ao plano. Não fui totalmente sincero com vocês, tenho uma carta na manga para pegar esse cara, o plano é o seguinte...

17

Inglaterra X Suécia

Coex – O Kim's Brauhaus
Seul, Coréia do Sul, 2 de junho de 2002

Will, Bosch e Henry chegaram cedo, uma hora antes de começar o jogo. Para pegar uma boa mesa, somente chegando com boa antecedência. O bar alemão, que ficava no andar térreo do Coex, certamente era o melhor lugar para assistir, fora dos estádios, aos jogos de futebol. Havia duas enormes telas, de 210 polegadas cada, instaladas nas paredes opostas do grande salão do O Kim's Brauhaus.

A transmissão estava sendo feita ao vivo do Saitama Stadium, um dos mais belos estádios dessa Copa do Mundo, com capacidade para 63.700 espectadores. O grupo F, com certeza é o grupo mais forte do mundial, apelidado de "grupo da morte" pela imprensa, contando com, além das duas seleções que se enfrentarão nesse dia, a temida Argentina, outra grande favorita a levar o título da copa, e a perigosa Nigéria. Nesse mesmo dia, depois desse jogo em Ibaraki, Argentina e Nigéria se enfrentarão. Certamente a emoção do estádio seria sentida em tempo real pelas pessoas que estavam no bar alemão.

Benitez, Ilgner e José Marcelo estavam juntos também. Haviam chegado às 16 horas, mas as mesas estavam quase todas lotadas, a torcida inglesa era imensa, todos fanáticos na esperança de ganhar a Copa do Mundo, afinal, a Inglaterra, desde seu único título em 1966 nunca teve uma seleção tão forte e carismática como essa. Ao entrarem no bar, ficaram decepcionados, pois não havia lugar. Os times já estavam posicionados para o jogo, que iria começar em segundos.

— Zé, vamos à praça de alimentação, no shopping center.

— "Puts", até chegarmos lá, vai levar tempo.

— Você tem uma idéia melhor?

— Tenho. Olhe quem está sentado logo ali — e apontou para Bosch, Will e Henry, todos com uma taça enorme de chope e uma porção de salsichas. Foram em direção à mesa.

— E aí, rapazes, obrigado por terem pego este excelente lugar para nós. "Sentem", José Marcelo escutou gritarem do fundo do restaurante. Havia uma cadeira sobrando, Benitez sentou-se e José Marcelo e Ilgner pegaram as suas na mesa ao lado. O jogo já tinha começado.

A torcida sueca também fazia um barulhão danado, seus torcedores vestiam as tradicionais roupas viquingue, com capacete de chifres e espadas de plástico, e cantavam, incentivando a equipe. Um espetáculo bonito de se ver, ambas as torcidas davam um show à parte. A jovem equipe da Suécia era uma incógnita, fez uma ótima eliminatória, tem bons jogadores, mas é a equipe que corre por fora nesta chave, a menos favorita a se classificar para a segunda fase.

O início do jogo foi muito tenso. Um dos zagueiros da seleção britânica recebeu cartão amarelo e o atacante sueco precisou de atendimento médico por causa de uma pancada na cabeça. Mas, aos 15 minutos, O *English team* começou a dominar cada vez mais, empolgando sua torcida.

Aos 24 minutos, numa cobrança de escanteio feita de forma primorosa, o mesmo zagueiro que havia recebido o cartão amarelo subiu mais que a zaga sueca para uma cabeçada perfeita. O estádio de Saitama foi abaixo, a torcida inglesa parecia ter ganhado a Copa do Mundo e comemorava com uma sede gigantesca.

Era tudo o que a seleção sueca precisava para acordar do susto e reagir à pressão inglesa, e logo em seguida, aos 28 minutos, uma falta perigosa incendiava a torcida viquingue presente. Daí até o resto do primeiro tempo a Suécia comandou o jogo.

Assim que terminou o primeiro tempo, Benitez começou a fofocar, contando as novidades do dia.

— Sofia está lá em Saitama. Embarcou hoje de manhã. Volta no final do dia.

— Que puxado — disse Will.

— Hum, puxado, depois do dia 10, quando começa a afunilar a copa, nós ficaremos que nem um liquidificador, de um lado para o outro.

— Isso é verdade, Beni. Mas antes teremos muita coisa também. Vocês receberam o convite da organização da copa, chegou hoje? Precisamos comparecer dia 5 no Coex para fazer um recadastramento.

— Nossa, eu vi. Não entendi nada, em menos de uma semana já está assim. Não quero nem ver quando chegar nas finais. Sabe o que falaram? Que o pessoal da organização da copa, tanto aqui como no Japão, andou pisando na bola e emitiu credenciais extras, estourou as cotas e agora eles querem consertar. Um absurdo, nunca havia presenciado um desrespeito tão grande.

— Mas e quem tiver com a passagem marcada antes disso, como é que fica? — perguntou Henry.

— É possível fazer o recadastramento em todas as cidades sedes — disse Benitez, sempre bem informado.

— Menos mal, né? Mas no meu caso, vou fazer aqui mesmo, ficarei mais três dias e depois sigo o resto da copa no Japão.

— Eu também, eu ia embora amanhã para Tóquio, mas vou ficar até dia 6.

— José Marcelo, acredito que quase todos nós. Eu preciso ir para lá. Já era para estar no Japão. Afinal, a seleção brasileira jogará toda a primeira fase no Japão.

— Eu também — comentou Will — a seleção inglesa vai estar lá. Este jogo já perdi.

— Mas por que você ainda não foi para lá, Will? — perguntou Benitez.

— Não tenho que cobrir a seleção inglesa, e sim a copa. E a reserva do meu hotel é até o dia 7, aqui em Seul. Depois fico em Tóquio até o final da primeira fase.

— Essas reservas! Sorte minha ter conhecido o gerente do meu hotel, caso contrário seria um sem-teto a uma hora destas.

O segundo tempo voltou com a seleção sueca no ataque, pressionando forte até que um rebote de fora da área foi certeiro para um golaço. Inglaterra 1, Suécia 1. Foi a vez da imensa torcida sueca comemorar, também de forma eufórica, o gol de empate. Nos últimos 25 minutos de jogo, os ingleses tiveram que se esforçar para evitar a virada.

A insistência dos viquingues não surtiu resultado e a Inglaterra, com muita sorte, saiu com o empate. O pessoal que estava torcendo para a seleção inglesa foi embora logo ao terminar o jogo, resmungando e decepcionado com a sua seleção.

— E aí, Will? — perguntou o sorridente José Marcelo, a fim de chatear seu amigo.

— Tudo bem. Ao menos estamos em segundo lugar no grupo. Vamos nos classificar, tenho certeza.

— Hum, não esqueça que vocês estão no grupo da Argentina.

Todos riram, até agora não estavam sendo felizes, Henry havia perdido com sua seleção, agora era vez de Will não sair do empate.

Giuseppe chegou, estava caminhando rápido, sempre muito belo, de camisa pólo e calça *jeans*, avistou os rapazes saindo da cervejaria, indo embora.

— Onde vocês estavam rapazes? — Giuseppe perguntou.

— Fazendo o mesmo que você — comentou Zé Marcelo. — Assistindo a este lamentável jogo.

— E aí, Will, gostou da grande seleção inglesa?

— Não enche, Giuseppe.

— Só brincadeira. Bom, estou com pressa, nos vemos. *Ciao, Ciao*. Um abraço.

Quando estavam se despedindo, Heiji apareceu seguido de seus capangas. Jack percebeu que estava sem Tanaka. Era a primeira vez que notava isso. Heiji estava com o rosto sério, parecia não estar para bons amigos. Carrancudo, passou na frente de Jack e seus colegas mas nem os cumprimentou. Benitez reparou de imediato e comentou com os colegas sobre o jeito de Heiji. Jack ficara pensando o porquê daquela atitude de Heiji. Será que haviam feito ou dito algo que o deixara irritado no outro dia? Não sabia. Era muito estranha a reação de Heiji, sua indiferença com toda aquela turma que ficara até tarde com ele no dia anterior.

Saitama Stadium
Saitama, Japão

Sofia acabara de descer com Sarah, outra jornalista, a rampa de acesso ao estádio. Caminhavam com passos rápidos e objetivos, saíram antes mesmo de acabar o jogo. Passaram na frente de *monsieur* Pasquim, já no lado de fora do estádio. Pasquim encarou a moça, que desviara o rosto. Ele a conhecia de algum lugar, mas não sabia de onde.

Pasquim acendeu o cigarro, já estava indo para outro maço. O segundo do dia. Encostado na parede, fumava e bebia um *cappuccino*. Os outros rapazes estavam conversando mais adiante, esperando por ele. Nenhum fumava, somente ele. Mônica foi em sua direção, e parou ao seu lado.

– O que você está fazendo aqui? Você diz que não gosta do cheiro de meu cigarro.

– Na verdade, não gosto de cigarro. Não só do seu cigarro, de todos.

– Hum. Que bom, assim não sinto que é somente comigo.

– Não, nunca, *monsieur* Pasquim. Tirando o cheiro de cigarro, gosto de tudo no senhor.

Pasquim deu um sorriso, ficou sem graça, não era bom com mulheres. Era muito bom em seu trabalho investigativo, mas com mulheres era tímido, o oposto do seu perfil dominador, arrogante, brioso e determinado.

– Que bom que você gosta de mim. Também gosto de você.

– Por que o senhor fuma tanto?

– Senhor, não, pode me chamar de você. Eu gosto. Me faz bem.

– Te faz bem? Como assim?

– Falo no sentido de me ajudar a relaxar, só isso. Mas por que esta preocupação com meu cigarro, moça?

– Nada, é que não gosto que fume. Você seria perfeito se não fumasse. Deu um sorriso malicioso para ele e saiu em direção aos outros, que estavam conversando e esperando.

Pasquim ficou novamente sem graça, ela estava insistindo nas indiretas, ele era tímido, mas não era bobo. Não admitia se relacionar com uma funcionária, alguém do ambiente de trabalho. Mas nos últimos dias estava se sentindo atraído por ela. Não conseguiu se segurar, jogou o cigarro no chão, antes de terminá-lo, pisou nele e foi em direção aos rapazes. Chamou Mônica num canto e...

– Vamos fazer um acordo, paro de fumar se você sair para jantar comigo hoje.

– Você está me convidando para um encontro?

– Sim, por que não? Quero falar sobre aquela idéia de capturar o Pintor e...

— Só saio se for para ir com você, Pasquim. E não com o *monsieur* Pasquim.

Monsieur Pasquim novamente estava desconcertado, mas desta vez não tinha como fugir da cantada da moça. Apesar de tímido, ele sabia que quando uma mulher tomava a iniciativa, a pior coisa a fazer era recuar, ainda mais com Mônica, por quem ele estava cada vez mais interessado.

— Além do mais, hoje jantaremos juntos, de qualquer modo, mas a bordo do avião. Aliás, temos que ir andando. Temos um longo vôo de retorno para Seul.

— É verdade. Você gostou de ter visto este jogo?

— Nossa, adorei. Achei o máximo. Nem acreditei quando hoje, no café-da-manhã, você disse que viríamos para Saitama assistir a este jogo. Muito obrigada.

— Não foi nada. Quando Jai Heo me avisou que o vôo fretado pelo seu departamento tinha dois lugares extras, não pensei duas vezes. Por isso te trouxe comigo.

— Fico com pena do Mark Pierre, tadinho, ficou sozinho lá em Seul.

— Ele é novo. Está na idade de trabalhar. Vai ter outras oportunidades. E foi bom, estamos aqui há quase uma semana trabalhando exaustivamente. De vez em quando é bom sair para desligar um pouco.

Mônica nem acreditava que um dia ouviria isso justo do *monsieur* Pasquim.

— Mônica, vamos marcar nosso jantar para o dia 5. Vamos comemorar o grande dia juntos – disse e deu um sorriso para Mônica. Ela, surpresa com o sorriso de Pasquim retribuiu com uma piscada charmosa.

18

Recadastramento

Seul, Coréia do Sul
5 de junho de 2002

Jack acordara naquele dia, com o mesmo pensamento que havia ficado em sua cabeça nos últimos dois dias, desde aquela esnobada de Heiji na porta do Coex. Jack não entendera nada, Heiji estava tratando-o tão bem, estavam ficando mais próximos e de repente passou por ele como se nem o conhecesse. Até Benitez percebeu isso. Será que seu plano tinha dado errado, alguém ou ele havia feito algo que Heiji não gostou, ou o cara era estranho mesmo? Poderia ser, mesmo assim esse pensamento estava na cabeça de Jack, martelando. Mas como ele iria se aproximar novamente de Heiji? Jack sentia que faltava um álibi. Teria que pensar em algo, e logo.

 Jack resolveu descer para tomar o café-da-manhã no restaurante do hotel, afinal, passara trancado no quarto os últimos dois dias. Quando estava descendo, ao passar pelo *lobby* do hotel, avistou Tanaka, que estava numa mesa próxima da janela, com mais dois seguranças conversando com um senhor oriental de terno escuro e gravata vermelha. A expressão facial do homem era de desespero, já a face de Tanaka era a mesma de sempre, com uma expressão fria e séria, má, sem reação, os traços fortes e firmes de seu rosto não reagiam, isso era o que mais assustava as pessoas.

 Jack entrou no restaurante, sentou-se numa mesa próxima, separada apenas pelo biombo de madeira, artefato coreano de decoração do hotel, chamou o garçom, pediu um suco de laranja e um *cappuccino*. Levantou-se da mesa e foi até o bufê montado com o café-da-manhã do restaurante. Jack percebeu que Tanaka o notou e que o observava com o rabo do olho. Fingindo não vê-lo, virou-se, serviu-se de melão e abacaxi e voltou para sua mesa. Enquanto comia, tentava pegar a conversa de Tanaka com o senhor, cujas feições mostravam, a cada minuto, mais desespero.

Tanaka se levantou da mesa e em vez de ir diretamente para a saída, cruzou o salão encarando Jack, que fingia que não o via, mas pôde sentir o olhar em sua direção. Tanaka cruzou o salão e saiu pelo outro lado. Estava na cara que fez isso para que Jack o visse. Mas ele fingiu que nem percebeu.

Jack terminou a refeição, voltou para o seu quarto, tomou banho e foi para o Coex. Era o dia do recadastramento das credenciais na sede de imprensa.

Coex
Seul, Coréia do Sul

Na entrada do IMC, Jack fora recepcionado e direcionado para o *hall* principal, que estava cheio. Todos estavam amontoados, esperando para entrar nas filas de recadastramento. Anunciaram no alto-falante que em minutos iriam abrir o salão XII para o almoço, com um bufê para a imprensa. Mas somente os recadastrados poderiam entrar no salão. O recadastramento seria um procedimento muito rápido, levaria menos de 1 minuto por pessoa. Havia começado às 12 horas e iria até as 21 horas. Mas, certamente, a grande maioria dos jornalistas estaria lá na hora do almoço. Jack sempre soube que para atrair o pessoal da imprensa era só oferecer um rango de graça, era presença garantida.

Estava muito calor dentro do Coex, parecia que estava ligado o ar quente. Talvez por isso o tempo todo eram oferecidos drinques, coquetéis, além dos petiscos. Belas moças simpáticas passavam oferecendo belos e coloridos drinques. Jack tentava achar alguns de seus amigos, mas nada, não avistava ninguém conhecido. Percebeu que a maioria do pessoal estava ansiosa para fazer o recadastramento para se mandar para o salão XII, onde estava sendo servido o almoço. Todos estavam com pressa, afinal tinham muito o que trabalhar com as notícias da copa.

Jack comeu um petisco que estava muito salgado, e como não passava nem água nem refrigerantes, só os drinques, com o calor que estava lá dentro, ele acabou aceitando um coquetel azulado. Perguntou à jovem garçonete e não entendeu de que era feito, mas notou um leve sabor de morango. A garçonete pediu licença a Jack e passou um leitor óptico em seu crachá. Jack entendera o porquê de estarem oferecendo tantos drinques. Se passaram o leitor no seu crachá era porque, com certeza, seriam cobrados dos jornalistas na hora de quitar os débitos. Uma novidade neste mundial era que os crachás permitiam aos jornalistas consumir nos estabelecimentos autorizados, uma forma moderna e prática de pagar. Além, claro, de os profissionais da imprensa terem um desconto de 15%. Achou estranho que, desta vez, não havia estampado na bandeja o preço do produto. Mas tanto fazia, afinal já estava debitado mesmo e quem iria pagar seria seu personagem que até lá, no dia da cobrança, estaria longe e em férias. Aproveitou e bebeu com vontade o gostoso drinque.

Jack avistou Carol, que acenou de longe para ele. Ela estava conversando numa roda com outras pessoas. Na verdade, o aceno dela fora bem discreto, não lhe dando muita atenção. De repente, uma mão vinda por trás tampou os olhos de Jack, vedando sua visão. Uma voz grossa perguntou: "Adivinha quem é?". Por um instante a adrenalina de Jack subiu, mas sabia que se tratava de algum de seus colegas.

— Não tenho a menor idéia, Benitez.

— Hahaha, você é muito esperto meu amigo. E aí, tudo bem contigo? Está bebendo esse coquetel gostoso?

— Estou, só espero que não seja muito caro.

— Foi esta a pergunta que fiz à garçonete. Mas, adivinhe, ela disse que não seria cobrado, é um oferecimento da organização. Estranho, né? Mas sabe o que acho? Deve ter quebrado o ar-condicionado daqui e daí e para tentar criar um ambiente um pouco mais confortável estão nos oferecendo essa bebida toda. Sabem que os jornalistas se calam, não reclamam quando vem comida na faixa.

— Pode crer Beni, pode crer. E aí, viu alguém?

— Os rapazes passaram rapidamente, se cadastraram, e foram embora. Preciso ir também, vou voltar ao hotel para pegar minhas coisas. Sigo hoje para Busan. Sabe, com essas viagens começo a ficar triste: cada um vai para um lado, dificilmente iremos nos encontrar novamente. Mas faz parte de nossa profissão, estamos sempre conhecendo pessoas novas e desconhecendo-as ao mesmo tempo.

– É verdade. Mas que eu saiba estão todos aqui ainda, não?

– Não, a Sofia foi embora ontem para Tóquio. Aliás, Heiji, o nosso importante e novo amigo – graças a você – já está lá também. Ele foi logo depois do jogo da Inglaterra. Lembra o dia do jogo da Inglaterra? Você estava, não?

– Claro, eu estava. Ele passou por nós sem nos cumprimentar.

–Depois liguei para ele, sabe. Achei um abuso, ele me pediu desculpas, veja só, disse que estava atordoado, que saiu às pressas, e que tinha que partir antes do previsto para Hong Kong, depois voltar para Tóquio, pois seu pai o tinha chamado. Ia para o aeroporto pegar o seu jatinho particular. Bom, empresário é assim, tem uma vida tão louca.

– Bom, com a grana que eles têm, Beni, têm que pagar um preço.

– Pode ter certeza, Cubano. Quem está por aí é aquele capanga dele, leão-de-chácara, o japonês forte, alto e careca, que está sempre atrás dele. Cara mal-encarado, não? Acho ele horrível. O Heiji contratou o cara certo para segurança, feio daquele jeito, até mosquito ele afugenta.

– Hahaha, Beni. Essa foi demais. Vamos almoçar no salão?

– Não vou não. Vou me cadastrar e ir embora, estou atrasado. *Ciao* mocinho e ânimo nesta carinha, hein! Rapaz tão bonito. Está com uma feição triste hoje. Não pode, *ciao* mesmo.

Despediram-se e Jack foi logo fazer seu recadastramento. Não quis nem almoçar no Coex. Também foi embora, pegou o metrô e foi para o hotel. No caminho estava pensativo. Beni era muito útil, somente com suas fofocas ficou sabendo que Heiji não estava mais em Seul. Que bom, mas por que essa saída tão de repente? Será que havia acontecido alguma coisa? Bom, ele ia tentar antecipar seu vôo para o dia seguinte cedo. Precisava ir logo para Tóquio.

Yokohama, Japão

Eram 19h15 quando Heiji chegou em casa, pediu ao mordomo para desarrumar a mala e guardar as coisas e foi direto para o salão onde é servido o jantar. Nem sequer passou em seus aposentos para tomar banho e trocar de roupa.

Na família Matsumoto, o jantar é sagrado, é uma cerimônia realizada todos os dias, menos aos sábados. Toda a família se reúne para celebrar o momento. No jantar não é permitido falar de negócios. É servido sempre às 19 horas, e quando alguém está ausente, seja qual for o motivo, o lugar na mesa é arrumado como se a pessoa estivesse ali, ficando a cadeira vazia. Atrasos não são permitidos. Caso alguém se atrase, Matsumoto não permite que se sente à mesa. Só em casos muito especiais ele abre exceções.

A mesa é composta por 23 lugares, seguindo uma seqüência hierárquica da esquerda para a direita em sentido horário, conforme a tradição de uma família da Yakuza. As crianças sentam-se numa mesa separada, ao lado da mesa principal. Quando o adolescente completa 18 anos é feita uma cerimônia especial e é colocado um lugar a mais na mesa. Na cabeceira senta-se o poderoso Matsumoto Sam. Na primeira cadeira, o filho mais velho, Hidetoshi Matsumoto, provável sucessor do pai, com seus 52 anos é quem comanda toda operação dos negócios da família. Na segunda cadeira, o filho do meio, Mitsuo Matsumoto, o mais esperto, tem 47 anos, é advogado e cuida da parte jurídica. Na terceira cadeira fica o sobrinho Tadashi Matsumoto, filho de sua única irmã já falecida, tem 41 anos, é responsável por toda a parte contábil e financeira do império Matsumoto. Na quarta cadeira está Gondo Matsumoto, primo de Matsumoto Sam, com 71 anos, é o conselheiro da família e na quinta cadeira, Heiji.

Tanaka também faz parte da mesa, porque é da família, apesar do parentesco distante, senta-se no último lugar.

Matsumoto Sam é um japonês idoso, com 79 anos de idade, cabelos grisalhos, gordo, usa óculos de armação quadrada e está sempre calado, com fisionomia calma e pacífica, totalmente diferente de sua personalidade forte e dominadora. Heiji, ao entrar no salão pediu licença ao seu pai, que consentiu, e sentou-se à mesa.

Durante o jantar a mesa fica em silêncio, só conversam quando Matsumoto Sam autoriza, geralmente, pedem licença a ele e com a cabeça ele consente ou nega. Nesse dia, Matsumoto estava ansioso, esperando a volta do filho. Quebrou o protocolo do jantar e começou a falar assim que o filho sentou, a alegria da volta do caçula era evidente.

– Heiji, como foi de viagem? Deu certo em Hong Kong?

– Muito bem, a viagem foi boa e em Hong Kong está tudo certo, Matsumoto Sam.

– Onde está Tanaka?

– Ficou resolvendo um problema com aquele fornecedor, o tal do Park. Mas acredito que amanhã ele esteja aqui.

– Não gosto quando você viaja e anda por aí sem ele.

– Eu sei, mas precisava resolver aquele problema em Hong Kong e voltar. Além do mais, o senhor me chamou. Estou aqui. Tanaka precisava pressionar o Park. Então, tive que pegar nosso jato e...

– Ok, falamos de negócios depois. Mas me conte, o que você achou da organização dos coreanos para a Copa do Mundo?

– Fiquei surpreso, muito bem organizada, me receberam muito bem. Espero que a organização japonesa faça um trabalho bonito, para não sermos superados nesta copa.

– Tem razão. Espero isso também. Bom, depois do jantar quero que você repasse comigo a festa de aniversário.

– Sim, Matsumoto Sam. Foi por isso que o senhor me chamou de volta com urgência?

– Isso mesmo. A festa é na semana que vem, e não sei como será. Temos protocolos a seguir, 80 anos é uma data muito especial.

– Claro que sei. O senhor pode ficar tranqüilo. Está tudo correndo dentro do esperado.

No final do jantar, na sala ao lado, Matsumoto Sam e Heiji se reuniram para passar os detalhes da festa de Matsumoto Sam. Na cultura japonesa, 80 anos é uma data muito especial e celebrar esse aniversário é questão de honra.

– Não entendo por que 2 mil convidados, acho muito perigoso. Como teremos o controle sobre todas essas pessoas?

– Matsumoto Sam, tanto faz 500 ou 2 mil pessoas, o sistema de segurança, bem como o serviço que iremos oferecer, será o mesmo. Será montada uma tenda, que começam a construir depois de amanhã e levará dois dias para ficar pronta. Será atrás da piscina, bem longe do castelo. Dessa forma, os convidados não terão acesso a esta parte da casa.

– Espero que você saiba o que está fazendo, filho. Caberão 2 mil pessoas nessa tenda?

— Sim, 3.500 metros quadrados são suficientes para acomodar todos, com um bom espaço para mesas e para o palco.

Passaram a noite discutindo sobre a festa que seria realizada no próximo dia 15 de junho.

Lotte World Hotel
Seul, Coréia do Sul

21h40. *Monsieur* Pasquim estava elegantemente vestido, pela primeira vez Mônica o viu arrumado, sem aquelas roupas amassadas e o cabelo despenteado, porém ainda estava com a barba para ser feita. Nem tudo era perfeito, uma coisa de cada vez, pensava Mônica.

Fazia tempo que Mônica não sentia algo tão forte como o que estava sentindo por um homem. Sabia o que os outros pensavam de Pasquim: um mala, muito chato, cricri, ranzinza, sempre reclamando, grosso, mal-humorado, entre outras coisas. Porém, a sua inteligência e astúcia sempre a impressionavam, o raciocínio que ele seguia para resolver os crimes, era algo impressionante e o que mais admirava num homem era a inteligência.

Ao chegar, ela cumprimentou-o e foram jantar como haviam combinado dias atrás. Ele não disse nenhuma palavra, nenhum elogio, certamente não era seu forte ser um cavalheiro ou galanteador. Nem era bonito, mas mesmo assim, cada vez mais ela estava envolvida com Pasquim. Apesar de muito decidida, Mônica tinha medo do que podia resultar desse desejo que estava começando a ficar descontrolado. Afinal, ela era uma profissional muito séria, tinha uma carreira pela frente, e um envolvimento com ele poderia acabar com sua carreira. Tinha muitos planos e essa atração por Pasquim não fazia parte deles. Mas, de repente, se ele gostasse dela, poderia haver algo sério. Não seria como acontecia com os rapazes de sua idade, que ela considerava infantis. Pasquim era maduro e resolvido e ela aprendia muito com seus comentários e observações.

Saíram de táxi, não utilizaram o motorista e o carro que Jai Heo havia colocado à sua disposição. Foram a um charmoso lugar, localizado na torre de Seul, um restaurante giratório que ficava no topo da torre e de onde se tinha uma surpreendente vista da cidade.

Com uma bela garrafa de vinho da África do Sul, selecionado por Pasquim, que era um grande conhecedor de vinhos, ele deu uma aula completa a Mônica, que se surpreendia cada vez mais com ele.

– Vamos fazer um brinde ao nosso jantar.

– Claro, Pasquim.

– Vamos também fazer um brinde a este grande dia: 5 de junho de 2002, dia em que o Pintor está bem perto de ser pego.

– Como assim? Ah, mas não vamos falar de trabalho, combinamos não falar de trabalho hoje.

– Perfeitamente, concordo.

Mônica estava surpresa com *monsieur* Pasquim, ele foi se soltando e contando um pouco de sua vida. O que uma garrafa de vinhos fazia... Um homem sempre tão fechado, revelava-se uma pessoa espirituosa, espontânea e meiga. Completamente diferente daquele homem rude, arrogante, objetivo, grosseiro, e em grande parte do tempo, estúpido.

Tiveram uma ótima noite. Quando voltaram para o hotel, já era mais de 1 hora da manhã. Haviam passado horas conversando no jantar. Mônica percebeu que Pasquim foi se aproximando, tentando beijá-la, mas ela se esquivou, vencendo seu desejo, que era cada vez mais forte. Soube separar muito bem seu lado profissional. Deu-lhe um beijo carinhoso no rosto e despediu-se. *Monsieur* Pasquim ficou olhando enquanto ela seguia em direção ao elevador, admirando aquela bela mulher. Ele estava apaixonado!!!

19

Papo informal

Tóquio, Japão
6 de junho de 2002

Jack estava cochilando quando acordou com a voz do comandante anunciando pelo alto-falante que a aterrissagem em Tóquio seria em 20 minutos. Jack dormiu durante as três horas de viagem. Nem sequer comeu a refeição servida, mas também, estava exausto, a última semana havia sido muito agitada, as emoções da copa, os coquetéis, jantares e as festas que rolavam durante toda madrugada. Jack tinha que estar em todos os lugares para ser notado e poder se aproximar no momento certo de Heiji. Isso ele havia conseguido, pareciam até amigos íntimos, mas faltava o mais importante, que era a razão dessa aproximação e de ele estar ali: receber um convite para a festa no Castelo Matsumoto. Heiji não havia ainda mencionado tal evento. Como ele iria fazer para entrar em contato com Heiji? Tinha que pensar logo em seu próximo passo. Precisava entrar na casa de Heiji, conhecer melhor o local, estudá-lo corretamente, planejar o momento certo. Faltavam pouco mais de dez dias para a grande festa.

O avião chegou às 20h17 em Tóquio. O aeroporto de Narita estava completamente lotado, uma grande fila abarrotava a alfândega, onde estavam levando mais de uma hora para liberar as bagagens. O movimento na copa era inacreditável. Para distrair as pessoas na fila, algumas telas de plasma de 42 polegadas transmitiam o jogo Irlanda X Camarões. Jack viu o gol de Camarões marcado por Mboma, e algumas pessoas comemoraram, mostrando que havia simpatia pelos times africanos, pelo jeito alegre e divertido que eles jogam futebol.

Quando Jack chegou ao hotel, já eram quase 22 horas. Estava com fome e cansado, perdera praticamente o dia todo viajando, estava também irritado, porque sua passagem aérea estava marcada para as 11 horas, mas tinha ocorrido um *overbooking*. Teve que esperar para ser encaixado no vôo de outra empresa aérea, que atrasou duas horas. Definitivamente não era seu dia. A empresa aérea pagou o "almoço" aos passageiros, um sanduíche que não custava nem 10 dólares. Depois de passar o dia no aeroporto, enfim, havia chegado. Estava sentindo falta de seus exercícios diários, ainda não havia tido muito tempo para se exercitar. O tempo livre que tinha, era para pesquisas.

Estava com dor nas costas, os vôos estavam todos lotados, e viajar em classe econômica depois de várias horas de espera não era fácil. Certamente um *upgrade* não faria mal, e milhas não eram o problema: Jack tinha quase o montante para ir à Lua. O problema era que dificilmente um jornalista não conhecido como ele viajaria em classe executiva, e ele não queria despertar suspeitas.

Assim que chegou ao hotel, encontrou em seu quarto a encomenda que tinha feito em Seul, na loja de cintos do mr. Kim. Estava tudo lá: duas semi-automáticas com silenciadores, de calibre baixo; o visor de raios X noturno 100%; modelo americano, tamanho pequeno, para mulher; o canivete suíço, tipo alemão, com 40 funções e spray de fumaça roxa, identificador de raios laser. Foi tudo entregue numa caixa da loja de departamentos Tobu. Para o hotel, ficou registrado como compras da loja.

Jack verificou todo o equipamento, guardou-o, tomou um comprimido antiinflamatório para a dor nas costas, deitou na cama para descansar um pouco e ficou assistindo ao jornal para ver as notícias. O destaque, claro, era a Copa do Mundo, entrevistas com as seleções, os melhores momentos dos jogos e gols da rodada. Era bom para ele ficar *up to date* com o mundial, já que ele estava bem desatualizado nos últimos dias.

Lotte World Hotel
Seul, Coréia do Sul

Monsieur Pasquim estava na sacada principal da suíte do hotel Lotte, suíte que naqueles dias tinha sido o QG interino de sua equipe na Coréia. Estava olhando a bela paisagem e observando a largura impressionante do rio Ham. Fumava seu cigarro encostado na grade de proteção da varanda. Eram já 23 horas. Pensava que todos já estivessem dormindo, quando Mark Pierre entrou de repente. Não tinha visto o chefe.

— Desculpe, *monsieur*.

— Meu rapaz, não vá embora, pegue um cigarro, me faça companhia.

Mark ficou surpreso, nunca seu chefe havia sido gentil com ele ou mesmo lhe dado atenção. Sempre estava com a cara fechada, reclamando, dando esporros, nervoso, estressado.

— O senhor sabe que eu fumo?

— Que pergunta! Claro que sei. Sei tudo de meus funcionários.

— É que sempre evitei fumar em serviço, e que me lembre nunca fumei na sua frente.

— Bom, não estamos em serviço agora. Além do mais, é obvio que você fuma, apesar de você passar sempre um desodorante depois de fumar para tentar tirar o cheiro. Sabe, quando você some e reaparece está sempre com cheiro forte de desodorante. Certamente é para esconder o cheiro de alguma coisa. E pela cor de seus dentes, só pode ser cigarro. Fora a bala que tem sempre na boca.

— Nossa, *monsieur*! Não sei como consegue estar sempre tão atento.

— Por favor, Mark Pierre, não insulte meu cérebro. Qualquer criança perceberia isso.

— Bom, mas...

— Sabe, estou ficando velho. Está começando a chegar o momento de pensar em meu futuro. Estou pensando em começar a me preparar para a aposentadoria. Tem horas que a gente começa a perder o gosto de muitas coisas, começa a enxergar a vida tão vazia, tão triste. Não vê mais horizontes. Quando a gente é jovem, quer mudar o mundo, tem vários sonhos, esperanças, planos, mas depois, quando começa a envelhecer, percebe que são coisas fúteis, e que você é só mais um no mundo, não vai mudar nada, seus planos são mais simples do que pensava. Com muito trabalho e dedicação pode até realizá-los, os mais simples, claro, mas depois que os alcança, tudo perde a graça. A vida é assim. Nosso ramo é muito dinâmico, estou com 46 anos, mas já vivi como um homem de mais de 100 anos. Veja você, tão jovem, tem o que, 22, 23 anos?

— Trinta, senhor.

— Nossa, bom, então, com sua idade já conhece o mundo, fala quatro ou cinco idiomas. Já nos ajudou a desvendar tantos crimes. Esta carreira é muito especial.

— Se o senhor está falando, deve ser mesmo.

— Como assim, hahaha, Mark, você é engraçado, vou fazer uma crítica mas é para seu bem. Você é jovem, pensa em fazer carreira aqui na Interpol, não pensa?

— Claro que sim, senhor.

— Então, vou dar uma dica. Gosto de você, está sempre estudando, se esforçando, nunca faltou um dia no trabalho, é o primeiro a chegar e o último a sair, bom caráter. Consegue decifrar anagramas como ninguém aqui no departamento. São excelentes predicados. Mas você precisa ser menos gentil e principalmente menos ingênuo. Em nosso ramo, a perspicácia é fundamental. Isso significa ficar sempre muito atento, observando a todos e a tudo, além de desconfiar de tudo. Sabe, minha mãe sempre me dizia para desconfiar de todos e nunca deixar que desconfiassem de mim. Provérbio sábio este.

Mark Pierre ficou vermelho, abaixou a cabeça. Sem graça e sem reação. Não esperava o comentário crítico.

— Por exemplo, por que você abaixou a cabeça? Poxa sou seu chefe, dou esporro o tempo todo em você, às vezes acho que sou até duro demais. Mas é meu jeito. Você não deve ficar encabulado quando chamo você para um papo informal.

Mark Pierre continuava calado com a cabeça abaixada.

— Bom, primeiramente, procure olhar sempre nos olhos de quem fala com você. Levante a cabeça e olhe para mim.

Timidamente, ele o fez.

— Está vendo? Não é difícil. Outra coisa, procure ficar menos preocupado em me chamar de senhor. Seja mais objetivo. Expresse bem o que você quer dizer, seus pensamentos.

— Mas é que o senhor me dá cada cortada...

— Hum, claro, quando fala besteira, dou mesmo. Até para falar precisa pensar.

— Tem razão, *monsieur* Pasquim.

Pasquim achou graça na resposta.

— Bom, rapaz — disse Pasquim, acendendo o cigarro para ele —, por hoje é só.

Mark sabia que ter outra oportunidade de falar com ele daquela maneira seria muito difícil. Essa havia sido a primeira vez que Pasquim falava com ele tratando-o como uma pessoa e não como um objeto à sua disposição.

— É, Mark Pierre, acho que estamos chegando ao fim do caso Pintor. Na semana que vem, a uma hora destas, estaremos pegando aquele desgraçado.

— *Monsieur*, por que o senhor tem tanta certeza? Está tão confiante. O senhor acha que no coquetel de ontem, com as filmagens obtidas pelas câmeras, iremos capturar imagens suficientes para pegá-lo?

— Não posso dizer no momento. Ainda não. Apesar de confiar em você. Não posso comentar, mas estamos perto. Sinto isso, meu *feeling* não erra. Falando nisso, este talvez seja o maior ensinamento que posso passar para você: *feeling* não se aprende em nenhum curso ou faculdade, com nenhum professor ou trabalho. Vem com a experiência, com a idade. Um dia você vai ter este dom. Ele aparece mais cedo ou mais tarde nas pessoas. Às vezes para coisas boas, às vezes para coisas ruins. E em nossa profissão, é fundamental.

— Hum, obrigado, *monsieur*. Vou tomar nota desta lição.

— Hahaha, tomar nota! Você não muda. Não faça isso. Hoje foi uma conversa informal e não trabalho. No momento, me veja como um colega e não como seu chefe. Bom, vamos entrar que amanhã temos reunião marcada para as 7h30, vamos dormir.

Arrancou o cigarro de Mark Pierre, jogou no chão e apagou-o com o pé. Entraram e foram para seus respectivos quartos.

20

Grande jogo

Tóquio, Japão
7 de junho de 2002

Henry acordou cedo e foi para a academia do hotel se exercitar. Desde que havia chegado na Ásia não estava conseguindo manter o ritmo, nos últimos dez dias tinha ido apenas uma vez fazer seus exercícios diários.

Assim que terminou a ginástica, duas horas incessantes de corrida e musculação, foi se pesar e tomou um susto, estava 2 quilos mais gordo. Certamente os exercícios estavam fazendo falta. Decidiu que não ia tomar café nesse dia. Tomou rapidamente uma ducha e foi para Yokohama, ao International Media Center.

Will estava com preguiça nesse dia, em pleno sábado. Estava deitado na cama assistindo ao filme *Duro de Matar I*, que já havia visto mais de dez vezes, mas gostava da história, certamente era o melhor da trilogia, filme de enredo criativo, muita emoção. Mas não foi o filme que o fez ficar na cama, era a tamanha preguiça que sentia; tinha se estafado, afinal, sua vida estava uma loucura, mal saía de um grande evento e já entrava em outro, era sempre assim. Estava precisando de umas férias. Havia decidido que só faria o próximo trabalho dali a dois meses. Terminaria a copa e depois ficaria dois meses de férias. Não aceitaria nada, mesmo se fosse algo extraordinário.

Bosch também acordou cedo, tomou rapidamente o café-da-manhã na rua do hotel, numa loja de conveniências e pegou o metrô na lotadíssima estação Shinjuku. Era hora do *rush* e ele ficou espantado com os funcionários treinados que empurravam os passageiros da plataforma para dentro do trem, murmurando *sumimassem* (desculpem) aos que não conseguiram entrar, tudo de forma organizada, preservando aos passageiros. Chegou a vez de Bosch, que parecia uma sardinha enlatada, e ele foi na direção de Akihabara, bairro famoso por vender artigos eletrônicos. Olhou, entrou em algumas lojas e acabou comprando um aparelho de MP3.

Giuseppe acordou bem cedo, aproveitou a linda manhã ensolarada e foi para o 37º andar, o último chamado andar executivo. Era um espaço disponibilizado apenas aos clientes hospedados nas suítes executivas. Um conforto extra para clientes VIP. Um dos diferenciais é o local do café-da-manhã, um terraço com uma vista espetacular do lado oeste de Shinjuku, cercado por grandes arranha-céus japoneses. Lá, sentado numa mesa de duas pessoas no canto da sacada, sozinho, saboreava um fantástico e farto café-da-manhã. Na TV instalada no local estava passando os melhores momentos dos jogos que haviam movimentado o dia anterior, durante a vitória da seleção de Camarões por 1 a 0 sobre a Arábia Saudita, e os empates entre França e Uruguai e Dinamarca e Senegal.

José Marcelo levantou tarde, quase às 10h30. Foi acordado pela camareira que, depois de bater na porta algumas vezes, abriu pedindo licença, procedimento padrão do hotel para limpar os apartamentos. José Marcelo tinha um sono pesadíssimo, não ouviu as batidas na porta e muito menos viu entrar a camareira. Quando ela acendeu a luz, ambos se assustaram: ele acordando com aquela estranha no quarto, e ela vendo aquele homem nu em cima da cama, deitado, sem lençol. Rapidamente, a envergonhada mulher pôs as mãos no rosto e saiu do quarto pedindo desculpas, apavorada, no estilo tímido de uma senhora japonesa. Zé Marcelo acabou se divertindo com a situação.

IMC – International Media Center

Jack havia almoçado no IMC, em uma das lanchonetes instaladas no lado externo, almoçou sozinho, estava faminto, afinal já eram quase 16 horas, comeu um sanduíche de atum. Não prestava atenção à TV que estava na sua frente mostrando entrevistas, melhores momentos e preparativos do jogo daquele dia à tarde entre Inglaterra e Argentina, o jogo mais esperado da primeira fase da copa. Estava concentrado, pensando em como iria fazer para encontrar

Heiji. Se ligasse para ele, certamente Heiji iria achar muito estranho. O jornalista estava ali trabalhando, mal chega a Tóquio e já o procura? Não, tinha que esperar um pouco, não poderia causar nenhuma desconfiança da parte de Heiji, mas o momento certo para o roubo – a festa da família Matsumoto – estava chegando, dia 15. Tinha que pensar em alguma coisa para ser convidado para a festa. Não sabia como, talvez Benitez, que conhecia muita gente, poderia dar um jeito de conseguir esse convite. Sem o convite, era quase impossível furar a barreira para entrar no Castelo Matsumoto, a famosa casa da família Matsumoto que, pelo que ele sabia, ficava perto de Yokohama, numa área imensa, dentro do Complexo Matsumoto, local onde ficavam os escritórios, fábricas e estabelecimentos da família. Uma área totalmente vigiada. Sem convite, seria muito difícil. Estava pensativo... Como iria se aproximar de Heiji? E quando se aproximasse, o que iria falar? "Se lembra de mim?". Certamente faltava algum álibi.

Tóquio, Japão

Tanaka acabara de chegar de Seul, mas antes de voltar para o Castelo Matsumoto iria ainda fazer um serviço encomendado pelo próprio Matsumoto Sam. Passaria em Dogen-zaka, centro boêmio de Tóquio, uma mistura de ladeiras e becos estreitos, cheios de clubes noturnos, bares e motéis. Devia ir até uma casa de *pachinko* – diversão muito popular no Japão, similar a um fliperama –, onde se compram as bolinhas de aço que são colocadas na máquina para ganhar mais bolinhas, que são trocadas por um prêmio, pois jogos a dinheiro são ilegais no Japão.

Tanaka chegou ao Dogen Pachinko House com um de seus seguranças e foi direto para o fundo do salão, um escritório provisório separado apenas por um biombo preto, estilo japonês. Atrás do biombo, estava sentado em uma das três mesas, Massa, o proprietário, que fez fortuna com sua famosa casa de *pachinko*. Era um homem gordo, baixo, muito falante. Qualquer hora teria problemas com sua língua grande, dizia Matsumoto Sam. Ao olhar para Tanaka, percebeu que estava com problemas...

– Posso me sentar, Massa?
– Por favor, sr. Tanaka. O que posso oferecer para o senhor beber?
– Nada, só quero saber uma informação.

Massa chamou uma das moças que trabalham com ele e pediu um *bancha*, chá típico japonês, pois sabia que Tanaka gostava. Mas quando ela foi servi-lo, ele recusou. Uma desfeita para os japoneses. Massa dispensou-a. O segurança de Tanaka ficou ao lado do biombo, de onde avistava o salão e o escritório improvisado.

– Gostaria de saber se você, por um acaso, está nos delatando.
– Como assim, sr. Tanaka, que absurdo! De que jeito?
– Você conhece o policial Kendo?

Tanaka estava se referindo ao oficial Kendo, policial novo, de uns 35 anos, costas quentes, filho de um desembargador federal e que estava fazendo uma série de investigações no bairro de Shibuya e região, incluindo Dogen-zaka, região de forte atuação e influência da família Matsumoto. Fora requisitado pela polícia secreta japonesa graças à muita insistência do próprio oficial Kendo e por recomendação do influente pai. Estava prestando assistência ao pessoal da Interpol, desde o começo da copa, primeiramente com informações e reservas e depois iria acompanhar o chefe da Interpol, *monsieur* Pasquim e sua equipe numa missão ainda desconhecida.

Um dos espiões de Tanaka, que ficava na região, relatou as repetidas visitas do inspetor Kendo à residência de Massa. Sabia que Massa tinha problemas com o fisco, e que repentinamente haviam sido resolvidos. Certamente algumas informações de como Matsumoto atuava na região e quem estava sob sua proteção no bairro, foram passadas para Kendo.

– Só de vista, sr. Tanaka.

Tanaka ficou olhando nos olhos de Massa, calado, e de repente, se levantou.

– Precisava olhar em seus olhos para saber se estava mentindo para mim. Que bom que está falando a verdade. Matsumoto Sam preza muito sua amizade. Você sabe, Kendo anda fazendo muitas perguntas sobre nós para algumas pessoas. Os amigos estão sendo muito fiéis, não comentam nada. Mas os traidores sempre comentam alguma coisa. Matsumoto Sam sabe quem são os traidores e quem são os amigos e certamente dará um tratamento diferenciado a cada um deles.

– Claro, sr. Tanaka, imagine, tenho este empreendimento há 30 anos, construí financiado pelo sr. Matsumoto. Ele sempre me ajudou, eu nunca trairia nossa amizade.

– Que bom, já estou indo, Massa. E a família está em ordem? Sua esposa, as três meninas?

– Graças a Deus, sr. Tanaka. E obrigado pelo presente que trouxe pelo aniversário de 4 anos da mais nova, ela adorou a boneca.

Despediram-se, Massa estava aliviado, sabia que uma hora ou outra eles iriam desconfiar, mas estava preparado para olhar nos olhos de Tanaka quando este viesse. Tinha sido convincente e seguido as recomendações de Kendo.

Assim que Tanaka saiu da casa de *pachinko,* chamou o segurança que estava com ele, e comentou:

– Chame os rapazes, quero que botem fogo aqui na *pachinko* e também na casa deles. Quero que não saia ninguém vivo. Ninguém. Espere a filha mais velha chegar em casa, ela volta sempre depois das 23 horas por causa da faculdade.

– Ok, senhor. Como o senhor mandar.

– Bom, temos que visitar este policial de merda. Este tal de Kendo está começando a me incomodar. Estou ansioso para vê-lo cara a cara.

– Mas senhor, não será perigoso irmos depois do que ocorreu hoje? Certamente ele terá muito mais proteção e atenção. Ele desconfiará de nós.

– Eu sei, por isso mesmo, quero mostrar a todos aqui o que acontece com traidores e para a polícia que fez essa troca, colocando esse sujeitinho ordinário, esse inspetor na nossa cola. Vamos demonstrar nossa audácia matando esse rapaz.

Castelo Matsumoto
Yokohama, Japão

Eram 20h30. Começava o jogo mais esperado da primeira fase, o jogo que certamente iria decidir o rumo de duas das mais tradicionais e respeitadas seleções do planeta, no famoso "grupo da morte". A Argentina, uma das favoritas para ganhar a copa, jogaria contra a Inglaterra. Além de um grande clássico mundial, um jogo de imensa rivalidade, havia uma história por trás desse confronto. Além do jogo classificatório, havia a guerra que envolveu esses dois países – a guerra das Malvinas –, a eliminação trágica da copa de 1986 no México, com o lendário gol "mão de Deus", de Diego Maradona, fora a eliminação da última Copa do Mundo, nos pênaltis, na qual a Argentina mais uma vez tinha levado a melhor. Que jogo, que partida!

Heiji estava assistindo ao jogo com seus irmãos Hidetoshi e Mitsuo no salão Plenário, uma sala de TV enorme, com cadeiras retráteis, de couro, equipada com modernos recursos de multimídia, com capacidade para 25 pessoas. Essa sala era usada para reuniões da família Matsumoto, pela diretoria, para treinamentos e, algumas vezes, para apresentações encomendadas por Matsumoto, palestras com renomadas personalidades. Um luxo da família Matsumoto, construído por Heiji e que tinha custado mais de 3 milhões de dólares, valor que Matsumoto Sam nem imaginava. Nessa sala, Heiji costuma assistir a filmes inéditos, comprados clandestinamente. Costuma recebê-los muito antes de estrearem nas telas de cinema. A sala é toda monitorada e programada por computador. Com o controle remoto principal, comanda-se todo o ambiente.

Eles haviam parado de conversar para assistir ao jogo com atenção. Heiji tinha convite para assistir do camarote do estádio, mas estava muito atarefado e preferiu assistir de sua própria sala. Tanaka havia acabado de chegar, e Heiji o convidou para sentar ao seu lado.

O jogo estava muito nervoso, ambas as equipes disputavam cada lance como em uma guerra. O comentarista enfatizava a preocupação tática das duas equipes. Certamente um erro seria fatal para um dos lados. O primeiro tempo acabou zero a zero. Heiji cochichou com Tanaka sobre uma idéia que havia tido e queria que Tanaka a executasse de imediato, assim que terminasse o jogo.

Logo no começo do segundo tempo, foi feita a marcação indiscutível de uma penalidade contra a seleção argentina. O mundo parava para assistir a cobrança do capitão David Beckham. Parecia que tinham congelado o lance para todos assistirem com atenção. Uma enorme concentração era revelada no semblante do badalado craque da seleção inglesa, tamanha frieza e serenidade via-se no goleiro argentino. Olhos nos olhos e pronto, um chute certeiro no canto direito de Abondazieri. O arqueiro argentino quase defende o lance. A comemoração do inglês revelou o grito engasgado de uma geração inteira penalizada pela eliminação das duas copas: a de 1986 e 1998.

Foi o único gol dessa partida e certamente entrou para a história de todas as copas. O final foi marcado por uma pressão descomunal da seleção argentina, que foi para cima da Inglaterra como se fosse seu último jogo, como se estivesse prevendo o que iria acontecer nos próximos dias. Mas o time inglês conseguiu agüentar a pressão e saiu vitorioso dessa tão esperada batalha campal. Tanaka saiu da sala antes mesmo de acabar o jogo e foi para Tóquio com o motorista e um segurança, para visitar algumas pessoas.

Tóquio, Japão

Jack assistira ao jogo no quarto. Estava mais preocupado em como localizar Heiji do que com a partida em questão, mas, depois do gol, ficou difícil não torcer por um dos lados, tamanha a emoção que o jogo proporcionava. Resolveu descer para tomar um *cappuccino* no bar do hotel, que ficava lotado até de madrugada. Estava sentado esperando o garçom trazer seu pedido quando avistou Tanaka, que estava na recepção do hotel conversando com o Bell Captain, e que ao avistá-lo, desviou de sua rota e foi em sua direção. Nem parecia verdade, aí estava a oportunidade de ouro: falar com o segurança de Heiji. Sabia que Tanaka não gostava dele, o encarava sempre, mas era uma oportunidade. E ele vinha em sua direção. Era um bom sinal. Jack indagou-se o que Tanaka queria com ele.

— Nossa, que surpresa, quem encontro aqui?

— Que coincidência... Era com você que eu queria falar. Estava conversando com o rapaz da recepção, procurando seu nome. Mr. Heiji me deu apenas seu primeiro nome e, como Cubano, não encontrei ninguém.

— Ah, esse apelido pegou, né? Meu nome não é Cubano, é...

Tanaka o interrompeu:

— Bom, vamos ser diretos, assim não perco meu tempo.

Tanaka sentou-se na mesa, pegou o *cappuccino* de Jack.

— O sr. Heiji quer convidá-lo para almoçar com ele amanhã, em sua residência. Este compromisso é inadiável. Ele é um homem muito ocupado e não tem tempo para perder, então é bom chegar cedo, às 12 horas em ponto. Mandarei um táxi apanhá-lo. Estará à sua disposição a partir das 11 horas. É bom que saia antes das 11h15 pois é longe e o trânsito está pior nesta época de copa. Eu controlo a entrada e a saída; caso você chegue atrasado, não deixarei você entrar, Cubano.

Tanaka deu um gole no *cappuccino* e se levantou.

— Estava ótimo este *cappuccino* que você me ofereceu. Bom, o recado para você já foi dado. — Levantou-se e foi embora com o segurança que o acompanhava.

21

Castelo Matsumoto

Yokohama, Japão
domingo, 8 de junho de 2002

Quando o táxi chegou para apanhá-lo diante do hotel, às 10h45, Jack já estava esperando. Durante o trajeto, o motorista não abrira a boca para comentar nada. Ele dirigia sem nem mesmo olhar pelo retrovisor, parecia um robô seguindo ordens. O trânsito era caótico, estava tudo parado, os carros não andavam, era impressionante a confusão nessa cidade. Quando Jack olhou para o relógio, eram 11h10 e o táxi parecia que ainda estava no mesmo lugar. Somente depois que saíram do centro de Tóquio, à medida que se distanciava da cidade em direção a Yokohama, atingindo a via expressa, o táxi começou a andar mais rápido, para alívio de Jack, que estava estressado. Era sua grande oportunidade e sabia que, se chegasse atrasado, Tanaka não iria relevar, muito pelo contrário, iria cumprir o que havia dito.

No caminho, Jack não acreditava na tremenda sorte que tivera. Nunca havia ocorrido algo assim em sua vida, foi muita coincidência. Estava preocupado em como iria se aproximar de Heiji Matsumoto, e na verdade, ele se aproximou de Jack. "Quando Maomé não vai à montanha, a montanha vem a Maomé", sábio provérbio popular, pensou Jack. Mas o que Heiji queria com ele? Essa era a pergunta que fez Jack rolar de um lado para o outro na cama a noite inteira. Jack era muito paciente e calmo, mas estava ansioso.

O Castelo Matsumoto, como era chamada a residência da poderosa família da Yakuza, ficava a 27 km do centro de Yokohama. Assim que chegaram em Yokohama, o taxista entrou em outra rodovia, de mão dupla, com apenas uma pista de cada lado, que cortava uma reserva florestal. A vista pela janela do táxi era de uma imensidão de árvores dos dois lados. Jack começou a se sentir isolado, afastado da civilização. Essa era a sensação que proporcionava a pequena reserva florestal de Yokohama.

Depois de quase 10 minutos percorrendo a estrada, o táxi virou à esquerda numa entrada com uma sinalização indicando "Patrimônio MTS, Holding CMA", com dizeres em japonês e, abaixo, em inglês. Uma cerca surgiu percorrendo os dois lados da pista, Jack notou que já estava dentro da área MTS, que concluiu ser da família Matsumoto. No final da estrada, avistava-se uma pequena cidade à direita com uma placa "Bem-vindos a Siitan". Era uma pequena cidade com 1.800 habitantes, que eram funcionários do conglomerado CMA, *holding* da família Matsumoto e suas respectivas famílias. Havia funcionários de todos os tipos, operários da fábrica, executivos, seguranças, camareiros etc.

O táxi virou novamente à esquerda e Jack avistou no horizonte, sobre um pequeno penhasco, o Castelo Matsumoto. O táxi foi se aproximando até chegar num enorme portal de mais ou menos 5 metros de altura: era o portão principal. De lá teria que caminhar uns 300 metros até chegar no enorme prédio, conhecido como Castelo Matsumoto.

O Castelo Matsumoto é assim chamado desde que a família Matsumoto passou a habitá-lo, há mais de 40 anos. Também conhecido como Castelo de Yokohama, pertence ao seleto grupo dos 15 castelos feudais existentes no Japão. Desses castelos, 12 são museus que abrigam obras de arte ou obras da história do Japão. São tombados e considerados patrimônio histórico da humanidade. Os outros três são patrimônios particulares: um deles é o Palácio Imperial, que pertence ao imperador, e os outros dois são de importantes famílias japonesas. Sua arquitetura militar, suavizada por elegantes linhas estéticas, revela um castelo samurai.

O táxi parou defronte ao portão principal. Jack, ao olhar o muro imenso com 5 metros de altura, que cercava o castelo de pedra, pensou: "é a muralha da China". Pediu ao taxista o valor da corrida.

– Não, senhor, já está tudo acertado. Arigatô.

Ao se dirigir ao portão principal, Jack foi barrado por dois seguranças que estavam de prontidão na porta. Apresentou-se e informou que estava em cima da hora para encontrar Heiji Matsumoto, eram 11h53. Um dos seguranças não encontrava o nome na lista, mas Jack lembrou que devia procurar por Cubano.

– Sim, senhor, está aqui, Cubano. O senhor é jornalista, também?

– Sim, sou.

– Boa tarde. Pode entrar, é só seguir reto até aquela outra parede. Vire à direita e o senhor estará a alguns metros da entrada do castelo, senhor.

– Uau, é uma boa caminhada. Obrigado.

Jack foi andando e reparou na beleza do lugar. Bem arborizado, repleto de flores de cerejeira que proporcionavam charme ao local com sua cor rósea avermelhada. Era impressionante a quantidade de flores de cerejeira que havia. Provavelmente, Matsumoto Sam gostava dessa flor. Além das flores, chamavam a atenção também as várias câmeras colocadas por todo o caminho. Havia muita segurança.

Chegou diante do castelo, onde havia uma escadaria comprida, com uns 20 degraus, que dava acesso ao portão de entrada. O castelo era enorme, como tudo que fazia parte do complexo Matsumoto, o que era interessante pelo fato de ser no Japão, lugar em que há grandes problemas com espaço. O castelo era muito maior e mais bonito do que imaginara. Era impressionante como as fotos dão outra impressão. Ficava em cima de um pequeno penhasco, onde fora construída uma muralha bege-escura. Uma parede em forma de leque, com uns 6 metros, dava sustentação aos outros cinco andares do castelo. Era impactante!

Não havia ninguém. Subiu a escadaria chegando até o grande portão de madeira, com desenhos medievais japoneses. O belo portão se abriu para ele entrar. Entrou, não avistou ninguém, estava até um pouco escuro. Jack já estava ficando cismado, não aparecia ninguém – forma estranha de receber um convidado –, quando, de repente, escutou uma risada.

– Hahahaha. Está assustado, Cubano? Chegou na hora. Achei que você não conseguiria. Melhorou seu conceito comigo. Parabéns. O sr. Heiji está esperando por você no salão de TV.

Neste momento as luzes se acenderam, revelando o belíssimo *hall* de entrada, com várias esculturas, quadros e obras de arte. Era Tanaka. Jack o achou até bem-humorado, por fazer essa brincadeira com ele. Não entendia o porquê de esse canalha estar sempre provocando, o que ele queria com isso. "Ao lado do Heiji ele fica calado, somente olhando, e na ausência dele revela ser um cara folgado". Não via a hora de executar o crime, só para poder imaginar a cara dele quando descobrisse o roubo.

Um dos seguranças o conduziu até o salão Plenário, que fica no mesmo andar, no lado esquerdo do *hall* de entrada. À direita fica a sala de jantar. Quando Jack entrou na sala, observou que devia ter ali umas 40 pessoas, poucos de pé, a maioria sentada. Logo percebeu que eram jornalistas, a maioria japoneses, porém havia pessoas do mundo todo. Heiji estava em cima de um praticável, com púlpito e microfone, respondendo a algumas das perguntas dos presentes. Jack se surpreendeu com a cutucada de Benitez em seu ombro direito.

— Ah, você por aqui, Cubano? Está atrasado, não?

— Não era às 12 horas?

— Não. Estava marcado para as 11 horas. Mas, sorte sua, teve um pequeno atraso do anfitrião, uma meia hora.

Jack percebeu na hora que Tanaka, mais uma vez, o sabotara, mas não entendia o porquê. Olhou para Tanaka que estava ao lado da porta da sala de TV, que lhe dirigiu um sorriso irônico.

— E qual é o motivo desta reunião?

— Ah. É o que Heiji estava explicando um pouco antes de você entrar. Aí começaram a fazer algumas perguntas sobre a festa que haverá no dia 15. Será um festão. E pelo que percebi nós todos fomos convidados, muito chique, né? Achei o máximo. Vamos fazer uma cobertura completa sobre o evento. Teremos que trabalhar na divulgação, fazendo algumas reportagens sobre a festa. Ele quer uma reportagem exaltando a grandiosidade da maior festa realizada durante o mundial, que é a deles, vê se pode. E outra reportagem, um dia depois da festa, comentando sobre o evento mais badalado da Ásia. Alguma coisa assim. Ele vai nos pagar uma quantia que ainda não estabeleceu. Benitez parou de falar justamente na hora que um dos repórteres fez a pergunta que todos estavam esperando.

— Mas, sr. Heiji, qual será o valor que receberemos para fazer este trabalho? O senhor sabe que todos nós estamos muito ocupados na cobertura da copa e...

— Fique tranquilo. Acho que é uma quantia justa. Por uma semana de trabalho, apenas para fazer a divulgação do nosso evento, irei pagar 2 mil dólares para cada um. Darei o dinheiro mediante a assinatura de quem vier participar.

Todos na sala riram. Estavam contentes com o convite feito por Heiji, afinal, era um trabalho fácil: escrever uma matéria sobre a festa em dois dias, comentando a grandiosidade do evento, e outra matéria sobre o sucesso que tinha sido. Era muito simples. Era óbvio que todos aceitariam tal oferta.

Certamente Heiji queria uma exposição na mídia internacional, por isso havia convidado jornalistas internacionais. Estavam lá todos os colegas que Heiji conhecera na copa, Will, Bosch, José Marcelo, Giuseppe, Henry, Sofia, Carol, Benitez e Ilgner.

– Senhores, era isso o que tinha para falar a vocês. Estaremos servindo um almoço no salão de refeições para convidados, que fica na sala ao lado; os seguranças irão conduzi-los até lá. Entregaremos um pequeno contrato aos senhores, com as regras para a prestação deste serviço, é meramente por questões burocráticas. Tem uma página. Gostaria que os senhores, assim que o receberem, dessem uma lida e se estiver tudo ok, entreguem no final do almoço para Yuri, esta bela moça aqui ao meu lado. Ela mostrará para vocês o complexo do castelo, em um passeio rápido pelos cômodos. Um detalhe: é a primeira vez que estamos mostrando nossa residência para a imprensa. Vocês são privilegiados. Recebemos vários pedidos e ofertas de revistas de fofocas para mostrarmos o castelo por dentro. Mas esperamos para mostrar primeiro para amigos e também no momento certo, que é hoje. Bom, chega de falar. Vamos almoçar que estamos todos famintos.

Estavam novamente reunidos, Bosch, Will, José Marcelo, Henry, Giuseppe, Benitez, Ilgner, Carol e Sofia. Com toda a loucura da Copa do Mundo, agito, confusão, compromissos vários de cada um, mesmo assim, estavam mais uma vez juntos. Cumprimentaram-se como bons amigos. Uma amizade que começara num jantar há duas semanas, foi crescendo e agora todos pareciam grandes amigos. Henry, que na maioria das vezes era mais calado, tímido, entre os amigos ficava à vontade, sentia-se como um jovem na faculdade com sua turma, mas sabia também que certamente essa amizade, por mais que fosse sincera e gostosa, tinha um prazo de validade que venceria no final da copa.

José Marcelo fazia piadas com o *hashi*, os famosos pauzinhos utilizados para pegar os alimentos e conduzi-los à boca. Giuseppe e Benitez riam muito com as trapalhadas de seu amigo.

Giuseppe acabou explicando a José Marcelo que segurar o *hashi* perto da extremidade ou segurá-lo com rigidez não dá uma boa agilidade para pegar os alimentos. José Marcelo tentou acompanhar os ensinamentos de Giuseppe, obtendo êxito.

– Nossa, Giuseppe, você é muito culto, rapaz. Seria um excelente namorado – comentou Benitez. Na mesa, o grupo se destacava com as altas gargalhadas.

Durante o almoço, todos conversavam sobre diversos assuntos, mas certamente o principal era o mundial. Falavam dos favoritos, dos grandes jogos, dos lances etc. As duas horas de almoço passaram rápido, um bufê com alguns pratos clássicos foi servido, rico em verduras, legumes e peixe cozido. Apenas um garçom, que tirava os pedidos de bebidas, estava presente. O "salão de refeições para convidados" como era chamado, tinha um bom tamanho, acomodando bem todos os presentes em uma única mesa, preenchida de uma ponta a outra.

Jack percebeu que a sala em que era servido o almoço estava sendo monitorada, certamente por Tanaka, que não estava presente. Havia outros cinco seguranças, que se revesavam em suas posições, sempre de pé e afastados, nos cantos da sala. Não mudavam a feição, tinham sempre uma cara muito séria. Tanaka estava em seu escritório, que mais parecia uma cabine de avião, com tantos computadores e monitores que controlavam todo o complexo do castelo, tanto na parte interna como externa. Eram mais de 88 câmeras espalhadas, pegando imagens de todos os ambientes da casa. Todas de última geração. Tanaka ficava atentamente observando os convidados durante o almoço, cada detalhe, cada olhada. Um em especial, o Cubano. Sentia uma falsidade em seu modo de ser, parecia que forçava com seus comentários, não era espontâneo, natural. Cara estranho, mas na verdade o que mais o incomodava era seu olhar, sempre frio e atento. Tanaka só havia visto esse tipo de olhar em grandes mestres de lutas de arte marcial, nos diversos campeonatos que disputou quando moço. Olhar observador, atento, frio e vivo ao mesmo tempo. Olhar de um caçador. Percebia que ele só tinha esse olhar quando sabia que não estava sendo observado. Na frente dos outros mudava o olhar, era mais natural. A forma com que ele se aproximou de Heiji em Seul, no Cassino Walker Hill, foi espontânea demais, solícita demais. Será que não havia algum interesse? Bom, se houvesse algum interesse profissional, ele já havia conseguido seu objetivo, iria fazer uma reportagem de Heiji, grande empresário, badalado, sempre presente nas revistas japonesas. Conseguir essa reportagem era mesmo uma grande oportunidade. Mas uma coisa incomodava Tanaka: a forma como Heiji era mais desleixado com relação aos procedimentos de segurança, o oposto da família. Promovia festas, levava uma vida social o tempo todo. Era mais trabalhoso para Tanaka, mas ele adorava seu trabalho, para ele, quanto mais, melhor.

Jack tinha a certeza de que estava sendo monitorado, e sabia que qualquer olhar errado poderia colocar tudo a perder. Tudo estava indo tão bem, muito melhor do que o esperado. Certamente Tanaka estaria observando todos ali presentes e, por ironia do destino, dedicando uma atenção especial a ele. Por que motivo Tanaka não gostava dele? Que *feeling* tinha esse cara! Mas ele não podia reagir às provocações. Tinha que se manter impassível. Tanaka o provocava cada vez mais. Poderia colocar tudo a perder com uma reação mais abrupta e não inteligente. Heiji estava usando uma camisa branca de gola italiana que chamava a atenção; no final do almoço foi até o canto da mesa, do lado oposto onde estava sentado, para conversar com seus amigos. Todos estavam rindo das piadas de José Marcelo, que dominava aquele canto da mesa. Foi um rápido bate-papo, antes de convidar a todos para fazer a visita ao Castelo Matsumoto.

Jack estava incrédulo, não podia ser tão perfeito, o grande entrave para a execução do roubo era que ele não tinha conhecimento do castelo. Tinha um mapa antigo, que certamente estava desatualizado. Não sabia em que sala estaria guardado o *Bushido de Ouro*. Ficara estudando todo esse tempo, principalmente nos últimos três dias, fazendo hipóteses. Apesar de sua grande experiência, estava trabalhando apenas com suposições. Fantástico, era o que Jack pensava. Uma minicâmera filmadora com 2 horas de gravação, e espaço para 150 fotos em sua caneta, com o foco instalado na tampa, era a ferramenta que Jack iria usar. Com ela obteria todas as imagens possíveis do castelo. Mas o mais importante era prestar muita atenção a todos os detalhes.

O *tour* pelo castelo estava programado para ser realizado às 14h30, proporcionando duas horas de almoço. E assim foi feito. Com um toque na tampa da caneta, Jack ligou a câmera e começou a filmar Yuri. A moça começou a contar a história do castelo no próprio salão do almoço. Mas foi no *hall* de entrada que ela começou a fazer uma explanação mais detalhada sobre o motivo de o castelo seguir aquele estilo de construção, sobre as datas históricas, os habitantes ancestrais de samurais.

Yuri começou pelo *hall* onde Jack entrara quando chegou ao castelo. Ainda no primeiro andar, ficava o "salão plenário", que na verdade era um auditório para pequenas reuniões da família Matsumoto, onde Heiji Matsumoto fez a explanação sobre o evento a ser realizado no dia 15 para os jornalistas, o "salão de jantar da família Matsumoto", onde a família realiza todos os dias o jantar e o "salão de jantar para convidados", onde eles haviam acabado de almoçar. Além disso, havia a cozinha, contígua ao salão, e o "escritório da segurança", o lugar mais importante para Jack, uma sala encostada à escadaria que dá acesso aos demais andares do castelo.

Yuri fez um breve histórico do castelo, de origem samurai, datado de 1685, além de contar algumas peculiaridades do edifício. Os jornalistas anotavam ou gravavam toda a explicação com muita atenção. Jack, o mais atento, diferentemente dos outros ali presentes, anotava em seu caderno detalhes importantíssimos para o roubo, como medidas, distância, posicionamento das câmeras etc. Filmava o local com muita calma, posicionando sua caneta-câmera em todos os ângulos, conseguindo assim ótimas imagens para trabalhar depois.

O *hall* de entrada era muito bonito. Era enorme, devia ter uns 500 metros quadrados, todo de madeira, do chão ao teto, com remates metálicos. Vigas verticais de madeira percorrem o corredor principal, em cujo centro encontra-se uma *irori* (lareira), sempre acesa. O fogo fica abaixo do nível do chão de madeira. As vigas continuam até chegar a um altar *butsudam*, altar budista que fica no final da casa. Desse corredor formado por vigas verticais de madeira, avistam-se os salões anexos, cada salão com um nome próprio, colocado em cima da portas corrediças de madeira e papel pesado, com desenhos japoneses ilustrando histórias de Genji, chamados "Fusuma". Não pareciam ter mais que 3,5 metros de altura. Não havia nenhum quadro pendurado nas paredes. O *hall* era iluminado apenas por velas à noite e por luz natural de dia, mas era pouca, porque havia poucas janelas, de treliças, chamadas *goshimado*, mantendo assim o ambiente sombrio. Poucos objetos de artesanato japonês decoravam o *hall* e eram peças talhadas em madeira, vasos pintados e alguns bonsais. Em um estilo de construção antiga, da época medieval japonesa, o *hall* era a única parte do castelo com decoração e estilo tradicional japonês, pois o restante fora reformado e modernizado. Jack detalhava em suas anotações itens importantíssimos que precisava saber. Pouco estava interessado na história que a *hostess* contava.

Yuri levou os convidados ao segundo andar, onde ficavam os apartamentos, os aposentos dos membros da família. Disse que não precisaria levá-los aos outros três andares, pois ali também havia apartamentos que seguiam uma disposição similar à desse andar.

– Temos 18 apartamentos nesta casa – continuou dizendo. – No último andar, fica o apartamento do sr. Matsumoto Sam. Lá existe apenas um apartamento e com uma vista privilegiada, pois dá acesso aos quatro lados do castelo. Todos os apartamentos possuem estrutura própria, como se fossem separados da casa: têm banheiro privativo, *closet*, sala de TV etc. O segundo andar possui um pequeno *lobby*, que dá acesso aos quartos.

A decoração da casa era completamente diferente do *hall* do castelo, era moderna, *clean*, parecia um apartamento de Manhattan. As paredes eram pintadas de branco, havia quadros pendurados, objetos de arte, tudo de muito bom gosto. Quem não visse o andar de cima não conseguiria imaginá-lo. Todos os andares eram ligados por uma escada de madeira e pelo elevador instalado ao lado da escada.

– Agora vou mostrar para vocês o andar térreo, onde fica o museu com objetos da coleção da família Matsumoto. Pronto, era o maior presente que Jack poderia ter: visitar o museu. Provavelmente era lá que estaria guardado o *Bushido de Ouro*. Conseguiria vê-lo? Saberia em minutos. Jack observou que durante toda a visita, três seguranças ficavam por perto, um ao lado de Yuri, e dois atrás do grupo, sem falar das várias câmeras espalhadas pela casa.

– Senhores, temos que descer pelo elevador, pois somente assim temos acesso ao térreo. Pela escada não podemos chegar lá. Peço aos senhores para não tocarem em nada, pois se tratam de obras de arte ou coleção, todos objetos de valor.

José Marcelo virou-se para Henry com olhar de deboche. Benitez percebeu a troca de olhares e comentou com eles, bem baixinho:

– Eu é que não ponho a mão nesses objetos. Já pensou, se quebro algum? Passaria minha vida trabalhando para pagar.

– Beni, tome cuidado, então – comentou José Marcelo.

Os três estavam juntos na visita, sempre cochichando entre eles. Bosch e Giuseppe também estavam juntos, mais atrás. Somente Will estava sozinho, calado e isolado dos amigos.

Fizeram mais de cinco viagens até que todos chegassem ao térreo. O elevador só comportava seis pessoas de cada vez. Jack foi na última leva. Ao abrir a porta do elevador, ele viu o enorme salão, chamado de museu, com seus 320 metros quadrados. Era enorme, de fato, parecia um museu. Estavam todos aguardando no *hall* de entrada, onde estava sendo servido o *bancha*, chá japonês de folhas de chá-verde, excelente para a digestão. Yuri explicou que seria uma visita breve, de 15 minutos, e que falaria sobre algumas obras que estavam ali expostas. O museu, que se assemelhava muito a uma galeria de arte, possuía obras das mais variadas possíveis, desde trajes samurais, espadas, armas usadas por antigos guerreiros, quadros – incluindo duas telas de Rembrandt, compradas por Heiji num leilão na Christie's, em Londres, que as deu ao pai nos seus últimos dois aniversários. Heiji era a pessoa que mais decorava e aprimorava o museu. Era seu grande *hobby*. Tinha passado os últimos cinco anos comprando peças em leilões. O sonho de Heiji era um dia mostrar esse museu à imprensa japonesa; estava esperando o momento para fazer isso, mas nunca conseguia, pois Matsumoto Sam sempre vetava. Não queria expor sua residência à imprensa. Achava uma invasão à sua privacidade, além de perigoso. Já Heiji era contrário, achava que era uma forma de melhorar a imagem da família, tirar o conceito de máfia japonesa, mostrando que eram nobres, muito ricos e que não tinham nada para esconder, que era assim que viviam. Heiji demorou dois anos até convencer Matsumoto Sam. Agora havia conseguido porque dissera que iriam mostrar a parte social da casa, o local para onde eram levados os convidados e não a parte em que os familiares habitavam. Matsumoto havia concordado em revelar um pouco da intimidade da família nessa visita da imprensa, mas no dia da festa nenhum convidado entraria na casa. A festa seria feita nos jardins, na parte de trás, sem acesso ao castelo.

Jack filmava tudo. Mal podia acreditar com que facilidade conseguira obter aquelas imagens. Tinha todos os dados necessários para realizar o crime em suas mãos. Era muita sorte. Durante a explicação de Yuri, centrada em obras de arte, nem passaram pela parte central do museu, onde, dentro de uma estrutura de vidro, estava o *Bushido de Ouro*. Jack avistara de longe o que achava ser o famoso livro. Deu um *zoom*, tentando obter uma melhor imagem. Mas sabia que não podia sair dali, daria muita bandeira. Só tinha certeza de que era ali que estava o *bushido* porque sabia que os orientais costumam colocar no centro o que é mais importante. Isso vale tanto para a hierarquia em empresas como para a família e objetos. Havia também um segurança ao lado da estrutura de vidro que certamente estava tomando conta de alguma coisa. O que prendeu a atenção dos jornalistas foi a coleção de cerâmicas, algumas com mais de 5.000 anos, uma fortuna com 12 peças folclóricas. Henry fez uma pergunta:

– Vocês têm idéia de quanto vale este conjunto de obras que vocês chamam de museu?

– Temos. Mas não estou autorizada a falar.

Heiji, que estava quieto escutando a explicação da moça, comentou:

– Está avaliado em 20 milhões de dólares. Ao redor disso.

Os jornalistas anotaram, impressionados, o valor declarado por Heiji. Com certeza ele estava mentindo. Jack sabia que ali deveria ter mais de 50 milhões de dólares, pois só pelo *bushido* estavam pagando 10 milhões.

– Mas para nós vale muito mais do que isso, pois são objetos de valor histórico para a nossa família.

– O senhor não receia uma tentativa de roubo de um destes objetos, sr. Heiji? – perguntou Benitez.

– Meu amigo Benitez, é mais fácil roubar o Palácio Imperial do que aqui. Temos um aparato de segurança inimaginável, gastamos muito não só com o museu, que é um orgulho para nós, mas também com o castelo. Tudo para a proteção de nossa família.

Seguiram-se várias outras perguntas, sempre uma por jornalista, no máximo, e todas foram respondidas com muita educação e simpatia por Heiji. Jack procurou reparar em tudo na sala. Os 15 minutos foram essenciais para Jack perceber algumas coisas. Havia dois alarmes no salão do museu, sendo um na entrada. Só havia uma entrada, não havia janelas, somente a porta de ferro, elétrica, que abria através de um aparelho leitor de impressão digital. Esse aparelho ficava do lado de fora, no *hall* de entrada do museu, onde possivelmente deveria ter um segurança de plantão.

Dentro da sala, Jack contou no teto do salão, seis câmeras, todas com um ângulo visual de 60 graus, portanto, todo o salão era filmado. O outro alarme

Jack descobriu quando estava saindo do salão com o grupo de jornalistas, que agora estava se dirigindo para a parte externa do castelo, para os jardins. Jack avistou no portão de entrada do museu, na parede do lado esquerdo, um pequeno medidor de temperatura digital. Possivelmente só ele reparou nesse medidor. É um dos recursos mais modernos, instalados em grandes museus e também na sede de alguns bancos. Trata-se de um medidor de temperatura que indica quando uma pessoa está na sala, 0,5 grau a mais, geralmente atingindo a casa dos 21 graus Celsius. Com um grupo de até cinco pessoas, sobe mais 0,5 grau, e continua subindo de acordo com a quantidade de pessoas na sala. Por causa da distância que estava, não pôde ver com clareza, mas sabia que, possivelmente, dentro das redomas de vidro, onde estavam os objetos valiosos devia ter algum alarme que seria acionado, caso alguém tentasse remover o objeto.

Era o suficiente. Jack já tinha na cabeça o mapa do local. Agora precisaria estudar como faria para furar todos aqueles esquemas de segurança e sair dali com o *Bushido de Ouro* debaixo do braço. Percebeu que seria muito difícil, quase impossível.

Todos fizeram o mesmo caminho de volta, seis viagens de elevador até chegar ao primeiro andar. Saíram pelo portão principal, desceram a escadaria e seguiram até o jardim por um caminho onde uma ponte cruzava um lago artificial, e ao redor dele, havia um bosque repleto de árvores e flores de cerejeira. Uma linda paisagem.

Para se entrar no castelo, existem dois acessos: de carro, no qual o motorista percorre os 500 metros por uma estradinha até chegar à porta do castelo, ou pelo jardim, muito bonito, repleto de flores de cerejeiras proporcionando uma vista esplêndida. Yuri, a *hostess*, explicou que os convidados iriam percorrer esse trajeto pela parte de trás do castelo. Eles fizeram uma bela caminhada até chegar a um imenso gramado. Era lá que seria montada uma tenda de 3.500 metros quadrados para os quase 2.000 convidados. Jack procurou observar bem a distância que teria que percorrer para chegar da tenda ao castelo. Eram uns 700 metros e era preciso transpor uma pequena ponte. O castelo é rodeado por um lago, que não deve ter uma profundidade grande, pensou Jack, pois é um lago artificial. A disposição do castelo era bem interessante, lembrava os castelos ocidentais medievais, construído em cima de uma pequena colina, com o primeiro piso, que tinha uns 4 metros de altura, de pedra e a parte traseira cercada pelo lago, dando a impressão que ficava numa colina, isolado e afastado. Era muito bonito, muito bem cuidado. Vários funcionários faziam a limpeza. Uma jornalista perguntou:

— Sr. Heiji, quando começará a montagem para a festa? Ficará tudo pronto a tempo?

— Sim, dará tempo, claro. Começará hoje no final da tarde, na hora do jogo da Itália, às 18 horas. Primeiro virá o material para a construção da tenda, depois de amanhã chegará a parte de multimídia, e um dia antes, a parte de decoração.

— Nossa, que empresa os senhores contrataram para fazer este evento?

— Nós costumamos realizar jantares, almoços e festas para, no máximo, 500 pessoas. Nunca fizemos nada deste porte. Usamos uma área de nossa empresa que cuida dessa parte. Somente funcionários da empresa trabalham conosco, ninguém de fora. Pagamos extra para que nesse dia estejam à nossa disposição. São todos conhecidos.

— Quantas pessoas estarão trabalhando neste evento?

— Teremos 168 pessoas. Somente 8 serão de fora, os que trabalham no entretenimento e show, mas são devidamente cadastrados, todos são fornecedores que conhecemos de longa data. Já trabalharam conosco antes, em outros eventos.

Jack, que se não tivesse sido convidado para a festa, tinha pensado em se disfarçar de fornecedor, viu que esse plano certamente não teria funcionado. Sorte agora ser um dos convidados.

— Como será o evento? — perguntou José Marcelo.

— Ah, você. Não posso responder sua pergunta, pois será surpresa. Segredo absoluto.

Terminada a visita, Heiji agradeceu a presença de todos, disse que estava aguardando as matérias que eles iriam escrever e que precisariam ser encaminhadas no dia seguinte para Yuri por e-mail, até as 17 horas, para que ele aprovasse. As reportagens deverão ser publicadas na terça-feira.

Tóquio, Japão

Assim que chegou ao hotel, Jack foi direto se conectar com Duque, escreveu um e-mail passando um resumo de como eram as suas impressões sobre o castelo, detalhando tudo que havia visto, baixou o *download* de sua caneta do vídeo com duração de 2 horas. Enviou esse arquivo para que Duque também estudasse o vídeo e fizesse suas observações. Pediu a Duque que providenciasse para o dia seguinte, de manhã, a matéria que teria que entregar a Yuri, conforme acertado com os jornalistas.

Quando terminou a conexão com Duque, já eram quase 22 horas. Jack, faminto, pediu um lanche em seu apartamento e assistiu ao final do jogo do Brasil contra a China, uma grande apresentação da seleção brasileira, 4 a 0, garantindo a primeira colocação no grupo.

22

Oficial Kendo

Tóquio, Japão
Segunda, 9 de junho de 2002

Eram 10h30 quando *monsieur* Pasquim, Mônica e Mark Pierre chegaram ao aeroporto de Narita, onde reinava uma grande confusão. Alguns vôos haviam atrasado a chegada devido à falta de teto, o que raramente acontece nesse aeroporto. Os passageiros formavam longas filas para passar pela polícia federal. Pasquim possuía credencial de diplomata que o autorizava a passar por uma ala especial, mas Mônica e Mark Pierre não, pois ainda não tinham um cargo dentro da Interpol que os credenciasse para isso. Desta forma, Pasquim resolveu acompanhá-los na fila, pois sabia que as autoridades japonesas não iriam facilitar e passar os dois, eram muito inflexíveis. Mas estranhou o fato de não encontrar o oficial, investigador da polícia especial japonesa.

"Deixa eu ver, o nome dele é..." Pasquim abriu sua pasta marrom, ali mesmo, no chão da fila, pegou uma pasta cinza, de onde tirou um e-mail da polícia secreta japonesa, com o nome e telefone do investigador que iria acompanhá-los durante os próximos dias em Tóquio. O nome era Kendo Surita. Pasquim estava ligando para o número marcado quando um rapaz de boa aparência, cabelos longos encostando nos ombros, traços fortes orientais e robusto, caminhou em sua direção, e com uma voz forte e firme, o abordou:

— Boa tarde, sr. Pasquou, tudo bem? Prazer, sou...

Mark Pierre se arrepiou ao perceber que o investigador chamou-o pelo nome errado, e tentou consertar:

— *Monsieur* Pasquim.

— Não tem problema, Mark.

Mark Pierre achou estranhíssima a reação de seu chefe. Em outros tempos, no mínimo, daria uma enquadrada no rapaz.

— Certo, bom, vamos andando.

Passaram pela polícia federal, que rapidamente carimbou os passaportes, e foram em direção à saída, onde um carro os esperava. Não era um carro qualquer, era uma limusine prata. Entraram no carro, e Mark Pierre não conseguia conter o olhar de admiração e alegria, era sua primeira vez dentro de uma limusine. Durante o trajeto, Kendo mal conversou com eles, falava pelo celular durante todo o tempo, dando pouca atenção a seus convidados. Mas, quando não estava no celular, procurava ser atencioso.

Depois de quase duas horas de trânsito para chegar no hotel, no centro de Tóquio, Kendo abriu a porta para eles, ajudou o motorista a tirar as malas e entregou-as ao carregador, deu uma gorjeta, e informou-os que durante a estada deles, as despesas correriam por conta da PSJ – Polícia Secreta Japonesa. Disse que às 18 horas passaria para pegá-los para jantar, pois tinha um compromisso no momento, infelizmente. Iria acompanhá-los no *check-in* do hotel, e depois se veriam apenas à noite.

Ao entrar no hotel, um homem muito elegante os esperava com uma bandeja com *banchas* e toalhas quentes úmidas. Desejou-lhes uma boa estada em Tóquio e em seu hotel. Apresentou-se como o gerente do hotel, entregou-lhes seu cartão, colocou-se à disposição, e chamou os carregadores para conduzirem os três para as respectivas suítes.

— Bom, senhores – disse Kendo –, acho que devo deixá-los descansar. Reservamos uma sala para vocês no centro de convenções, a sala New York, uma sala pequena e a partir de amanhã de manhã, estaremos à disposição dos senhores, eu e mais um assistente, durante todo o período que vocês estiverem aqui. Todo o material que vocês pediram, como os *laptops* com os programas solicitados, fax, *scanner*, ramais, está tudo confirmado. Preciso ir agora. Parece que está tudo em ordem. Marquei para vocês um encontro às 13 horas com meu assistente, Tochio. Ele vai almoçar com vocês aqui no restaurante do hotel. Se precisarem de alguma coisa é só pedir para ele, que iremos providenciar. Muito obrigado e até a noite.

— Muito bom — disse *monsieur* Pasquim. — Acho que devemos aproveitar para descansar, então. Até mais tarde.

Kendo se retirou, e os três foram para seus aposentos, cada um com o respectivo carregador de malas. Era algo que chamava atenção, pois cada um tinha apenas uma mala. Apenas um carregador seria suficiente.

Cada um ficou numa suíte, no 32º andar, com uma bela vista da cidade. Mônica olhou para Mark Pierre encantada com a recepção que estavam recebendo, pareciam verdadeiros chefes de Estado. Certamente, ela pensou, *monsieur* Pasquim não devia estar gostando muito, ele não gosta de paparicos. Mas para espanto de ambos — Mônica e Mark Pierre —, Pasquim estava calado.

Todos estavam famintos, arrumaram suas coisas rapidamente e desceram até o restaurante, afinal. já eram quase 13 horas. No *lobby* do hotel, o agente Tochio, da polícia secreta, já estava esperando por eles. Era um senhor gordo, de estatura baixa, muito simpático e solícito, que sorria sempre a qualquer gesto ou palavra de um dos três. Às vezes, parecia que sequer entendia o que eles falavam. Foram ao restaurante, onde havia um bufê muito farto de comida internacional. No começo do almoço, enquanto estavam se servindo, Pasquim perguntou a Mônica se em seu quarto havia uma cesta de frutas com champanhe e uma carta de boas-vindas. Ela respondeu com um sorriso no rosto que sim, demonstrando sua grande satisfação. O mesmo ocorrera com Mark Pierre, que também estava feliz e surpreso com o tratamento VIP que estavam dando a eles. Pasquim, calado, sentou-se à mesa. Tochio perguntou o que tinham achado dos aposentos. Mark Pierre e Mônica estavam maravilhados.

— É maior que minha casa — comentou Mark Pierre.

Mônica não agüentou e começou a rir da espontaneidade de Mark.

Monsieur Pasquim ficou em silêncio durante todo o almoço, comendo e ouvindo os três conversarem. Mônica perguntou a Pasquim se ele estava bem, pois estava calado. Ele disse que estava muito cansado, era só isso.

No final do almoço, quando chegaram os cafés pedidos por eles, *monsieur* Pasquim resolveu quebrar a política de boa vizinhança e seu silêncio, e fez uma pergunta muito direta.

— Sr. Tochio, o senhor já tem os convites que solicitei aos seus superiores para a festa na casa dos Matsumotos?

Pasquim percebeu que Tochio ficou constrangido com a pergunta, e pela sua resposta, notou certo preparo, algo já planejado.

— Ainda não estão comigo, senhor. Vou verificar com o escritório hoje mesmo, à tarde.

Pasquim ficou calado, pressentia que alguma coisa estava errada. Mas resolveu aguardar os próximos lances, não iria concluir nada no momento.

Yokohama, Japão
9 de junho de 2002

Will passou a manhã terminando de fazer a reportagem sobre os 80 anos de Matsumoto Sam. Era a primeira vez que fazia um trabalho como aquele e apesar da ajuda que obteve, sentiu muita dificuldade em editar o material. O combinado era de mandar a reportagem até as 17 horas para o e-mail de Yuri, a assistente de Heiji que fazia a assessoria de imprensa, e que deveria distribuir as reportagens para os veículos de comunicação. Yuri autorizaria a publicação na íntegra ou pediria para cortar algum trecho ou mesmo vetaria as matérias. Todos os jornalistas acharam um absurdo, mas 2 mil dólares não era uma quantia de se jogar fora, ainda mais por algo tão simples. Will teve muita sorte em conhecer Heiji, muita sorte mesmo, pensava.

Henry, de manhã, fez o mesmo que seus amigos, terminou a reportagem e logo cedo a enviou para Yuri. Depois foi até a academia do hotel, fez ginástica por duas horas seguidas, voltou para o quarto e ficou concentrado trabalhando durante todo o dia.

José Marcelo fez o mesmo que Will, passou a manhã procurando terminar seu trabalho e mandar para Yuri. Assim que terminou seus afazeres, ligou para Carol, confirmando o almoço no Starbucks que ficava na mesma rua de seu hotel. Era a chance que precisava para ficar a sós com aquele mulherão e dar uma cantada para tentar um segundo programa, um jantar noturno. Ela havia escolhido esse local pelo serviço rápido e também porque adorava uma torta de *cheese cake* de lá. Como ele estava cansado da comida oriental, até que não achou uma má idéia, além do quê, iria se encontrar com aquele pedaço de mau caminho.

Logo que José Marcelo chegou no Starbucks, viu que estava lotado. O lugar era a última febre dos orientais. No começo não estava fazendo sucesso:

"os orientais bebem chá e não café", era o que a crítica dizia, mas de repente, havia um monte de *franchising* espalhado por toda a Ásia. José Marcelo pensava contar essa história a ela, a fim de quebrar o gelo e mostrar que era um homem inteligente, bem-informado, *up to date*. Mas quem quebrou o gelo acabou sendo ela, quando chegaram Benitez, Bosch e Giuseppe, todos convidados por ela. José Marcelo ficou decepcionado. Era um homem experiente, muito bem vivido, mas ela tinha quebrado seu raciocínio, não estava esperando por esta.

Benitez percebeu que ele ficou mais calado durante o almoço, o que não condizia com seu jeito de ser, muitas vezes inquieto e com um olhar misterioso, observador, parecia prestar atenção mais nos lugares do que nas conversas, mas era sempre espirituoso e usava palavras inteligentes na hora certa.

– Zé, meu amigo, saquei o que está acontecendo. Sou uma pessoa de alta sensibilidade, você está calado porque achou que teria um encontro, digamos, romântico e na verdade teve um encontro de amigos, né? Não fique assim, as mulheres fazem isso de propósito, só para ver sua reação. Finja que não ligou, que aí ela ficará possessa.

Zé Marcelo estava surpreso com a intervenção de seu amigo, mas percebeu que o melhor seria admitir. Logo que terminaram o almoço, os quatro seguiram para Yokohama, para o IMC, onde ficaram até o final da tarde.

Kendo foi buscar Pasquim, Mônica e Mark Pierre, juntamente com Tochio, novamente de limusine. Pasquim não gostava daquele tratamento, mas não havia comentado nada até então. Kendo levou-os para um restaurante muito bom, no píer Hinode, nas margens do rio Sumida. Era um local com vários restaurantes típicos, e havia um grande movimento de estudantes uniformizados que passavam de um lado para o outro, revelando que havia uma escola próxima. "Freqüentado por locais" – era o que Mônica havia dito a Tochio durante o almoço –, que gostaria de conhecer bares e restaurantes não de turistas mas sim freqüentados por pessoas que viviam ali em Tóquio. Gentilmente fora atendida por Kendo.

Ele mesmo providenciou os pratos, disse que iria pedir vários pratos sortidos, para eles provarem. Quando Kendo, que estava sendo muito gentil com seus convidados, perguntou o que estavam achando do hotel e de Tóquio, a resposta de todos foi que estavam muito satisfeitos, mas Pasquim respondeu de forma seca e rápida. Kendo olhou para Tochio e percebeu que o chefão da Interpol seria jogo difícil. Pasquim repetiu a pergunta que havia feito no almoço para Tochio.

— E nossos convites para o jantar, já estão com vocês?

— Ainda não, *monsieur*, ainda não.

— Como, ainda não? Estamos a uma semana do jantar, espero que todo este tratamento que estão nos dispensando não seja apenas para compensar.

Pasquim fitou Kendo nos olhos mas ele não perdeu a compostura, sustentando o olhar de Pasquim.

— Fique tranqüilo, iremos dar um jeito.

— Espero que sim.

— Vou ser muito sincero com o senhor, não será nada fácil consegui-los. Seremos muito transparentes, se acharmos que não vamos conseguir, avisaremos.

— Quer dizer que existe a chance de não conseguir os convites?

— Claro que sim. Vou explicar o que é esta festa com detalhes, não sei se os senhores têm essas informações.

Kendo explicou o motivo da festa, em homenagem ao aniversário de 80 anos do patriarca, e falou um pouco sobre a família Matsumoto. Mônica perguntou se era seguro eles fazerem essa festa.

— Dizem que essa casa talvez seja mais segura do que o Palácio Imperial. O sistema de segurança deles é incrível. Pode ter certeza. Agora a festa, que a cada ano tem sempre um tema, neste ano comemora os 80 anos do Matsumoto Sam. Essa idade, para os orientais, é celebrada como uma grande data. Mas é interessante o marketing que faz o seu filho mais novo, Heiji Matsumoto. Todo ano inventa uma festa temática. Já faz isso há quase 10 anos, aliás, ele tem mudado muito a imagem da família. É muito competente. Dizem que Matsumoto Sam não quis envolvê-lo nos "negócios" da família e ele, claro, acatou. Começou a trabalhar numa das empresas da família, que por sorte ou não, foi a que mais cresceu. Era uma grande empresa de cosméticos, que ele tornou lucrativa; depois, assumiu a diretoria do setor de marketing do grupo CMA, Company Matsumoto, que possui uma série de empresas. Para mim e para muitos é tudo lavagem de dinheiro, mas depois que Heiji começou a encabeçar o marketing da empresa, para a opinião pública a família Matsumoto trocou de lado, não faz mais negócios ilegais e hoje tem um império legal de boas empresas. Interessante, né? Esta é a opinião da maioria. Claro que Heiji

Matsumoto comprou os órgãos da imprensa, jornalistas e diversos formadores de opinião. Mas apesar de muitos comentários e de provas contrárias, conseguiu o que queria: uma família simpática segundo a opinião popular. As festas que eles promovem anualmente, geralmente, têm uns 500 convidados. Este ano, tem 2 mil. Serão convidados especiais, pessoas ilustres, gente importante. É uma forma de mostrar à sociedade que são pessoas distintas, principalmente para a imprensa. Assim, não os atacam. É uma forma de as pessoas os verem como bilionários, "bons vivants". Com esse "oba oba", abafam os comentários dos que acreditam que eles são da máfia. Muitos agora pensam que é inveja, calúnia da imprensa, esse tipo de coisa. Irão aproveitar este ano de Copa do Mundo para fazer uma grande festa, e certamente irão trazer pessoas internacionais ao evento.

– Entendo – comentou Mônica. – Esse Heiji Matsumoto é bem esperto, não?

– Muito. Sabe que com as festas a credibilidade da família Matsumoto cresceu muito no Japão e na Ásia. Há 15 anos, eram considerados, em pesquisas de opinião pública, entre os 10 inimigos da sociedade japonesa. Hoje não entram nem como referência. Acredita nisso? O marketing é impressionante, não? Muda os conceitos.

– Muda os conceitos ou compra-os? – perguntou Pasquim.

– Certamente, *monsieur*. Certamente.

– *Monsieur* Pasquim, qual é o motivo de tanto interesse em participar da festa? O que está por trás disso?

– Infelizmente não posso dizer, o motivo é confidencial, como já lhe expliquei por telefone. Mas, se der certo, não esquecerei de mencionar os seus nomes como participantes do caso.

– Obrigado, ficamos lisonjeados.

No final da conversa que tiveram ao longo do jantar, durante a seleção de sobremesas, o assunto era mais ameno. Pasquim estava um pouco mais solto, porém ainda sério, com a cabeça pensativa, escutava mais do que falava. Desconfiava do oficial Kendo. Ele estava sendo muito solícito, atencioso demais, muito acima do que Pasquim estava acostumado a ver nos vários anos de cooperação que obteve das polícias secretas locais. Ainda mais a japonesa! Sabia que eram atenciosos, mas sempre de maneira simples, não tão glamourosa. Mônica, desde o início da noite, havia notado a postura de Pasquim, ela só não sabia o motivo. Ao longo do jantar percebeu porque ele agia daquele modo, seco, e não estava agradecido e encantado com o tratamento. Quando percebeu, ficou mais seca também. O único que não percebera nada, que não parava de elogiar, batendo papo como se Kendo e Tochio fossem bons amigos era Mark Pierre. Até que Kendo percebeu a cara de Pasquim, e encerrou educadamente o jantar, comentando que estavam com a aparência cansada. Depois que deixaram os três no hotel, Kendo comentou com Tochio:

– Será difícil segurar esses caras. Vou conversar amanhã com Scott.

23

Armação

Tóquio, Japão
10 de junho de 2002

Logo que acordou, às 6 horas, *monsieur* Pasquim não perdeu tempo, foi tomar o café-da-manhã sozinho no restaurante do hotel. Sempre fazia isso, mal acordava e já descia para seu *breakfast*. Gostava de comer bem de manhã e sempre lia um jornal americano e um inglês. Tomou seu *cappuccino* e depois foi para a rua fumar seu primeiro cigarro do dia. Pasquim não mudava seu estilo, era um homem tradicional e cultivava suas peculiaridades. Enquanto fumava na rua, observava o despertar de Tóquio: pessoas andando atrasadas para o trabalho, o trânsito já fechado, as lojas sendo abertas e começando a se preparar para abrir às 9 horas. Tóquio acordava para mais um dia como os outros, dinâmica e agitada. Pasquim parecia um menino, estava ansioso, já não dormia há algumas noites. Estava chegando o dia de pegar o Pintor. Faltavam cinco dias para o provável roubo e depois iria atrás dele como um predador. Ele seria o seu grande prêmio. Iria fechar o ano com chave de ouro, provavelmente ganharia a tão sonhada promoção no final do ano. Seria um dos melhores anos de sua vida, ou o melhor. Quem sabe. Pasquim pensou que andava muito sério com Mônica, apesar de se apaixonar a cada dia mais por ela, estava tão concentrado agora em seu trabalho que não estava dando a atenção devida àquela linda mulher. Se desse tudo certo, pensaria seriamente em se envolver com ela. Mas esse pensamento pode atrapalhá-lo nesse momento. Só depois de concluído seu grande trabalho: capturar o lendário Pintor.

Tóquio, Japão, 12h

Jack passou a manhã inteira assistindo mais de vinte vezes à filmagem que havia feito do Castelo Matsumoto. Fez várias anotações, desenhos que montou numa cartolina, simulando o castelo. Os desenhos lembravam verdadeiras plantas de arquitetos, com medidas, todas em perspectivas, marcações, tudo muito detalhado. Um dos pontos que ele destacava nos desenhos eram as câmeras de segurança, todas registradas com precisão. No desenho viam-se até as marcas dos aparelhos. Para Jack estava faltando apenas um programa em 3D que Duque iria mandar, para fazer uma simulação bem precisa do roubo que iria realizar. Tudo estava muito detalhado, cronometrado, para conseguir chegar pelo menos próximo da realidade que encontraria no dia 15.

Depois do minucioso estudo que havia feito do filme e das marcações na planta do castelo, Jack estava cansado de ficar sentado. Devia ter ficado naquela posição por mais de 10 horas seguidas. Não havia tomado café, estava com a vista cansada, vermelha, provavelmente de tanto forçá-la. Não agüentava mais trabalhar, pensava em ir comer, mas por outro lado, estava com muita pressa, lutava contra o tempo. Em cinco dias aconteceria a festa, tinha que estar com tudo montado, precisava ainda testar e afinar todos os equipamentos que iria usar no roubo. Viu que precisaria comprar mais alguns itens que não estavam em sua lista, e que só depois de ver o local notou que seriam necessários para o sucesso do roubo. Será que não iria esquecer nada? Além da planta da casa, havia feito uma minutagem, um roteiro de cada passo que faria, estava tudo até que bem adiantado, só faltava o programa do Duque e, claro, o mais importante, o convite para a festa, que até agora não havia chegado. Se não viesse até amanhã cedo iria ligar para Yuri, perguntando quando iria receber, afinal, tinha que escrever uma reportagem sobre o sucesso da festa, era assim que estava no acordo feito com os jornalistas, certamente teria que estar presente, e portanto, ser convidado. Mas e se não fosse convidado? E se ocorresse alguma confusão, ou Heiji tivesse mudado de idéia? Tinha que ter um plano B, e isso até agora não tinha sido feito. Estava na hora de pensar em alguma coisa.

Tóquio, Japão, 12h15

Pasquim ficou boa parte da manhã trabalhando em seu apartamento, conversando com seu funcionário Hoogan, que estava nos Estados Unidos. Desceu e foi direto para a sala NY, que ficava dentro do centro de convenções. Era uma pequena sala no final do corredor do segundo andar, como ela, havia outras. Quando entrou na sala, abriu a porta e para sua surpresa, a sala estava montada com o seu pessoal e o pessoal da PSJ. Havia dois jovens oficiais sentados, já trabalhando, cada um com seu *notebook*, devidamente instalados, e outros três terminais, sendo um para Mônica, um para Mark Pierre e outro para ele. Havia também telefones com ramais em cada mesa, e uma pequena bancada com bolachas, águas e sucos.

Shikishima, um dos jovens oficiais, de estatura pequena, trajando terno e gravata, óculos fundo de garrafa, se apresentou a *monsieur* Pasquim, dizendo que estaria à sua disposição de agora em diante. Seria o encarregado da informática. Qualquer que fosse a solicitação em matéria de informática, como documentos etc., era só pedir. Ohara, outro oficial, fora apresentado por Mark Pierre.

– *Monsieur*, está tudo montado para pegarmos o nosso homem.

Pasquim fechou a cara, pedindo uma reunião urgente com Mark Pierre e Mônica. Depois voltaria e conversaria com o pessoal da PSJ. Mônica entendeu o recado. O que eles estavam fazendo ali era sigilo total até para a polícia secreta japonesa. Não sabiam o que Pasquim queria. Os japoneses iriam tomar conhecimento apenas na reunião marcada para as 13 horas, a pedido de Kendo. Os três saíram da sala e foram até o *lobby*. Sentaram num dos sofás. Pasquim comentou com os dois:

– Antes de começarmos qualquer coisa, preste atenção, Mark Pierre, eles não podem saber que estamos atrás do Pintor nem do nosso sistema de rastreamento. Eu já disse isso, mas quero ratificar. Mark Pierre, você com sua língua comprida falou na sala que estamos prontos para pegar o nosso homem. Ok, mas o "homem", eu vou descrever durante a reunião. Será outro personagem hipotético e não o Pintor. Mônica, pedi anteontem a você uma lista dos políticos que estarão presentes na festa. Quero ver essa lista. Nela irei escolher quem será o nosso homem, ou melhor, aquele que a PSJ pensará que estamos atrás, entendido? Sem mais. Vamos para a sala, teremos a reunião logo mais com o Kendo e seus assistentes. Mark Pierre, vai indo que antes preciso falar uma coisa com a Mônica.

Mark Pierre saiu andando para a sala NY.

Tóquio, Japão, 13h

Eram 13 horas quando toda a imprensa japonesa chegou no bairro Shinjuku. O oficial Kendo estava todo orgulhoso, havia pego um contrabando avaliado em 15 milhões de dólares de uma loja de bolsas de grife, localizada na Rua Yasukuni-Dori. Todos os repórteres cercaram o jovem e promissor investigador japonês. Já era a quinta apreensão realizada nos últimos 20 dias. Era impressionante a atuação da polícia secreta japonesa. Uma fita amarela colocada na calçada, na entrada da grande loja de três andares, isolava o local. Algumas pessoas do lado de fora assistiam ao ocorrido. Na multidão, um rosto conhecido: um japonês alto, de cabelo raspado, traços fortes e firmes, olhar compenetrado. Era Tanaka, que juntamente com toda movimentação de pedestres que ali passavam e também dos policiais, assistia ao ocorrido.

Kendo percebeu a presença do famoso capanga de Matsumoto, mas fingiu ignorá-lo e aproveitou a presença dos jornalistas que brigavam para conseguir uma entrevista com o corajoso jovem que estava enfrentando a ira da máfia japonesa e concedeu por 5 minutos uma rápida entrevista relatando a nova apreensão.

— Estamos muito ativos, vamos perseguir e capturar todo tipo de contrabando que se faça aqui no Japão. Sabemos de grandes corporações que atuam na Ásia inteira. No Japão, esta brincadeira vai acabar.

Tanaka saiu andando, pensativo e foi para o Castelo Matsumoto. Sabia que logo Matsumoto Sam o chamaria para conversar.

Kendo chegou atrasado, eram quase 14 horas e estavam todos na sala NY esperando por ele.

— Desculpem, peço sinceras desculpas. Eu estava numa apreensão, e foi bem agitada, havia muita imprensa. Desculpe, *monsieur* Pasquim, desculpe.

— Nós assistimos pela TV sua figura na cena do crime. Shikishima nos traduziu o que os repórteres falaram.

— Que bom que vocês assistiram, assim o senhor entenderá por que até agora não temos os seus convites.

— Sei. Quer dizer que a PSJ é uma das grandes inimigas dos Matsumotos?

— Grande inimiga? Não diria isso. Andamos bloqueando algumas atuações deles fortemente nos últimos três meses. Estamos fechando um cerco contra eles. Estamos sendo bem enérgicos. Acho que eles não estão tão contentes conosco. Bom, vamos começar nossa reunião e ver as necessidades de vocês e aí ver o que poderemos fazer. Certo?

Pasquim ficou pensativo. Tentava entender por que, segundo a ficha que recebeu de Kendo pela Interpol, só nos últimos três meses é que a polícia começara a agir, ainda mais na época da Copa do Mundo. Época perigosa até para atentados. Talvez agora eles devessem estar preocupados com os terroristas e não com a Yakuza. Na verdade, com essas apreensões estão apenas provocando os mafiosos. Pasquim não entendia qual era a estratégia que o pessoal da PSJ estava seguindo. Kendo estava à frente da PSJ há mais de dois anos e somente agora resolvera atacar a família Matsumoto.

Pasquim aproveitou e contou que um empresário francês, envolvido numa transação internacional com a família Matsumoto, estaria na festa do dia 15. Disse que gostaria de tirar fotos e vê-los juntos, pois nunca foram vistos em público. Não existe nenhum registro do contato de ambos. É um negócio grande, na casa dos bilhões. Kendo assistia a narração de Pasquim, anotava algumas informações, simulava grande interesse no que ele estava contando, mas sabia que ele estava ali por causa do Pintor.

"Esse francês acha que sou estúpido", pensava o jovem e arrojado oficial Kendo. Depois da reunião, Kendo comunicou que tinha boas notícias, possivelmente conseguiria os convites no dia seguinte, mas iria confirmar o fato mais tarde. E disse que entendia perfeitamente o motivo da presença deles e que trabalhariam em conjunto, pois, certamente, a família Matsumoto estava tramando algum contrabando, ou uma falsificação com o empresário francês, e que além de assistir à Interpol, tinham grande interesse porque era um assunto de segurança nacional. Terminaram a reunião quase às 16 horas e foram almoçar no restaurante do hotel. Durante o almoço, Pasquim observou que Kendo estava sempre olhando o relógio, estava com pressa.

No final do almoço, Kendo se despediu, dizendo que ainda tinha uma reunião e que, mais tarde, esperava ter boas notícias. Na hora de se despedir, Mônica derrubou suco de laranja em seu paletó. Desculpou-se insistentemente e pediu que ele tirasse o paletó. Solicitou ao garçom um *spray* para limpá-lo. Kendo insistiu que não era necessário, mas ela o convenceu que somente uma mulher poderia tirar aquela mancha. Mônica foi até ao banheiro e em minutos estava de volta com o paletó parecendo novo, sem a mancha. Despediram-se e Kendo foi embora. Pasquim combinou com Mark Pierre e os dois oficiais – Shikishima e Ohara –, que descansariam e depois, às 18 horas, se encontrariam na sala NY.

Mônica comentou com Pasquim:

– Bom, coloquei no bolso dele o alfinete transmissor. Só preciso ligar o computador no quarto e estaremos ligados com Kendo. Agora, por que o senhor me pediu isso?

– Excelente. Porque acho que eles estão aprontando conosco. Você percebeu que eles não acreditaram na história que contamos a eles?

– Não, pelo contrário, percebi um grande interesse, principalmente do Kendo.

– Aí é que está! Interesse sem perguntas, dúvidas, não existe. E, além disso, ele estava morrendo de pressa. Tinha algum encontro inadiável. Ele nunca foi pontual conosco até agora. Para um oriental isso é um grande desrespeito. Bom, pelo radinho você me informa sua posição. Mas antes precisamos despistar esses dois japoneses, o..., não sei falar o nome dele Shikishisei e sei lá o nome do outro, o tal de Oshibo.

– Shikishima e Ohara, *monsieur*.

– Exatamente. Estou desconfiado de que estão mais para nos vigiar do que para nos assistir. E outra coisa: o outro oficial, Tochio, onde está ele? Sumiu. Deve estar do lado de fora do hotel, nos vigiando também. Estranho ele não aparecer.

– Será? Ok, *monsieur*, sem problemas. Se você está falando, acredito, mas espero que não seja exagero.

– Não é, você vai ver, menina.

Castelo Matsumoto
Yokohama, Japão

Assim que Tanaka chegou, recebeu o recado que Matsumoto Sam estava esperando por ele em seu escritório, que ficava no andar térreo do castelo.

Era uma sala pequena, com uma mesa muito bonita de madeira, com algumas fotos em porta-retratos na única estante que havia, também de madeira, no canto direito da sala. Em sua mesa, como sempre, limpa, havia somente um bloco de anotações tamanho A4 e um porta-canetas. Como Matsumoto Sam aprendera desde jovem, procurava sempre anotar suas pendências numa folha de papel e depois ia resolvendo-as uma a uma, sem computadores ou ajuda de uma secretária. Nada, somente seu bloco de papel.

Tanaka entrou na sala e ficou diante da mesa, esperando algum comunicado do grande chefe. Por quase três minutos Matsumoto Sam não disse nada. Terminou de ler uma reportagem do jornal *Tóquio News*. Parecia que nem tinha percebido a presença de Tanaka. Finalmente, disse:

— Sente-se, por favor.

Novamente Matsumoto Sam folheou o jornal como se Tanaka não existisse. Qualquer um ficaria desconfortável com aquela situação, mas Tanaka estava acostumado, mais até que os filhos de Matsumoto. Dessa vez, foram quase 10 minutos lendo uma reportagem, até que Matsumoto Sam abriu uma página do jornal que tinha uma reportagem sobre a "Nova fase da polícia secreta japonesa". Era o que a manchete japonesa dizia.

— Tanaka, este jovem policial está começando a me incomodar. Nem o incêndio na casa do Massa, criou uma reação por parte da PSJ. Por que será? Gastamos, todo mês, um pacote de dinheiro com nossos amigos da polícia, todos eles, e aparece este rapaz do nada e começa a nos atrapalhar. Você tem falado com o pessoal da polícia?

— Matsumoto Sam, o senhor sabe, ele tem costas quentes, é filho do desembargador federal de Nagoya... além do mais, ele afastou um monte de policiais e investigadores. Trabalha com uma equipe enxuta, são uns 10 caras. Mas com uma ordem sua, eu...

— Não, claro que não. Você, filho, está sempre querendo se satisfazer. Não é o momento ainda. Mas, sabe, estou achando muito estranho a forma dinâmica e rápida como este rapaz está chegando até nossas cargas e locais de distribuição. E o mais interessante é que, de três meses para cá, está aumentando a ação da polícia federal. Tem alguém passando essas informações para ele. Alguma coisa está por trás disso. Uma coisa boa que você me contou é o fato de eles serem poucos. Fica mais fácil dizimar toda a equipe de uma vez só. Mas ainda não é o momento. Vamos esperar um pouco mais. Temos que descobrir quem está passando essas informações. Esse sim é nosso inimigo, é com ele que temos que nos preocupar. O oficial Kendo é apenas um agente operacional. Além do mais, esse cara tem um defeito muito grande.

– Qual é, Matsumoto Sam?

– É vaidoso, gosta de dar entrevistas, está sempre impecável, usa excelentes roupas, todas de grife. Não será difícil pegá-lo. Vamos ficar atentos e achar nosso informante inimigo.

Tóquio, Japão

Mônica saiu do elevador e foi em direção à recepção do hotel; estava usando uma blusa transparente e uma calça justa. Ela comprou quatro postais e começou a preenchê-los. Ohara, que estava sentado no *lobby*, foi em sua direção para ver se ela precisava de alguma coisa. Mônica, assim que se virou para ele, notou seu olhar tímido e embaraçado. Logo em seguida, chegou o oficial Shikishima, também atrapalhado com a sua aparência ao ver aquela blusa transparente, revelando os seios. Estavam constrangidos com a presença dela.

Muito fácil, pensou Pasquim, ao sair pela porta do hotel. Usou a tática mais velha do mundo e novamente funcionou. É impressionante como os homens sempre se confundem quando uma bela mulher está presente. Com a simples presença de Mônica na recepção, usando trajes mais ousados, os dois oficiais saíram do posto, e quebraram sua concentração para atendê-la. Mas ele sentia que havia mais uma pessoa do lado de fora, e devia ser o oficial Tochio. Por isso, Pasquim saiu com um boné azul e óculos de sol, comprados numa lojinha do hotel. Vestia roupas largas e tinha um travesseiro na barriga, simulando ser um senhor mais gordo. Saiu com passos rápidos, e logo que virou a esquina, achou quem procurava, Tochio. Estava sentado no Starbucks café, olhando para o hotel; nem percebeu que aquele era Pasquim.

Ele andou rapidamente e foi em direção ao local que seu GPS indicava. Não era distante de onde estava, ao contrário, era bem perto. Foi caminhando até lá. O trânsito era intenso. Em menos de 15 minutos estava diante do hotel Four Seasons, com sua bela fachada: o prédio na cor lilás, com janelas que refletiam a luz do sol para um jardim japonês, florido, nessa época do ano, com cerejeiras; formava um conjunto muito bonito, bem no centro de Tóquio, em Chinsan-so. Foi para lá que o GPS levou Pasquim. Teria que ter cuidado, pois Kendo estaria em algum lugar do hotel. Com seu disfarce, Pasquim entrou no belo saguão do hotel, que parecia a sala de estar de uma mansão, decorado em estilo clássico europeu e com alguns objetos de arte japoneses. Tudo de muito bom gosto. O *lobby* não estava cheio, provavelmente por se tratar de um hotel seleto. Como não deu de cara com Kendo na entrada, Pasquim ficou contente. Era uma boa coisa, pensava ele, Kendo não flagrá-lo na entrada.

Agora restava descobrir onde ele estava. Não demorou em avistá-lo, com seus cabelos até os ombros. Vestia o mesmo terno cinza-escuro impecável. Estava sentado no bar do hotel com dois loiros, com gel nos cabelos, óculos, vestindo terno escuro, camisa branca e gravata vermelha. Foi uma constatação, pois Pasquim já desconfiava que houvesse algo por trás do solícito Kendo: pela vestimenta e pelo ar arrogante, só podiam ser da CIA. Pasquim ficou sentado de frente para o bar, a uma certa distância, com um jornal na mão. Por sorte, Kendo estava de costas e não o reconheceria. Mas tinha que ser breve, alguém da CIA poderia vê-lo e, apesar do disfarce, seu rosto era conhecido no meio. Para sua surpresa, saiu do banheiro do saguão do hotel, vestindo um belo terno, nos mesmos moldes que os dois companheiros, quem ele mais desprezava: Scott Smith, diretor da CIA.

Scott era seu grande concorrente, se é que se pode falar assim. Está na mesma posição que Pasquim, só que na CIA, ou seja, tem muito mais verba de representação para gastar, muito mais prestígio e, claro, poder. Pasquim tinha verdadeiro pavor daquele homem, pois apesar de a CIA e a Interpol trabalharem juntas em muitos casos, ambas têm interesses distintos, políticas e culturas completamente diferentes e executivos por trás com interesses conflitantes. Pasquim não gostava do ar arrogante de Scott Smith. Mas o problema de Scott não era apenas a arrogância, mas sua prepotência, horrorosa. Apelidado pelos seus colegas da Interpol de "o professor de Deus", sabia tudo. Era um homem muito inteligente, mas bem nojento, na opinião de Pasquim, que odiava os métodos da CIA e de Scott, sempre voltados para muita manipulação, política, interesses. Para entendê-los, era preciso raciocinar como num jogo de xadrez, não bastava planejar cada lance, era preciso pensar nos próximos 6 ou 7 lances.

Agora tudo fazia sentido para ele, a CIA estava envolvida no caso, por trás da PSJ: estavam atrás do Pintor. Mas não era apenas isso, pois o próprio Scott

Smith estava lá; tinha que ser algo bem grande, muito maior. Os outros dois agentes sentados à mesa não pareciam ser da equipe de Scott Smith e sim do mesmo nível. Eram homens na faixa dos 50 anos, bem-vestidos também, ou seja, eram possivelmente diretores, talvez de outra área da CIA. Algo grande estava acontecendo por ali. As peças do quebra-cabeça estavam se encaixando. Esse seria o motivo pelo qual o agente Kendo teria, em pouco tempo, feito tantas batidas de contrabando: a CIA estava ajudando. Informações internacionais eram passadas para ele. Era óbvio. E agora estava claro por que Pasquim não tinha os convites para a festa. A CIA sabia de sua presença e não queria correr o risco de ele pegar o Pintor antes deles. Mas, e o Pintor, onde entrava nessa história? Não conseguia entender ainda, mas algo lhe dizia que ele seria uma isca e não o prato principal. Estavam usando o Pintor para algo maior. Algum plano articulado estava em execução há algum tempo e agora estava a ponto de ser concluído. O Pintor seria apenas a peça final desta trama. Pasquim se levantou e saiu rapidamente, não queria ser notado, e sabia que Scott Smith o reconheceria imediatamente.

No caminho de volta ao hotel, Pasquim era só pensamentos, estava tentando entender o que viria a seguir e o que estava acontecendo. De fato, ele estava na Ásia graças à dica coletada pelos seguranças do xeque de que o Pintor agiria durante o mundial. Daí, através de pesquisas, apostou que a dica estava certa. Resolveu investir tempo e dinheiro nessa operação e lá estava ele. Por um lado, a presença da CIA tinha um lado positivo, pois significava que tudo era mesmo verdade, não era apenas uma aposta. A CIA não perde tempo. Eles são muito certeiros, sempre. Mas por outro lado, ele estava tão perto de realizar seu sonho, capturar o Pintor. Tinha planejado tudo tão bem e gastado tanto com seu novo sistema de captura que seria testado no próprio Pintor! Seria catastrófico se a CIA o capturasse antes, e pior ainda, se o Pintor não fosse o alvo, o ator principal, e sim um coadjuvante. E seria horrível ele e a Interpol investirem tanto em algo tão pequeno comparado a um megaprojeto da CIA. Não, ele não deixaria isso ocorrer, iria capturar o Pintor antes da CIA, e de acordo com seu plano, não poderia ser nem antes, nem depois, nem diferente do planejado: seria no momento certo.

24

Perspectiva

Tóquio, Japão
11 de junho de 2002

Assim que *monsieur* Pasquim desceu para tomar seu *breakfa*st, como de costume, mais cedo que os demais colegas de trabalho, encontrou Mônica sentada numa mesa no canto do restaurante, esperando por ele.

— Bom dia, Mônica, quer dizer que hoje tenho companhia para o café-da-manhã?

— Tem. Acordei às 5 horas só para poder falar com você. Mal dormi, estava muito curiosa.

— Então somos dois. Também dormi mal, pois passei a noite pensando.

— Quer dizer, então, que descobriu alguma coisa?

— Sim, bastante coisa. Vou contar ao longo de nosso café. Pelo que percebo, você ainda não tomou nada, né?

— Não, estou faminta.

Pasquim contou todo o ocorrido, inclusive que encontrou seu antigo conhecido, Scott Smith. Quando contou essa parte, Mônica também matou a charada:

— Bastardos, então você tinha razão!

Pasquim adorava quando alguém dizia essa frase. Adorava sentir-se superior e fazer triunfar seus conhecimentos sobre os dos outros. Depois Pasquim contou por que havia passado praticamente a noite toda acordado, pensando no que o Pintor estaria envolvido e o que seria esta trama orquestrada pela

CIA, envolvendo a polícia secreta japonesa e uma família da Yakuza. O que a máfia japonesa estava fazendo para trazer os chefões da CIA até Tóquio? Afinal esses figurões da CIA são conhecidos e só saem de suas aconchegantes salas com ar-condicionado, em Washington, em casos de alta relevância, de grandes esquemas, fatos ultra-importantes. Certamente era isso, mas por quê? Pasquim comentou que havia mandado um e-mail para o escritório, solicitando uma pesquisa na CIA sobre os Matsumotos. Alguma coisa descobriria de suas fontes. Ainda mais com a presença de Hoogan, que havia mandado para Washington 15 dias atrás, para ver se descobria alguma coisa por lá e com estas últimas informações que Pasquim havia conseguido.

– Mas como vamos conseguir os convites para a festa do Matsumoto?

A pergunta de Mônica ficara sem resposta.

Já eram quase 8 horas quando Kendo entrou no saguão do hotel e foi direto para o restaurante. Avistou Pasquim e Mônica, acenou e foi em direção à mesa deles.

– Aqui estão nossos amigos. *Konichua* (Olá, bom dia). Tenho boas notícias. Estão aqui comigo os convites para a festa. Mas apenas para vocês dois. Não consegui o terceiro. Vocês não fazem idéia de como foi difícil consegui-los.

Mônica olhou para Pasquim totalmente surpresa. Por que Kendo havia mudado e estava agora com os convites? Por outro lado, Pasquim não mudou sua expressão. Agiu naturalmente.

– Kendo, então agora vou convidá-lo para tomar o café-da-manhã conosco. Por favor.

– Ok, muito agradecido. Vou fazer isso, sim. Vou pegar alguma coisa no buffet. *Sayonara*.

Logo depois, chegaram Mark Pierre, Shikishima e Ohara para tomar o *breakfast*. Como a mesa era de quatro lugares, sentaram-se ao lado. O restaurante estava bem movimentado. As manhãs dos dias de semana em Tóquio são sempre de muito movimento. Pasquim cochichou no ouvido de Mônica.

– Depois eu quero saber como despistou os dois japoneses que ficaram deslumbrados com você ontem, naquela roupa provocante.

Mônica ficou vermelha, e deu uma piscadinha para Pasquim.

– Depois te conto...

Os dois deram uma breve risada.

Tóquio, Japão, 10h

Jack também havia passado a noite acordado, ajustando os óculos 3D para o programa feito por Danny e que Duque havia mandado para ele. Continha o mapa do Castelo Matsumoto, todo feito em perspectiva, com base na filmagem captada por Jack. O programa, que veio pelo correio num CD, tinha que ser instalado e, depois, era preciso baixar um arquivo pela internet. Esse *download* complementar ao CD levou 4 horas para ser baixado. Jack começou a instalar o programa às 21 horas e demorou um pouco, pois não gostava de ler as instruções, apesar de que Danny fazia tudo da forma mais didática possível. No fim, Jack acabava tendo que ler, pois só assim conseguia fazer funcionar as parafernálias que Danny inventava.

Depois de um bom tempo trabalhando, Jack estava com a última parte de seu treino pronto. Agora poderia ensaiar; era só deitar na cama, usar os óculos 3D feitos com alta tecnologia por Danny, e teria a sensação de estar dentro do castelo. Dessa forma, o Pintor poderia cronometrar de forma bem precisa o tempo que levaria para fazer o roubo.

Jack precisava mais do que nunca do convite para entrar, como não havia chegado até então, resolveu ligar para Yuri, a assistente de Heiji, coordenadora do evento. Depois de passar toda a manhã tentando falar com ela, conseguiu, com muita insistência, localizá-la no celular. Para sua surpresa, ele não precisaria de convite, era só dar o nome na entrada, ir com o crachá que usava para a Copa do Mundo, mostrar aos seguranças, e pronto. Eles tinham uma lista com os nomes. Pediu desculpas pelo transtorno, mas estava tudo tão corrido que ela havia se esquecido de mandar os convites aos jornalistas. Desse modo, o pessoal da imprensa poderia entrar.

Jack ficou mais tranqüilo. O acesso ao castelo já estava livre, agora era com ele. Precisava se concentrar, focar, ensaiar, ficar bem treinado para executar o seu maior roubo: o *Bushido de Ouro*.

25

Véspera

Tóquio, Japão
14 de junho de 2002

Os dias subseqüentes foram a mesma coisa, a Copa do Mundo estava chegando ao final da primeira fase. Muitas seleções já haviam partido, inclusive algumas favoritas, mas as 16 seleções vitoriosas até o momento estavam prontas para começar o mata-mata, fase subseqüente da copa. Agora, quem cometesse qualquer erro estava fora, não haveria mais chances nem outros jogos. Tudo teria que ser decidido nos 90 minutos de jogo, ou no *over time* ou, em último caso, nas cobranças de pênaltis. Uma coisa era certa, sempre: um time voltaria vitorioso e o outro seria eliminado.

Jack passou os dias estudando, ensaiando, analisando cada detalhe do roubo, não poderia deixar nada passar em branco.

Monsieur Pasquim, pensativo, calado, tentava montar o quebra-cabeça que a CIA havia tramado.

Assim que chegou o e-mail tão esperado por Pasquim, vindo direto de Washington, ele conseguiu montar o quebra-cabeça por inteiro. Não faltavam mais peças. Estava encantado, deslumbrado e ao mesmo tempo emputecido e com raiva. Não faltaram xingamentos ao descobrir o que a CIA havia tramado. Pensou: "esses caras são bons, muito bons, mas temos que ser melhores do que eles. Quero ver a cara do Scott Smith quando eu der o chapéu nele". De fato, fora tudo muito bem armado, e o Pintor seria a cereja desse maravilhoso bolo, comentou Pasquim com Mônica. Estavam sentados no *hall* ao lado da recepção do hotel, num canto, esperando os dois oficiais japoneses e Mark Pierre, que estava terminando um e-mail.

— Mas ainda não entendi por que nos deram os dois convites.

— Com certeza, aquele traidor do Kendo notou nossa insistência e comentou com a CIA, possivelmente naquele dia que o segui. Viram que seria melhor nos dar os convites, não iria adiantar não dar. Inclusive iria pegar muito mal para Kendo e ele ficaria numa situação difícil conosco e, conseqüentemente, com a Interpol. Conhece minha fama de não deixar barato, e acabou fazendo o que queríamos. Cumpriu seu dever, vai nos colocar lá dentro, como solicitamos. Não nos deve mais nada.

— Entendi. Você está certo. Bom, vamos mudar de assunto, lá vêm eles. Mark Pierre se aproximava com Shikishima e Ohara. Haviam ficado muito próximos, pareciam amigos de longa data. Foram todos almoçar num restaurante ao lado do hotel.

Tóquio, Japão, 14h

Jack tinha saído do apartamento pela primeira vez em dias. Estava exausto, precisava sair de qualquer jeito. Satisfeito, tinha progredido bastante no seu treinamento, estava concluindo o roubo em 42 minutos. Mas precisava reduzir para menos de 35 minutos. Eram distâncias grandes que tinha de percorrer: sair do local onde estaria montada a tenda, ir até o castelo, entrar, roubar o livro e depois sair de lá. Estava cansado, queria tirar o dia para descansar. Somente à noite faria mais um ensaio. Como estava tudo ficando bem afinado, tiraria o dia para curtir, passear, esfriar a cabeça.

Foi almoçar no bairro de Akihabara, conhecido como o "bairro dos eletrônicos". Entrou num restaurante italiano, precisava comer carboidratos. Antes de entrar em ação procurava comer bem, e com carboidratos resgataria a energia que seria muito necessária, pois sabia a hora que iria começar a praticar um roubo, mas nunca sabia quando terminaria.

Ele estava sentado num cantinho do restaurante quando entrou Carol, linda, com um vestido longo, ressaltando suas belas curvas. Ria de alguma coisa que Benitez, que acabara de entrar com ela, havia dito. Sentaram-se à mesa e não viram Jack. Melhor assim, pensou ele, queria comer sozinho. Era incrível como na cidade mais populosa do mundo, naquele universo monstruoso da

Copa do Mundo, estava sempre se esbarrando em conhecidos. Como o mundo era pequeno, pensou.

Terminado o almoço, quis fazer uma brincadeira com os dois, e mandou a conta para que eles pagassem. Benitez levou um susto ao receber a conta do garçom, que disse que pertencia ao senhor sentado à mesa no fundo. Quando Benitez viu quem era, começou a rir.

— Esse Cubano é terrível. Adoro seu humor. Sente-se aqui conosco.

— Claro, e aí como vocês estão?

— Nesta loucura, querido. Agora você é quem anda sumido. Aliás, todos, pois não encontro mais ninguém. Amanhã temos aquela festona, espero vê-lo lá.

— Claro. Não vou perder uma festa dessas.

— Epa Cubano, é baladeiro mesmo, hein? Aliás, hoje à noite temos um *happy hour* no Latim Club, se quiser ir, vamos às 19 horas.

— Vamos ver. Eu preciso ver como estou hoje. Tenho muita coisa para fazer, se conseguir, estarei lá.

— Estarei te esperando – comentou Carol.

— É, Cubano, se eu fosse você, não perderia esta balada por nada, ainda mais com uma anfitriã tão linda.

— É verdade.

Despediram-se, e Jack foi caminhando para o hotel.

Castelo Matsumoto
Yokohama, Japão, 20h

Tanaka estava dando as últimas coordenadas sobre como iria funcionar o esquema de segurança para toda a equipe que estaria trabalhando na festa. Decidiu que 82 de seus homens iriam trabalhar. Usaria boa parte dos seguranças das empresas da família Matsumoto. Pela primeira vez, teria um contingente tão grande. Eram muitos convidados. Era época de Copa do Mundo e Tanaka pensava exatamente como o provérbio chinês, "é melhor prevenir do que remediar".

Estava tudo pronto, a cenografia dentro da tenda, as instalações dos equipamentos, o entretenimento, a montagem geral estava toda finalizada. Os ensaios para a festa tinham acabado pontualmente às 18 horas do dia anterior ao evento, conforme Tanaka havia exigido a Yuri. Era um requisito de segurança que impôs desde o início. Ela estava acostumada com as regras rígidas de Tanaka. Matsumoto Sam gostava que fossem cumpridas, afinal, Tanaka tinha carta branca para o controle da segurança das empresas e, é claro, da família. Agora, nada mais poderia entrar na área do castelo: material, comida do bufê ou decoração. Tudo estava instalado e devidamente posicionado. Como última exigência, iria fazer uma rígida vistoria no pessoal que iria trabalhar durante o evento: garçons, o pessoal da cozinha, do entretenimento, da banda etc. Eles tinham de estar antes das 14 horas no castelo. Depois desse horário, não poderiam entrar mais, apenas os convidados. Yuri lembrou a Tanaka que os 28 jornalistas estrangeiros não tinham convites, e que eles usariam a credencial da copa. De qualquer modo, entregou-lhe a lista com os nomes. Tanaka sabia dessa exceção. Tanaka e Yuri conferiram o local em que cada convidado iria se sentar. Era impressionante, mas Tanaka sabia boa parte dos nomes dos convidados que ocupariam os 2.000 assentos.

Tóquio, Japão, 22h

Eram 22 horas, Jack iria fazer o teste final. O último ensaio era decisivo. Tinha que dar certo. Precisava reduzir seu tempo para 35 minutos. Era fundamental. Deitou na cama, colocou os óculos 3D, ligou o instrumento e, 37 minutos depois, Jack, ao desligar o aparelho, olhou para o relógio: tinha feito o roubo virtual em 36 minutos e 57 segundos. Havia conseguido reduzir quase 6 minutos. Estava contente. Decidira fazer mais um teste pela manhã, depois do café. Por último, teria que destruir seu excelente aparelho eletrônico, mesmo sendo tão caro produzir aqueles óculos, e ainda mais os programas! Jack notou uma sensível melhora no rendimento de seu trabalho, era como se praticasse o mesmo roubo umas dez vezes antes do oficial. Assim, sentia-se à vontade no momento do roubo, seguro, agindo em solo conhecido, sem muitas surpresas.

Jack estava pensativo se iria ou não aceitar o convite que a charmosa Carol lhe havia feito na hora do almoço. Até que seria bem interessante, mas sabia que estava na véspera de sua grande obra, uma verdadeira obra de arte: seu maior roubo. Precisava descansar, seria fundamental. Apesar da ansiedade que parecia crescer a cada momento, precisava ficar concentrado, era a única forma de driblar essa sensação. Iria assistir aos melhores momentos dos jogos do dia, principalmente com a boa vitória da seleção japonesa por 2 a 0 contra a Tunísia. O Japão havia se classificado pela primeira vez para a segunda fase de uma copa. Era a última seleção a garantir uma vaga para as oitavas. A cidade estava um caos. O povo japonês saíra às ruas, cantando, comemorando o feito tão fantástico. A esperança de conquistar a copa, algo que era um sonho, de certa forma ficava mais próxima, faltavam apenas alguns jogos. Seria muito difícil, mas havia a chance. O programa de TV, depois dos melhores momentos do jogo da seleção japonesa, apresentava os confrontos que começariam no dia seguinte. Mostrava detalhadamente cada seleção e os principais jogadores. Para Jack, havia algumas surpresas, pois nessa última semana estava tão concentrado que sequer havia acompanhado o que estava acontecendo.

Haveria confrontos dos quais seria difícil prever os vencedores. Nas oitavas que seriam realizadas no Japão jogariam: Dinamarca e Inglaterra; Brasil e Bélgica, Suécia e Senegal; Japão e Turquia; na Coréia haveria os jogos: Alemanha e Paraguai; México e Estados Unidos; Espanha e Irlanda e Coréia e Itália, sendo que no dia seguinte ocorreria um jogo em cada país: no Japão, Dinamarca e Inglaterra, em Niigata às 20h30, e na Coréia, Alemanha e Paraguai, em Seogwipo, mais cedo, às 15h30.

É, começava o mata-mata, quem falhasse estaria fora. Valia agora mais do que preparo, treinamento, valia também muita raça, otimismo, vontade, motivação e determinação. Quem superasse tudo iria passar de fase, até chegar ao grande título e ser o vencedor. O mesmo valia para Jack. Era o que ele pensava. Precisa agora, na reta de chegada, superar seu cansaço, sua ansiedade, seu medo e sua expectativa. Ele havia ficado surpreso com alguns resultados, a França e a Argentina eliminadas, parecia incrível, eram as duas seleções mais favoritas ao título da copa. Também havia ficado surpreso com as seleções do Senegal e da Turquia, jogando bem e marcando presença no mundial. Era engraçado como as coisas são surpreendentes. Se ele não tomasse cuidado, poderia cair como as seleções francesa e argentina, que eram favoritas, mas por algum detalhe, haviam fracassado. Se ele não estiver atento a cada detalhe, na hora do roubo, poderá cair também e fracassar. Seria seu fim? Poderia ser. Pensando assim, resolveu fazer outro ensaio e tentar executar o roubo em 35 minutos. Agora, na véspera, não podia fraquejar, tinha que ser muito frio e determinado. Tinha que se superar, tinha que fazer mais do que o possível para sair vitorioso nesse, que seria seu maior roubo. Não fracassaria.

Desligou a TV, respirou por um minuto, colocou novamente os óculos 3D, deitou na cama e ligou o aparelho para fazer mais um ensaio.

26

Festa de gala dos 80 anos de Matsumoto Sam

Castelo Matsumoto, Yokohama, Japão
15 de junho de 2002

Luzes brancas percorriam o céu de Yokohama. Desde o centro da cidade, a quilômetros do local, enxergava-se a luminosa faixa de luz que cortava o céu. Eram os canhões de luzes que vinham do Castelo Matsumoto.

    O táxi estava parado muito próximo do Castelo Matsumoto. Jack estava ansioso para chegar. Uma fila enorme de carros se formava diante da entrada do castelo. Jack espiou pela janela do táxi para ver se já estava próximo e avistou ao longe o Castelo Matsumoto. Estava iluminado, muito bonito.

    Assim que o táxi se aproximou da entrada, Jack resolveu descer. Havia muito trânsito e demoraria muito mais se fosse de carro. Não podia demonstrar o quanto estava ansioso, mas também não podia esconder o fato para si mesmo. Pagou a corrida do táxi, foi andando até a entrada e dirigiu-se para a fila de convidados. Na verdade, era a primeira fila, para confirmar se o nome do convidado constava na lista. Quando chegou sua vez, a *hostess* que estava com a lista não achava seu nome, se atrapalhou um pouco, e teve que chamar outra pessoa. Foi quando Jack ressaltou que seu nome devia estar em outra lista, pois ele não tinha o convite magnético, apenas seu crachá. Provavelmente Jack devia ser um dos primeiros a chegar porque estavam atrapalhados com sua presença. Pediram a ele que esperasse um pouco. Ele ficou ao lado, pensativo. Será que teria algum problema? Era só o que faltava, pensou ele. E agora, como iria entrar? Foi quando chegou Yuri, chamada pelo *walkie talkie*, com andar firme e apressado, falando alto com a *hostess*. Jack nem imaginava o que ela estaria dizendo, pois falava em japonês. Ela abriu a lista que estava em sua mão e mostrou, numa coluna à parte, os nomes dos jornalistas estrangeiros, todos sem o convite formatado como um cartão magnético que dava acesso ao castelo. Yuri dirigiu-se a Jack, pediu desculpas pelo transtorno e pela demora, comentou que estavam um pouco atrapalhadas com a mudança de última hora, e disse que como a maioria dos jornalistas era ocidental, se atrapalhavam com os nomes também. Jack recebeu dela um cartão magnético preto, com um descritivo em japonês. Agradeceu, e saiu em direção à segunda fila, logo em frente.

Era uma fila de segurança, por onde o convidado passava pela máquina de raios X e pelo identificador de metais. As bolsas e paletós eram colocados numa cesta que passava pela mesma máquina para uma verificação mais detalhada. Depois de todo esse controle, aproximava-se um segurança que, se achasse necessário, solicitava examinar bolsas ou mesmo fazer uma revista. Todos os seguranças, também trajando *black tie*, usavam fone de ouvido, através do qual recebiam instruções de Tanaka, que da sala de segurança, no interior do castelo, assistia à entrada dos convidados, através das câmeras espalhadas por toda a parte.

Chegou a vez de Jack passar pela máquina de raios X. Ele tinha certeza de que seria barrado e submetido a uma revista mais "detalhada". Afinal, por trás das câmeras, Tanaka observava atento os convidados e não deixaria barato essa oportunidade. Não deu outra. Jack colocara na máquina de raios X a sua câmera fotográfica. Estava tranqüilo, pois na câmera havia um dispositivo que impedia a visualização de seu interior. Assim que passou pelo raio X, dois seguranças vieram examiná-lo. Ficaram uns 5 minutos revistando Jack de forma grosseira. Um deles apertou a perna de Jack de tal forma, que chegou a incomodar. Ele, calado, colocou seu paletó de volta, guardou a câmera e rumou em direção à festa. Um segurança o puxou pelo braço e disse:

— Cubano, lembranças de Tanaka.

Jack sorriu e respondeu:

— Logo darei pessoalmente a ele as minhas lembranças. Obrigado.

Jack saiu andando em direção à terceira e última fila. Era a mais rápida, bastava colocar o cartão magnético na catraca eletrônica, com a tarja preta virada para cima. Jack, de certa forma, passou aliviado, tinha conseguido entrar no Castelo Matsumoto.

Pasquim e Mônica chegaram, passando pelo mesmo esquema de segurança. Pasquim reparava nos detalhes e ficava imaginado como o Pintor iria driblar todo aquele esquema. Certamente ele daria um jeito, teria que esperar para ver. Tanto Pasquim como Mônica estavam ali na festa meramente como convidados, sem armas e sem autoridade para fazer qualquer coisa. A idéia de Pasquim era proteger o Pintor, de alguma forma. Ele e Mônica ficariam atentos para, se fosse necessário, ajudá-lo a escapar. A última coisa que poderia permitir era que a CIA o capturasse antes do que ele. Sabia que havia um esquema pronto para pegar o Pintor, mas tinha que quebrar esse esquema. Do lado de fora do castelo, juntamente com vários motoristas, fingindo ser um deles, estavam Mark Pierre e Ohara, num BMW. Ficariam lá de plantão. Se vissem alguma perseguição ou algo parecido, deveriam atrapalhar ao máximo e ficar a postos estrategicamente, caso *monsieur* Pasquim ou Mônica precisassem sair da forma mais ágil possível.

Logo que passou pela entrada, Jack avistou à esquerda o belo e suntuoso castelo e à direita, uma tenda transparente, também iluminada, enorme, com seus 3.500 metros quadrados, montada especialmente para o evento. No caminho para a tenda, ao som de tambores orientais e uma iluminação proveniente de tochas acesas, os convidados eram conduzidos até a piscina olímpica, que se encontrava na frente da tenda. Uma plataforma de madeira, com os corrimões floridos, levava os convidados até a porta de entrada da tenda, passando por sobre a piscina. Um portão cenográfico feito de madeira, decorado com rosas vermelhas, era a porta de entrada da tenda. Estava tudo muito bonito, com uma decoração de muito bom gosto. Da tenda se avistava o castelo em destaque que, iluminado com luzes que piscavam, parecia uma árvore de Natal.

Ao chegar à porta de entrada da tenda, foi recepcionado por uma linda *hostess*, e ouviu um *Irasshaimasse* (bem-vindo). Ela pediu o cartão que lhe fora entregue na entrada com o número de sua mesa. Era a 147. Ela também lhe ofereceu um drinque típico, feito à base de saquê, e o conduziu até a mesa. Jack ficou deslumbrado com o requinte da decoração. Por dentro, a tenda era forrada de tecidos brancos iluminados com luzes que mudavam constantemente de cor. Imagens eram projetadas nas paredes, combinando gravuras abstratas, imagens típicas do Japão e, às vezes, de transmissões simultâneas dos convidados. No teto havia lustres feitos de vidro, sustentando velas. Era uma decoração que mesclava o moderno com o típico oriental japonês. As mesas estavam decoradas com um arranjo de flores vermelhas e brancas, que formavam a bandeira do Japão. Em cima do que seria o círculo vermelho da bandeira, uma vela iluminava a mesa. Um palco enorme, com uns 6 metros de diâmetro, e uns 2 metros de altura, ficava no centro do salão, e acima dele estavam presas cortinas esticadas, e mais acima presos numa estrutura de *truss*, quatro telões de 210 polegadas cada, que voltados para os quatro lados do salão, proporcionavam uma visão de 360 graus a todos os presentes.

Os convidados iam chegando em ritmo acelerado. Jack fora um dos primeiros a chegar e estava sozinho sentado à mesa.

Pasquim e Mônica foram para a mesa 62, que ficava do lado oposto ao da mesa onde o Pintor estava. Sentaram-se e o garçom perguntou o que gostariam de beber. Pasquim pediu um uísque duplo e Mônica, uma taça de champanhe. Pasquim estava imaginando qual dos convidados seria o Pintor. Ele já teria chegado? Como a CIA iria agir? Iria prendê-lo no momento do roubo? Isso ele não poderia permitir. Não agora! Não hoje! Mas seria o roubo hoje? Bom, todos esses pensamentos ficavam rondando a cabeça do experiente Pasquim. Para sua surpresa, chegaram seis convidados que Pasquim não esperava encontrar no jantar: os dois senhores da CIA que tinha visto no hotel em Tóquio, com suas respectivas acompanhantes, e claro, Scott Smith. Todos vinham em sua direção. Pasquim pensou se ficariam em sua mesa, e era exatamente lá que iriam ficar.

– Ora, ora, meu grande amigo, *monsieur* Pasquim, quem diria que nos encontraríamos aqui, em Yokohama.

Pasquim percebeu o sorriso irônico no comentário de seu rival. Sabia muito bem o que ele estava fazendo lá.

– Que mundo pequeno, Scott. Que mundo pequeno. Vou lhe apresentar minha namorada, Mônica.

Mônica olhou para Pasquim, surpresa com a forma como fora apresentada. Mas, conforme demonstrava seu sorriso, ela havia gostado. E Pasquim não poderia ter imaginado um disfarce melhor para ela, com quem, num futuro próximo, ele estava mesmo pensando em se envolver. Scott apresentou os outros convidados, colegas da CIA. Os dois, como Pasquim pensara, eram diretores, mas Scott não especificou de que área. Todos estavam acompanhados. Pasquim notara que, a duas mesas da sua, estavam dois homens e uma mulher, todos com jeito de americanos. Os dois homens eram altos, fortes, com cara de intelectuais, típicos agentes da CIA, e a mulher tinha cabelos escuros, longos e usava um vestido mais largo, provavelmente para ficar mais confortável para alguma ação. Notou que Scott, ao chegar, dirigira um olhar discreto para aquela mesa. Pasquim imaginava o circo que a CIA estava montando: diante dele, contando sua mesa e a mesa ao lado, estavam nove agentes.

A mesa 147 estava agora completa, com a chegada dos últimos três convidados que estavam faltando. Estavam todos lá, José Marcelo, Henry, Bosch, Sofia, Carol, Will, Giuseppe, Benitez e Ilgner, e mais dois repórteres franceses. Novamente estavam sentados juntos. Heiji fora muito atencioso colocando-os na mesma mesa, comentou Carol, cutucando Jack por não ter ido à balada da noite anterior.

– Henry eu perdoei, mas você, Cubano, não. Henry estava em Niigata, falei com ele por telefone, mas encontrei você ontem em Tóquio.

Jack lamentou não poder ter ido, mas certamente iria comparecer no próximo. Henry deu uma risadinha para Jack, criticando-o por ter falhado com aquela maravilhosa mulher.

– Só porque somos repórteres, nos deram quase a última mesa. Será difícil enxergar o palco – comentou Henry.

– Pelo menos fomos convidados, camarada. Estamos participando da festa mais maneira da copa, não estamos pagando nada e vamos comer "na faixa" – replicou José Marcelo.

Todos riam daquele rapaz alegre e espirituoso.

– Vocês viram que coisa mais elegante, chique? Notaram que há dois garçons por mesa, fora os ajudantes? comentou Sofia.

– Chiquérrimo mesmo. Estou todo emocionado. Quanta gente chique, não? E os artistas, vocês viram as celebridades? Tem um montão aqui. É só ficarmos de olho que veremos todos – disse Benitez, que estava inquieto, maravilhado com o evento.

– Beni, quer dizer que estes caras com roupa de quimono são os garçons?

– Fica quieto, Zé. É lógico que são os garçons. Você achava que eram o quê, seguranças? Retrucou Giuseppe.

O pessoal da mesa ria dos diálogos entre José Marcelo e Giuseppe, que não gostava de brincadeiras sobre a cultura japonesa.

Bosch era o mais calado, muito concentrado, pediu ao garçom uma água gasosa com gelo. Ficava escutando as conversas com muita atenção. Quando participava dos diálogos, era sempre com comentários espirituosos, mas, de um modo geral, estava calado.

– Nossa, eles gostam muito de tambores aqui na Ásia – comentou Carol –, todos os eventos têm tambores. Eu, particularmente, acho muito bonito. Mas é diferente, né?

– Mas você sabe qual é o significado dos tambores, o por quê deles? – perguntou Giuseppe a Carol. – Os tambores, segundo a tradição oriental, espantam os maus espíritos, é por isso que em ocasiões festivas na Ásia eles sempre estão presentes.

– Você, Giuseppe, é tão culto. Sabe tantas coisas!

– Não, apenas estou te passando o que aprendi nesses dias aqui na copa.

Jack nem estava prestando mais atenção nas conversas da mesa. Eram apenas brincadeiras, comentários e, às vezes, quando perguntavam algo a ele, respondia, porém nem sabia do que estavam falando. Ele parecia um piloto de corridas, momentos antes da largada. A cada minuto se concentrava mais e mais, estava apenas esperando o momento certo para começar a agir.

Do outro lado da tenda, Pasquim, como estava próximo da entrada, procurava identificar quem chegava e ver se descobria, de alguma forma, a presença do Pintor. Notou que o Pintor não poderia estar disfarçado de serviçal. Seria impossível, pois eram todos japoneses, provavelmente, funcionários das empresas Matsumoto, devidamente conhecidos e cadastrados. Pelo menos era assim que as grandes famílias mafiosas que conhecia em todo o mundo trabalhavam, não seria diferente na família Matsumoto.

Por último, chegaram à mesa de Pasquim, o oficial Kendo e Shikishima. Os dois estavam sérios, cumprimentaram secamente o pessoal da CIA e ficaram calados. Pasquim estava estranhando a presença deles, quando ouviu:

– Bem-vindos à festa do sr. Matsumoto Sam, fiquem à vontade.

Era Tanaka, o famoso capataz da família Matsumoto. Pasquim o reconheceu pelas fotos, nunca o havia visto pessoalmente. Provavelmente devia estar em alguma sala de segurança assistindo à chegada de todos os convidados. O famoso Tanaka tinha uma lista enorme de crimes em toda a Ásia, sempre encobertos por polícias locais. Pasquim notou um desconforto por parte de Kendo quando Tanaka passou e cumprimentou a todos da mesa. Percebeu também que ele olhou fixamente para Kendo, como se passasse uma mensagem. E agora, o que era isso? O que estava acontecendo? Kendo não estava programado para vir. Isso ficou claro pela reação de Scott, que também tinha o ar de quem não entendia o que estava acontecendo. Pasquim estava ficando cada vez mais curioso. A cada momento, novidades. Olhou para Mônica e percebeu que ela estava pensando a mesma coisa que ele. Algo estranho estava ocorrendo ali. A presença de Kendo era uma surpresa para o pessoal da CIA, Kendo havia quebrado o protocolo. E pelo desconforto de Kendo em sua chegada, Pasquim percebeu que também para ele algo não estava transcorrendo como planejado: ficar ali, ainda mais naquela mesa. Matahari, pensou Pasquim, será que ele está jogando nos dois lados? Ou melhor, nos três lados?

27

Festa de gala II
O Fantasma da Ópera

Tenda do Castelo Matsumoto

Com um pouco de atraso, e com a presença de todos os convidados que já estavam sentados, as luzes foram se apagando lentamente. Foram deixadas somente as luzes das velas nas mesas e nos candelabros. Ao mesmo tempo, o grupo folclórico japonês, que estava tocando os tambores no caminho da tenda, foi entrando. Formaram uma roda em torno do palco e pararam de tocar, ficando num silêncio total. As laterais do palco, que eram cobertas por um tecido branco e antes estavam iluminadas por luzes, agora recebiam a projeção de imagens de uma tribo japonesa milenar batendo num tambor, num ritmo cada vez mais acelerado. O grupo presente voltou a tocar no mesmo ritmo, numa simbiose crescente, e culminou num êxtase musical, quando no palco, ergueram-se as cortinas vermelhas, revelando a presença de Heiji Matsumoto ao lado do pai, o grande anfitrião da festa, Matsumoto Sam. Todos de pé emocionados, aplaudiram a entrada feérica dos dois.

– Eu adoro surpresas e preparei esta para vocês. Uma entrada triunfal! – disse Heiji, e começou a fazer um discurso rápido, agradecendo aos convidados pela presença, dando seqüência à tradição iniciada há 5 anos, de realizar a festa do chefe da família, sr. Matsumoto, que agora completava seus 80 anos. Todos os convidados novamente aplaudiram de pé. Matsumoto Sam apenas saudou os convidados em japonês, agradecendo a presença de todos, sendo traduzido por Heiji.

Jack avistou Tanaka, que havia chegado antes da entrada do sr. Matsumoto no palco. Tanaka estava muito concentrado, falando pelo microfone tipo *head set* colocado na aba do lado direito de seu *smoking* preto. Tinha também um fone no ouvido esquerdo. Parecia estar muito preocupado com toda a segurança do local, diferente das outras vezes que o vira, quando tinha sempre um olhar atento, sério, porém aparentando calma. Parecia que Tanaka sabia ou pressentia que algo iria ocorrer. Durante os discursos, que não levaram ao todo nem 20 minutos, foi distribuído pelos garçons a programação da noite, que incluía um *pout pourri* de espetáculos da Broadway, em três atos. No final do último ato, a pista de dança ficaria à disposição dos convidados. Jack olhou o roteiro, vendo que o primeiro ato seria composto por *O Fantasma da Ópera* e *Miss Saigon*, com seis músicas ao todo. O segundo e o terceiro atos seriam a mesma coisa, durando ao redor de 25 minutos cada um. Estava aí o momento de agir, durante um dos atos.

Assim que Heiji terminou de agradecer a presença de todos e se retirou do palco, Tanaka foi em sua direção, acompanhando Matsumoto Sam e Heiji até a mesa número 1, situada na frente do palco. Ao som forte de trovoadas e efeitos de projeções de nuvens em movimento nas paredes e também nos quatro telões sobre o palco, dava-se início ao show com a música de abertura de *O Fantasma da Ópera*.

Ao começar o primeiro ato, Jack viu que aquele era o momento, a oportunidade de desaparecer sem ser notado e saiu em direção ao banheiro. José Marcelo também se levantou, mas Benitez perguntou:

— Aonde você vai, fofo?

— Vou até o toalete, já volto.

— Vai perder este espetáculo maravilhoso?

— Na hora das necessidades básicas, existem outras coisas mais maravilhosas.

Benitez adorou a resposta inteligente de José Marcelo.

— Nossa Beni, você é muito indelicado, deixe o homem em paz — Carol comentou.

— Tem razão, vamos ver o show, está maravilhoso. Deixa esse bofe insensível perder o espetáculo.

Carol sorriu com o desprezo de Benitez.

Jack, discretamente, tentou ver se Tanaka ou outro segurança o estariam observando. Apareceu uma *hostess* no caminho.

– Precisa de ajuda, senhor?

– Não, estou apenas procurando o toalete.

– Na saída, à esquerda.

– Ok. Obrigado.

Jack saiu em direção ao toalete. Tanaka, de longe, o avistou caminhando. Olhou com atenção. Mas voltou seu olhar para a platéia e para a mesa de Matsumoto Sam e também do oficial Kendo. Tanaka estava feliz com a presença de seu atual desafeto. Havia descoberto seu ponto fraco e mandou os convites da festa dentro de uma caixa de presente, com um cartão, onde se lia: "Akiu, amor como este somente nós entendemos". Era a letra de uma famosa canção popular japonesa. Akiu era o nome da ex-amante de Kendo, que era um homem bonito e tinha como ponto fraco as mulheres. Sempre estava envolvido com alguma, até encontrar Akiu, por quem se apaixonou loucamente. Kendo era muito discreto, muito mesmo, ninguém jamais desconfiara de nada. Mas além deste ponto fraco, ele tinha outro, o de ser extremamente ciumento, e foi devido a esse ciúme doentio que Kendo havia assassinado, no final do ano passado, sua ex-amante. Ninguém sabia que ambos tinham um caso, e menos ainda, que ele a havia assassinado. Kendo achava que o trabalho tinha sido muito bem-feito. Até que recebeu pela manhã os convites para a festa. O exemplar oficial Kendo, incorruptível, sabia que agora teria que trabalhar para os Matsumotos ou estaria com sua carreira e sua vida acabadas. Kendo não conseguia disfarçar sua feição de derrotado. Era essa feição que incomodara Scott Smith, que nunca o vira daquela forma, e que deixara Pasquim intrigado.

Jack percebeu que um dos seguranças ficara observando-o. Foi em direção aos banheiros, montados do lado externo da tenda, em *trailers*. Era o maior e mais limpo banheiro químico que Jack já tinha visto. Havia 24 *trailers*, doze para os homens e doze para as mulheres. Tochas acesas indicavam o caminho até eles. Os banheiros das mulheres ficavam do lado esquerdo e os dos homens, do lado direito. Escolheu o banheiro do último *trailer*, e foi até a última divisória, que ficava ao lado de uma janela que estava semi-aberta, para ventilação do local. Jack tirou o paletó, a gravata-borboleta, desabotoou a camisa branca e tirou a calça do *smoking*. Tirou também os sapatos e as meias.

Por baixo do *smoking*, Jack estava usando uma roupa especial preta, colante, que o cobria dos pés ao pescoço. Colocou uma touca, tampando todo o rosto e deixando apenas os olhos livres. Virou o *blazer* do *smoking* do avesso, fez rapidamente uns encaixes com os zíperes, e montou com ele uma mochila preta. O restante do vestuário, Jack dobrou cuidadosamente. Colocou num saco plástico pequeno que estava dobrado dentro de um compartimento de seu paletó. Guardou a gravata-borboleta, a camisa branca, a calça do *smoking*, as meias e o par de sapatos no saco plástico e colocou o saco debaixo da tampa da caixa da descarga. Pegou a câmera fotográfica, que estava no bolso externo do paletó, e a guardou num dos compartimentos da mochila. Saiu da cabine. Ouviu o som dos passos de uma pessoa que saía de um dos banheiros e esperou que se afastasse, foi em direção da janela, espiou para ver se alguém se aproximava e abriu totalmente a janela que dava acesso ao lado de fora. Pulou e saiu por trás da tenda, agora, todo de preto, camuflado com uma máscara preta de borracha. Olhou para o relógio, haviam se passado 3 minutos e 48 segundos. Caminhou um pouco, em direção à escuridão, para não ser visto, e seguiu para o castelo.

Tanaka caminhou entre as mesas e concluiu, vendo o interesse das pessoas pelo show, que deveria estar muito bonito. Ao som de *Mascarades*, ainda da peça *O Fantasma da Ópera*, notou que algumas pessoas estavam emocionadas com o espetáculo. Tudo parecia correr bem. Achava graça de Yuri, que andava apressada de um lado para o outro, agitada com os detalhes do evento. Os convidados nem a notavam, mas para ele era muito fácil notá-la.

Pasquim já tinha definido como chegaria até o Pintor e como faria isso antes do pessoal da CIA. Ficaria observando Tanaka, se ele fizesse qualquer movimento mais abrupto em direção ao castelo, Pasquim o seguiria, porque certamente o Pintor estava em ação.

28

Festa de gala III
Escalada

Jardim Japonês

Jack foi caminhando em direção à mansão, muito atento. A todo momento parava para ver se alguém estava por perto. Via os seguranças com seus *walkie-talkies* espalhados por todo o complexo do castelo, mas distantes de onde estava. Atentamente se aproximou da mansão, foi para o lado oposto do que se avistava da tenda, o lado esquerdo, que estava escuro, sem iluminação.

Entrou pelo jardim japonês, que ficava na parte posterior da casa e ficou espiando por alguns minutos o movimento. Tinha avistado dois seguranças caminhando a poucos metros, fumando e conversando. Câmeras instaladas ao redor de toda a residência impediam que alguém circulasse por ali sem ser notado. A única forma de chegar até o local escolhido para entrar na mansão seria através do pequeno lago artificial do jardim japonês, que circundava boa parte da mansão. Havia ali apenas uns 15 metros, mas, caminhando, era impossível não ser visto. Jack olhou novamente para o relógio para ver o cronômetro: marcava 12 minutos e 23 segundos. Entrou no lago e foi nadando suavemente até o local escolhido. Olhou para ver se alguém estava próximo, mas não havia ninguém, apenas uma câmera giratória, que filmava exatamente aquele local. Estava tudo exatamente como ele havia previsto. Tirou a roupa colante preta impermeável que estava usando e virou-a do avesso, que era da cor da parede de pedra da mansão do castelo. De dentro de sua mochila, também impermeável, tirou os óculos com infravermelho. Do zíper na parte de baixo da mochila, tirou quatro fixadores para escalada e luvas de borracha com garras antideslizantes, para escalar os 6 metros de parede do castelo.

Jack escalou lentamente a parede até alcançar a janela de madeira preta que ficava no segundo andar. Havia 65 janelas, algumas em estilo japonês que abriam para fora. Jack havia escolhido esse ponto, pois estava fora da visão da tenda e ninguém conseguiria vê-lo. Era um ponto que sabia que não estaria iluminado. Era a janela mais próxima do museu.

Jack tinha que abri-la sem fazer nenhum ruído e sem ligar o alarme. Esta era a parte mais difícil. Pegou uma seringa que estava em seu bolso, contendo silicone líquido, e injetou o conteúdo na fechadura de ferro da janela. Assim, fez o molde da chave para abrir a janela. Esperou dois minutos e com uma pinça puxou a pseudochave de silicone. Agora, possuía o molde da chave da janela. Pegou sua máquina fotográfica com múltiplas funções, entre as quais a menos importante era fotografar, apertou o botão de clicar, abrindo-a, inseriu a chave de silicone com cuidado, fechou a câmera e, 3 minutos depois, estava pronta a chave, feita em alumínio pelo modelador de chaves instalado na câmera, excelente criação de Danny. Agora Jack tinha a chave para abrir a janela.

Com um pouco de força para girar a chave na maçaneta, escutou o estalo: estava aberta! Porém, sabia que havia ainda duas travas por dentro, também de ferro. Novamente olhou para ver se alguém estava por perto. Estava tudo silencioso. Empurrou a porta, identificando os trincos, um na parte superior e outro na parte inferior. Novamente pegou sua câmera fotográfica, encostando-se à parte superior da janela. Um dos compartimentos da câmera era um perfurador que, em 50 segundos, fez um furo de 1 milímetro de diâmetro na grossa janela, que tinha uns 6 centímetros de espessura. Era um pouco mais grossa do que Jack tinha calculado. Assim que a perfurou, procurou ver se alguém se aproximava, afinal, a máquina fazia um pequeno barulho na hora que perfurava. Estava tudo tranqüilo. Novamente pegou a câmera e encostou-se à parte inferior da janela, levou mais tempo desta vez, mais que 1 minuto. Havia acabado as perfurações. Introduziu uma pequena pinça de plástico, da largura do furo, na máquina fotográfica. Ligou um motorzinho, que com a pinça, foi girando o trinco até conseguir puxá-lo por inteiro. Fez o mesmo com o outro trinco. Mas, quando ia puxá-lo, parou... De repente, havia surgido um segurança que acendeu um cigarro logo abaixo de onde Jack estava.

Jack ficou imóvel, esperando o segurança sair, mas este tragava seu cigarro com muito gosto, e provavelmente iria fumá-lo inteiro antes de ir embora. Apareceu outro segurança, falando alto com voz imperativa, provavelmente dando alguma ordem e chamando a atenção dele. O segurança abaixou a cabeça e se retirou. Jack já estava suando e com dor nos membros por causa da posição que estava. Era estranho, pois fazia muitos exercícios, treinava para ficar nessa posição por horas e, pela primeira vez, sentiu-se fraco, mas aliviado, quando o segurança foi embora. Jack conferiu novamente o relógio, já estava marcando 23 minutos. Injetou um gás de tungstênio através do mesmo orifício que havia aberto, usando também uma seringa. Esperou mais 1 minuto, e pronto, terminou de puxar o trinco com a pinça e a janela abriu-se lentamente.

O gás injetado neutralizava por uns 3 minutos o efeito do *laser* que disparava o alarme. Jack olhou pela fresta da porta para dentro do castelo, procurando a câmera de segurança. Sabia mais ou menos a sua localização, voltada em direção à janela, mas precisava agora localizá-la de forma precisa, para saber para qual ângulo estava direcionada. A câmera levava 30 segundos para girar e voltar à posição que estava, tinha que ser rápido. Pegou do bolso uma pequena antena com um sistema telescópico. Alongando o instrumento, nela havia uma argola. Pendurou na argola um espelho pequeno, que tirou de um bolso localizado na parte direita superior da mochila. Com a antena, desceu o espelho colocando-o grudado na parede num ângulo de 45 graus. Pegou mais um espelho, de igual tamanho, e posicionou-o em direção ao outro espelho, no chão. Fez tudo em poucos segundos, e quando a câmera de segurança enfocou novamente aquele local, refletiu a imagem que estava no primeiro espelho, isto é, o outro lado do *hall* do segundo andar. E Jack permaneceu oculto. Pulou, finalmente, para dentro do castelo. Fechou novamente a janela, pois em menos de um minuto o efeito do gás neutralizador do alarme iria acabar.

Kendo saiu da mesa e foi em direção ao banheiro. No meio do caminho uma *hostess* interveio, conduzindo-o na direção correta. Scott Smith aguardou uns minutos e fez o mesmo, seguindo Kendo até o banheiro. Dentro do banheiro, Kendo estava abrindo as calças para urinar quando Scott chegou fitando-o:

– Você está louco? O que está fazendo aqui?

— Me mandaram um convite, e insistiram na minha presença. Acho que não poderia deixar de vir. O que você acha? – respondeu Kendo num tom de desprezo e começou a urinar como se não estivesse nem ligando para Scott Smith.

— Eu acho que você deveria falar comigo sempre e me consultar. Mas se você acha que não corremos risco com sua presença aqui, tudo bem. Até mais tarde. Espero que dê tudo certo hoje. Seria bom para você que um trabalho de meses não acabe dando problemas.

— Certamente – respondeu Kendo com ar de poucos amigos.

Scott Smith saiu do banheiro irritado com a reação de Kendo. Depois deste projeto, iria fazer com que ele tirasse umas férias longas para ficar menos inconveniente. Antes de voltar para a mesa, ligou para seu agente principal, o *project leader* do plano EICA – Esquema Internacional de Contrabando na Ásia, e disse:

— Acho que está na hora de você começar a agir. A esta altura do campeonato, ou ele já está em ação ou estará logo.

— Ok, tentarei localizá-lo em Nova York, agora é bem cedinho lá, acho que ele já está no escritório.

Sofia, suposta jornalista da CNN, na verdade, era agente da CIA, responsável pelo plano EICA. Olhou para Benitez e comentou que tinha que sair, precisava falar com alguém no escritório, urgente.

— Mas está tudo bem, fofa?

— Está, é meu chefe, ele é um saco. Me conta depois a seqüência do show. Volto assim que conseguir falar com eles.

— Ok, se precisar de alguma coisa, estou aqui.

— Obrigada, Beni.

Sofia saiu da mesa, foi em direção à entrada da tenda. Ficaria lá vigiando: se houvesse algum movimento estranho, ela entraria em ação. Afinal, esse era o dia D. Estava quase acabando o projeto que já durava um ano e meio. Havia largado toda a sua vida particular para encabeçar esse plano, que agora estava quase chegando ao fim. Depois desse dia, era só esperar mais alguns dias e pronto. O caso viraria um dossiê, um arquivo, e não pertenceria mais a ela e sim a outro agente. Ela ganharia reconhecimento, talvez um bônus, uma promoção, mais teria sua vida privada de volta. Tentaria reatar com seu ex-marido.

Jack foi caminhando até o *hall* da escada, lentamente, procurando fugir das duas câmeras que havia no caminho. Eram também câmeras giratórias, que levavam 30 segundos para dar a volta completa, porém cruzavam-se em determinado ângulo, portanto, teria apenas 12 segundos para se desvincular delas. Conseguiu driblar as câmeras e chegou na porta do elevador. Tinha que tomar cuidado, pois logo acima estava uma das duas câmeras, que tinha um ângulo maior e estava posicionada a apenas 40 centímetros da porta do elevador. Jack agora teria que pegar o elevador para descer três andares até o subsolo, local do museu. Sabia que o elevador era monitorado pela segurança, só funcionava quando acionado pela sala de controle, à qual ele não tinha intenção nenhuma de ter acesso. Além do mais, dentro do elevador havia uma câmera: assim que colocasse os pés ali seria flagrado. Sua esperança era que o elevador estivesse parado no terceiro andar, como ficou parado durante todo o dia, por ocasião da visita. Tinha suposto que estava regulado dessa forma, para ficar sempre no andar do meio do castelo, que era o terceiro piso. Abriu a porta com uma pequena caneta, também com sistema telescópico, feita de ferro, que ao aumentar de tamanho, revelou duas garras, uma de cada lado, que Jack prendeu na porta do elevador. A seguir, ele apertou o botão central, começou a abrir a porta do elevador, agarrou-se acrobaticamente a um dos cabos do elevador e, com muita atenção, pois estava abaixo da caixa do elevador, desceu até o térreo, local do museu. Tinha que ter muito cuidado. Se por acaso alguém acionasse o elevador, seria esmagado.

Tanaka chamou pelo rádio Fokuda, seu primeiro assistente, coordenador da segurança do castelo. Perguntou se estava tudo bem. Ouviu um ok de seu subordinado, que estava entediado, pois já estava há quatro horas sentado na sala, sozinho, entretido apenas com a maçã que estava comendo. Resolveu dar uma olhada na jovem que ia pela terceira vez ao banheiro. Desta vez ela estava demorando um pouco mais.

Jack olhou no relógio, que já marcava 30 minutos, estava completamente atrasado. Não gostava quando isso acontecia, mas por enquanto estava tudo indo de acordo com o que havia previsto e estudado. Utilizou a outra caneta de abrir portas. Tinha calculado que usaria duas. Logo ao abrir a porta do poço do elevador, Jack colocou os óculos com infravermelho. Apesar de estar tudo escuro, sem luz alguma, para ele agora estava tudo iluminado. Tirou da mochila um pequeno frasco com um gás que identificava os locais em que os raios *lasers* ficam posicionados e o atirou no chão. Em um minuto o gás havia se espalhado pela entrada, mostrando três pontos de raio *laser*. Jack desviou dos raios calmamente e foi andando pelo museu, até a redoma de vidro, onde estava o *Bushido de Ouro*.

29

Festa de gala IV
O roubo

Museu do castelo

Jack pegou uma outra caneta especial, de ponta de diamante negro cristalino, fez um círculo com o diâmetro de 18 cm no vidro, agora fazendo muito mais força, e tirou a tampa de vidro que havia cortado. Era o momento de retirar o livro. Jack teria que ser muito preciso e novamente usou a seringa com gás de tungstênio. Tinha 2 minutos para retirar o livro. Ao tentar pegar o livro com as duas mãos, notou que o mesmo estava amarrado por dentro. Tirou um minialicate do bolso, cortou o fio que prendia o livro, evitando outro alarme, e retirou o livro do local. Era mais pesado do que pensava, devia ter uns 10 quilos. Pensou no peso que teria que carregar. Ele tinha calculado uns 5 quilos, mas estava errado. Colocou o *Bushido de Ouro* dentro da mochila. Havia um compartimento reforçado com um tecido mais grosso, para quando ele vestisse o paletó novamente pudesse sustentar o peso do livro, que estaria guardado na parte interna do forro, nas costas. Jack tirou ainda um saco plástico pequeno, que continha uma girafa e um elefante feitos de plástico branco, uma foto de Adão e Eva e um passarinho pequeno empalhado. Colocou esses artefatos dentro da redoma de vidro. Ali acrescentou um pedaço de papel com os dizeres: "Foi pelo jardim dos encantos que cheguei ao jardim do Éden, pássaro monstro faz a homenagem".

Fokuda, o chefe da segurança do Castelo Matsumoto, estava comendo sua maçã, quando notou um aumento de temperatura indicado pelo sistema de segurança na sala B4, o museu. Quando não há ninguém na sala, a temperatura se mantém ao redor de 18 graus. Com a entrada de alguém, a temperatura aumenta 3 graus, chegando aos 21. Isto chamou sua atenção, mas ao olhar pelas câmeras da casa não avistou nada de errado. O sistema de alarme não fora disparado. Ficou na dúvida se o indicador de temperatura da sala B4, o museu, estaria com problemas. Nesse momento, Tanaka novamente chamou pelo rádio:

— Fokuda, tudo em ordem?

Fokuda estava cansado de, a cada 10 minutos ou menos, ser chamado por Tanaka pelo rádio. Sempre era ele quem comandava o controle da segurança do castelo, mas durante as festas, ele ficava dentro da sala de seguranças trancado, até acabar a festa. Desta vez iria informar Tanaka que notara algo errado, só para ver que providência ele tomaria.

— Negativo.

— Como negativo?

— O sistema de temperatura da sala B4 está indicando um aumento de temperatura, apesar de nas câmeras não aparecer nada e nenhum alarme ter sido acionado, inclusive o da própria sala B4. Será que é algum problema técnico?

— Estranho, esse sistema é superavançado. Mesmo assim, mande alguém verificar o museu.

— Sim, sr. Tanaka.

Fokuda chamou pelo rádio um dos seguranças para dar uma olhada no museu.

Terminara o show e todos aplaudiam muito. Logo as cortinas levantaram-se, as luzes se acenderam, e o DJ colocou uma música estilo *lounge*. Benitez estava excitadíssimo com a noite.

— Sabem, o que mais gosto da copa, na verdade, não é o futebol. De fato, nem ligo muito para isso, gosto mais é do ambiente, das festas. São maravilhosas, não acham?

— Sabe, Beni, eu acho muito legal, mas também acho que nosso amigo, o Cubano, está dando uns pegas na Sofia. Percebeu que os dois desapareceram?

— Nossa, Will, você tem mesmo uma língua afiada, hein?

Todos riram do comentário, menos Carol, que aparentemente parecia ter ficado um pouco enciumada.

— Sabe, nunca entendi por que o chamam de Cubano, ele não é alemão?

Giuseppe, como sempre, explicou o motivo.

— Uma vez perguntei isso para o Heiji. Parece que, num hotel em Seul, onde se conheceram, Bosch ofereceu a ele um charuto muito difícil de se achar, uma preciosidade. Criaram uma empatia imediata, e depois disso, Heiji começou a chamá-lo de Cubano.

— Hum, nem sabia que o nome dele era Bosch. Sempre o chamavam de Cubano, então o identifiquei assim. Mas eu achava que ele conhecia o Heiji Matsumoto há mais tempo, que eram amigos, mas se conheceram aqui? Nossa, pareciam ser tão amigos. Achei que se conheciam de longa data. Aliás, foi ele quem me apresentou ao Heiji.

— Comigo aconteceu o mesmo, foi ele quem me apresentou ao Heiji — comentou Giuseppe.

— Nossa, esse cara é mais um relações públicas do que um jornalista, não?

— É que ele é carismático — comentou Carol.

— Sei, Carol, para mim você está de olho no jovem.

— Claro que não, Beni. Se liga.

— Agora, que ele é meio estranho, é. Dá umas sumidas, depois aparece, diz que está sempre correndo, mas nunca o vejo com nenhum material jornalístico. Nem parece jornalista.

— Para mim vocês são todos um bando de fofoqueiros, o cara não está nem aqui — comentou Will. — O cara é legal.

José Marcelo comentou sobre Bosch.

— O Cubano é o cara mais tranqüilo que vi nesta copa. Deve ser por isso que o chamam de Cubano.

Todos começaram a rir do comentário de José Marcelo.

— Bom, vou pedir licença para vocês, mas tenho que ir ao banheiro novamente — e saiu rumo ao banheiro.

Fokuda decidiu ir pessoalmente ver se havia alguma coisa errada, afinal, estava há quatro horas sentado, cansado de não fazer nada. Certamente era um problema no sistema de alarme medidor de temperaturas. Pegou o elevador para descer até o subsolo, única forma de chegar até o salão B4, mais conhecido como museu. Colocou o polegar no leitor digital, acionando o elevador. Chegando lá, encontrou a sala escura, como deveria estar. Com o controle remoto que possuía, acendeu a luz da sala e desligou o alarme para entrar. Estava tudo em perfeita ordem.

Jack, assim que percebeu que o elevador estava em movimento, colocou a tampa do vidro mais ou menos encaixada. Não tinha como encaixar perfeitamente. Em seguida, abaixou-se, sentando-se atrás do suporte de vidro onde estava o *Bushido de Ouro*, de modo que não pudesse ser visto. Ficou torcendo para que a pessoa que se aproximava fosse um segurança fazendo apenas uma verificação de rotina, que olhasse tudo de forma superficial e pronto, deixaria o caminho livre para que ele saísse tranqüilamente.

Fokuda olhou o indicador de temperatura, que continuava a marcar 21 graus. Achou estranho, pois se estivesse regulado, iria alterar a temperatura com o calor do seu corpo. Aumentaria uns 2 graus. Resolveu caminhar para ver se estava mesmo tudo em ordem. Começou pelo lado esquerdo, mas não viu nada, devia ser mesmo uma falha, pensou ele, para que duvidar, quando...

Jack percebeu que ele parou próximo do suporte de vidro que continha o *Bushido de Ouro*. Estava a uns 3 metros, ficou olhando, parado, e resmungou alguma coisa. Provavelmente ele havia visto algo que chamara sua atenção. Jack abriu lentamente a perna: se o segurança se aproximasse, iria tentar acertá-lo.

Fokuda, ao olhar para a redoma de vidro, não conseguiu ver o livro. Estava distante, mas estranhou aquelas coisas no lugar do livro. "Onde estaria o livro?", pensou ele, resmungou algo a respeito da seringa e foi em direção ao vidro.

Jack estava abaixado atrás do suporte do vidro, encolhido, quieto, como um predador à espera de um ataque. Quando Fokuda se aproximou da redoma, Jack tentou lhe dar um chute na cabeça, mas Fokuda, por puro reflexo, desviou do chute e, com a mão direita, desferiu um soco em Jack, que se defendeu com um golpe de karatê e, em seguida, desferiu outro golpe com a perna, atingindo Fokuda no meio do peito, jogando-o contra uma armadura. Jack viu que Fokuda ficou caído, imóvel. Certamente esse era o momento para fugir. Rapidamente tirou o *walkie-talkie* de Fokuda e viu que ele tinha desligado o alarme; dessa forma, seria mais fácil sair. Correu em direção ao elevador, quando seu braço esquerdo foi atingido por uma *shurikee* – estrela ninja com duas pontas afiadas –, que lhe causou uma boa perfuração no braço. Já dentro do elevador, apertou o botão para subir, mas o elevador não se moveu, claro. Jack não tinha a impressão digital autorizada.

Jack voltou, foi em direção a Fokuda, que já estava de pé e vinha com uma lança em direção a Jack, que, por sorte, conseguiu se desviar. Fokuda jogou outra lança, acertando a perna direita de Jack, que soltou um grito de dor. Quando Fokuda foi empurrar a lança na perna de Jack, ele deu um golpe no pescoço de Fokuda, jogando-o para trás. Ofegante, Jack retirou a lança da perna direita e a cravou na barriga de Fokuda com toda a força. Fokuda, que já estava sem ar, começou a cair para trás. Jack segurou o corpo de Fokuda, carregou-o até a porta do elevador, pôs seu polegar direito no leitor de impressão digital e acionou o elevador para o segundo andar. Fokuda estava morto. Jack pegou o controle de segurança que estava no bolso dele, desligou o alarme do segundo andar e foi na direção da janela, por onde tinha entrado, para descer. Não usaria seus artefatos para fugir, agora tinha o controle de segurança do castelo.

Tanaka tentava chamar Fokuda pelo rádio e ele não respondia. Logo gritou com os seguranças que estavam na vigia para que fossem ver o que estava acontecendo. Tanaka saiu da tenda como um foguete, andando rápido em direção à mansão. No caminho, Sofia lhe deu um forte esbarrão e, mesmo caindo, pediu desculpas. Ele ajudou-a a se levantar, olhou feio para ela e continuou andando. Pasquim, da entrada da tenda, assim que Tanaka saiu em direção ao castelo, levantou-se para ir atrás. Sabia que havia chegado o momento do roubo. Avistou aquela bela jovem indo em direção a Tanaka e dando o encontrão, fazendo-o perder alguns preciosos segundos. Certamente era proposital. Achou estranho.

Jack tinha agora em mãos algo que ele não havia planejado ter, o controle de segurança. Não sabia muito bem como funcionava, e as teclas estavam em japonês, mas ao lado da escrita havia desenhos que identificavam alguns lugares da casa. Notou que um dos botões indicava o alarme das janelas laterais, do lado direito do castelo, não hesitou e apertou-o. Tanaka já estava chegando ao castelo quando seu controle indicou que, em algumas das janelas do lado direito o alarme tinha sido acionado. Logo supôs que algo estaria acontecendo ali e, pelo rádio, mandou seus homens irem para lá. Ele, juntamente com um de seus ajudantes, foi para a entrada principal do castelo.

Jack, apesar de ter a vantagem de estar com o controle, estava machucado, sangrando. Teria que fazer um curativo assim que chegasse ao banheiro químico da tenda. Desceu lentamente o muro do castelo, não porque quisesse, mas porque estava sentindo-se fraco, a perna atingida pela lança e seu braço esquerdo estavam sangrando muito. Quase caiu por duas vezes, mas havia chegado à terra firme. Entrou no lago e foi nadando em direção da tenda.

Pelo rádio avisaram Tanaka que não havia nada, era um alarme falso, as janelas laterais estavam todas fechadas. Tanaka abriu a porta principal do castelo usando sua impressão digital e entrou. Estava tudo escuro. Fechou a porta e olhou para o ajudante: sabia que não era alarme falso, algo estava ocorrendo; seu melhor homem, Fokuda, não respondia às suas chamadas. Caminhou lentamente e foi até a sala de segurança, que estava vazia. Foi um erro deixar Fokuda sozinho na sala de segurança, mas para essa festa, precisava de todos os seus homens trabalhando na proteção do castelo. Mas tinha certeza de que algo havia ocorrido, e que alguém havia entrado no castelo. Pelo rádio, novamente pediu para que alguns de seus homens viessem para o castelo e o vasculhassem. Ao sair da sala de segurança, onde as câmeras não mostravam nada fora do comum, notou que as imagens estavam congeladas. Foi em direção ao elevador e levou um choque. Fokuda estava caído, morto, todo ensangüentado, dentro do elevador.

Jack percorreu o mesmo caminho de volta. Ao chegar ao banheiro químico da tenda, esperou do lado de fora, até que um senhor saísse, entrou pela mesma janela que havia usado e que dava acesso à cabine, e olhou para o cronômetro: 67 minutos. Era um recorde ao contrário, nunca havia demorado tanto num roubo. Havia conseguido um atraso de 32 minutos e estava todo ensangüentado. Tirou um pano que havia em sua sacola, molhou-o e o colocou ao redor da ferida na perna direita e fez o mesmo com o braço. A ferida da perna era pior, um grande corte havia sido aberto pela lança. Tirou a mochila, que estava com um pouco de sangue na lateral direita e lavou-a rapidamente; tirou sua touca e sua roupa colante, desmontou a mochila e a transformou novamente em um paletó. Lavou o rosto, enxugou-se bem, vestiu a calça do *smoking* e a camisa branca que estavam dobrados dentro da caixa da descarga. O *Bushido de Ouro* estava bem preso dentro do paletó. Jack certificou-se disso. Olhou-se no pequeno espelho que havia dentro da cabine. Colocou sua gravata-borboleta e saiu do toalete. Ao sair, deu de cara com um segurança de Matsumoto. Era o mesmo que o havia ficado observando na ida para o banheiro. Não deu outra, quando o segurança lhe dirigiu a palavra, deu-lhe um golpe no peito e jogou-o para trás. Quando o segurança pegou sua arma, Jack, sem hesitar, colocou um lenço em seu nariz, fazendo-o dormir. Jack deu uma última olhada no espelho, ajeitou a gravata-borboleta e saiu em direção à tenda, para a mesa 147.

Assim que Tanaka entrou no museu soube que alguém havia roubado o *Bushido de Ouro*. Era óbvio, mas quem? Como? Por que nenhum dos sistemas de segurança havia funcionado? Estava perplexo. Na verdade, foi a primeira vez que ficou sem reação. Estava mudo. Como iria comunicar esse fato a Matsumoto Sam? E quem poderia ter feito o roubo, alguém contratado? Mas quem? A mando de quem? Será que o oficial Kendo da PSJ estava envolvido nisso? Seria uma resposta à chantagem que haviam feito com ele? Poderia ser. Pediu para três de seus homens ficarem dentro do museu e esperar sua volta. Avisou que ninguém poderia sair da festa naquele momento, que segurassem todos os convidados que estivessem indo embora, não interessava como. Os seguranças da entrada do complexo do castelo disseram que ninguém havia passado por ali, pois ainda estavam servindo a sobremesa da festa e que provavelmente em meia hora alguns convidados começariam a se retirar. Sua preocupação agora, eram os netos de Matsumoto, as crianças que ficavam no quarto e quinto andar, mas as portas de acesso estavam fechadas. Foi até os quartos, um a um; estavam todos ou dormindo ou vendo TV. Tranqüilos, não perceberam nada. O ladrão que havia invadido o castelo, entrou especificamente para roubar o *Bushido de Ouro*, e, certamente, não havia saído do complexo do castelo ainda. Não teria tido tempo para isso. Ainda não, mas com certeza era isso que o "ratão" estava em vias de fazer.

Quando Jack chegou na mesa, estavam quase todos na pista, dançando. O último ato do show tinha acabado há poucos instantes. Somente José Marcelo estava sentado e, por incrível que pareça, estava quieto, olhando a todos que dançavam na pista. Benitez voltou para a mesa, estava muito alegre, tinha adorado o show que Heiji tinha preparado.

— Não ficou devendo nada ao da Broadway. Foi maravilhoso, fiquei todo arrepiado.

— Você fica arrepiado com qualquer coisa, né, Beni?

Benitez olhou com cara de poucos amigos para José Marcelo. Aparentemente, não gostou da gracinha. Bosch estava calado. Tinha que pensar rápido, o que iria fazer. Apesar de ter ficado mais de uma hora fora da mesa, percebeu que não haviam notado muito sua ausência ou, se tinham percebido, não ligaram, pois com a apresentação da peça, e logo em seguida, do DJ que apareceu no palco botando música eletrônica, sua presença não era essencial.

José Marcelo parecia estar um pouco bêbado, falava só bobagens. Jack nem reparava no que ele dizia, estava pensando em como sair de lá. Não contava que seria descoberto durante o roubo, não fazia parte de seu plano. Como e por quê alguém havia ido ao museu? Tinha que pensar rápido, precisava sair dali urgentemente, estava exausto. Os ferimentos e o sangue que perdera estavam começando a prejudicar suas reações físicas. Era nítido que não estava normal. Teria que agir conforme a situação, mas o que faria? Fugir agora seria a maior burrice, com certeza o pegariam, estavam todos atrás do ladrão. Sair como um convidado certamente era uma opção. Mas teria que esperar por uma leva grande de pessoas indo embora. Mas, ao olhar para José Marcelo, teve uma idéia: sua aparência não era das melhores, e a de José Marcelo também não. Estava aí o jeito para sair da festa: teria que parecer completamente bêbado.

30

Festa de gala V
A fuga

Tenda do Castelo Matsumoto

Monsieur Pasquim sabia, pelos movimentos de Tanaka e dos seguranças, que alguma coisa estava errada. Além disso, havia muito menos seguranças dentro da tenda. O Pintor provavelmente já tinha agido. Mas não via nenhuma reação por parte do pessoal da CIA, pelo contrário, eles estavam rindo, dançando na pista. Agiam normalmente. A única coisa anormal tinha sido aquela moça morena dar um encontrão proposital no capanga do Matsumoto, Tanaka. Percebeu também que ela se comunicava a todo momento pelo celular, e Scott Smith, apesar de estar aparentemente tranqüilo, também checava seu celular constantemente. Interessante também era a reação de Kendo, que sempre fora ativo, dinâmico e autoconfiante, mas ali na mesa parecia um morto. Estava imóvel ao lado de Mônica, mal conversavam.

– Sr. Tanaka, todas as saídas estão bloqueadas, tanto as do castelo como de todo o complexo. Seguimos exatamente o treinamento e as ordens estabelecidas pelo senhor.

Um dos seguranças da tenda informava Tanaka do posicionamento de seus homens.

– Ótimo, observem tudo. A equipe que está aí na festa, atenção, estou com a sensação de que nosso rato ninja está agindo como um convidado. Estou indo para aí...

Tanaka saiu sozinho em direção à tenda. Estava com a adrenalina a toda. Nunca havia ficado na situação de presa, de ser atacado, ao contrário, era sempre ele quem atacava e assustava, era o predador. Estava caminhando para a tenda quando viu um pedaço de grama mais escura. Iluminou a área com uma lanterna e percebeu que era sangue. Abaixou-se, passou o dedo naquela mancha escura e pastosa, cheirou e confirmou sua suspeita. Notou que havia uma trilha de sangue que vinha do castelo. Seguiu a trilha e viu que ia até o lado esquerdo. O ladrão havia entrado pelo segundo andar, a janela estava encostada, com um pequeno pedaço aberto. Somente olhando com muita atenção era possível ver esse detalhe, pois estava escuro. Seguiu a trilha na direção oposta e viu que ela parava na margem do lago, na direção da tenda. Agora tinha certeza que o ladrão não havia saído ainda do local do crime e certamente estava disfarçado de convidado. Chamou pelo comunicador novamente os seguranças.

— Gostaria que, na saída, vocês fizessem uma revista dos convidados ainda mais rigorosa do que a que foi feita na entrada. Revistem tudo e todos, inclusive peçam para tirarem os casacos e paletós, e passem pela máquina de raios X. Olhem com atenção, lentamente.

— Ok, senhor, mas isso vai atrasar muito a saída dos convidados, poderá criar uma grande fila.

— Não estou preocupado com esse bando de parasitas esfomeados. Nós vamos pegar esse intruso.

Tanaka chamou a central de segurança pelo rádio, para saber se haviam achado alguma coisa examinando as filmagens feitas no castelo ou na tenda. Se o ladrão era um convidado, alguma câmera teria que ter registrado alguém indo em direção ao castelo. Mas a resposta que recebeu foi negativa. Cinco seguranças estavam assistindo às filmagens cuidadosamente, mas não descobriram nada.

— Este ladrão é um fantasma — disse um dos seguranças que estava na vigia. Mas Tanaka pensou, é um ninja...

Benitez sentou-se à mesa e notou que Bosch estava de pileque e José Marcelo agora estava mais sóbrio, isolado e apreciando os convidados que dançavam.

— E aí, meu amigo, está triste?

— Não, na verdade estou muito cansado. Amanhã tenho que cobrir o treino da seleção brasileira, e para isso vou fazer uma viagem longa. Daqui a uns

5 minutos vou embora. Só estou esperando a Carol e o Henry dançarem um pouco para sairmos juntos.

— Ah, vocês vieram juntos, né?

— Foi, alugamos um carro e viemos juntos. Quer uma carona?

— Quero!!!

Era o que Bosch precisava, seria a melhor forma de sair da casa de Matsumoto, acompanhado pelos quatro colegas jornalistas.

— É, meu amigo carioca, Copa do Mundo é uma dureza. Temos estes momentos de festas, mas mal podemos curtir. Ainda temos que trabalhar na matéria sobre a festa que aquela moça, Yuri, quer que entreguemos até as 15 horas para que ela autorize a publicação.

— É, mas uma coisa é verdade, a grana valeu a pena! — ambos riram.

— Mas sabe Beni, para mim esta será a primeira e última copa. Adorei participar, ver a seleção brasileira de perto, este ambiente supermágico e tal. Mas meu negócio é matéria investigativa, assassinatos, roubos, mortes, coisas assim. É disso que gosto.

— É, você nos falou outro dia. Acho interessante, mas é muito chocante, não? Não sei se conseguiria.

— Meu chapa, é meu sonho. Sabe, uma vez entrevistei um traficante de um morro lá do Rio. Cara, no começo fiquei morrendo de medo. Fui lá no meio da favela, mas foi show. Deu certo, o cara me autorizou, o jornal também, e a publicação rendeu muito para mim, tanto que ganhei uns prêmios. Fiz outras entrevistas, aumentaram o meu salário e me deram de presente cobrir esta copa. Adorei mesmo vir aqui, mas não é a minha praia.

Bosch estava calado, movendo os olhos com lentidão, cheirando a bebida, com o cabelo suado, molhado, a gravata torta, era um patético bêbado. Para eles, tudo era simplesmente efeito da bebida, mas na verdade, Bosch estava se segurando para não desabar. Não via a hora de ir embora. Estava cada vez mais fraco.

— É, meu querido, não sabia que você era tão chegado assim nessa área investigativa. Ainda mais você, que é tão espirituoso, alegre, sempre brincalhão. Sabe, adorei te conhecer, mesmo, você é uma pessoa superdivertida.

— Ei, Beni, tá me estranhando, cara? Sou espada, *brother*.

Beni adorava a espontaneidade de Zé Marcelo.

— Bom, vamos chamar os meninos. Temos que ir andando. Acho melhor levar o Cubano, o cara está mal. Tá caindo aí. Vamos levantá-lo e levá-lo. Cubano, você consegue andar?

— Fique tranqüilo. Consigo. Mas não precisa me levar, vou pegar um táxi.

— Negativo, você está mal, percebe-se pela sua cara. Vem conosco. Vou te colocar na cama, literalmente – disse Benitez, rindo de seu comentário. – Vamos chamar aqueles dois que estão na pista. Essa Carol tem uma disposição, não? Não pára de dançar.

— Acho que o Henry se deu bem, vai papar a gostosona.

— Será?

— Bom, tirando você, Beni, todo mundo já tirou sua casquinha com ela.

— Mentira, me conta esse babado agora.

— Depois te conto. Vamos embora...

Levantaram-se e foram em direção à saída da tenda. Antes, pararam e falaram com a Carol e o Henry, que estavam num grande amasso num canto da pista. Avisaram que estavam partindo, e que se ficassem, teriam que pegar um táxi. Carol, para desgosto de Henry, concordou em ir embora, disse que estava tarde para ela. Voltou à mesa, pegou a bolsa e o xale e foram todos para a saída.

Tanaka, com dois de seus capangas, estava de olho. A primeira pessoa que fitou foi Kendo, que estava imóvel na mesa. Alguma coisa lhe dizia que ele estava envolvido. Poderia ser até o ladrão. Mas não parecia estar machucado. Afinal, o ladrão estava sangrando. Procurou olhar bem cada pessoa que saía da tenda, mas o volume de pessoas estava começando a aumentar.

Pasquim fumava um cigarro logo na entrada da tenda. Estava lá só para ver a reação de Tanaka. Percebia que o homem estava nervoso, sua feição não era a mesma do começo da festa. Conhecia o rosto daqueles que haviam sido enganados, vítimas do Pintor. Havia visto milionários, diretores de museus consagrados, grandes figurões e empresários – a maioria deles arrogante, prepotente, poderosa –, todos com cara de idiota depois que o Pintor os atacara. Era uma reação de surpresa, ódio, indignação. Como? Quem tinha feito aquilo? Tinham sempre a mesma cara que Tanaka tinha agora. Sim, naquele momento teve certeza, o Pintor já tinha executado o roubo e, pelo comportamento de Tanaka, não fora pego. Mas, e aí, qual seria o papel da CIA nessa história? Por que capturar o Pintor agora? Não sabia o que a CIA estava tramando, ainda não tinha entendido esse lance dos americanos. Só tinha uma certeza: o Pintor ainda não tinha fugido do local. Tanaka devia ter indícios de que ele ainda estava lá. Com certeza era um convidado e por isso ele estava na tenda, com meia dúzia de seguranças. Aquele batalhão que estava antes, no começo da festa, devia estar à caça do Pintor na área do castelo.

Benitez, Carol, Henry, José Marcelo e Bosch estavam na fila para passar novamente pela máquina de raios X. A fila era enorme, maior do que na entrada, Bosch estava aliviado, quando saiu da tenda havia passado ao lado de Tanaka, que não prestou muita atenção nele, apesar de ter olhado em sua direção. Possivelmente, nem o tinha visto de fato, pois sabia que Tanaka tinha faro de predador. Agora teria que escapar da máquina de raios X. O bloqueador de raios X estava em seu paletó. Mostraria apenas o paletó, dentro do qual estava o *Bushido de Ouro*, enganando a máquina. O problema é que os dez quilos do livro estavam pesando cada vez mais em suas costas. Tinha que colocar ele mesmo o paletó na máquina. Não podia deixar que ninguém o colocasse, pois perceberia na hora o peso excessivo.

– Nossa, de novo esta máquina – comentou José Marcelo.

– Poxa, parece que roubamos alguma coisa.

Bosch sorriu diante do comentário do colega jornalista. Carol estava tão cansada que nem respondeu. Henry, sempre querendo polemizar, também comentou:

– É, está meio estranho mesmo. Vocês notaram quantos seguranças há aqui, e que revista exagerada? Será que aconteceu alguma coisa?

– Beni, não aconteceu nada, estes caras são cismados mesmos – replicou José Marcelo.

José Marcelo foi o primeiro a passar pela máquina de raios X. Os seguranças pediam aos convidados que colocassem casacos, jaquetas e bolsas na máquina. José Marcelo, antes de passar, entregou o cupom ao manobrista. Esse procedimento, de entregar o cupom do carro antes de passar pelo sistema de segurança, estava sendo adotado para agilizar a fila. José Marcelo foi revistado por dois seguranças, que o liberaram rapidamente.

– Pessoal, vou na frente para pegar o carro, espero vocês lá.

Carol era a segunda a passar. Quando colocou a bolsa na máquina e o segurança pediu o celular para passá-lo separadamente, ela notou que o havia deixado na mesa em que estavam sentados.

— E agora? Vou voltar lá para pegar o celular.

Beni comentou que iria junto com ela, e saíram. Bosch olhou para Henry e disse:

— Vai lá, meu amigo, tem que ser *gentleman* nessas horas. Vai deixar Beni ser o cavalheiro?

— Tem razão, até já.

Henry foi atrás de Carol e Beni. Era o momento de Bosch passar. Demonstrava tranqüilidade, porém, por dentro sentia seu coração pular pela boca. Tirou o pesado paletó antes que o segurança o pegasse e colocou-o na máquina de raios X. O celular e a máquina fotográfica, conforme solicitado, ele colocou separado em outra bandeja para passar por ela.

Pasquim também estava na fila da saída, ao lado de Mônica. Na verdade, estava fazendo hora, não tinha pressa nem motivos para sair. Tinha a expectativa de que o Pintor houvesse realizado o roubo com sucesso, e que a CIA e os seguranças do Matsumoto não o pegassem. Estava lá para, se algo acontecesse, tentar ajudar seu inimigo a fugir do Castelo Matsumoto. Era a única maneira de a CIA não atrapalhar seu plano, que somente iria se concretizar dali a poucos dias.

Bosch foi revistado também por dois seguranças e foi liberado. Pegou seu paletó, vestiu-o rapidamente, pegou a câmera fotográfica e o celular, e saiu andando na direção de José Marcelo.

Tanaka estava sério, muito sério. Achou melhor ir para o portão de saída do castelo, pois, de qualquer forma, o ladrão teria que passar por ali, se já não o tivesse feito, pensou ele. Assim que chegou ao portão de saída dos convidados, viu, a uns 10 metros, o Cubano, conhecido de Heiji, pegando o paletó na cesta da máquina de raios X. Não podia acreditar: ele estava com uma mancha vermelha no canto esquerdo que chegava até as costas, bem marcada na camisa branca. Sem hesitar, foi em direção à máquina de raios X, pôs as mãos no bolso, quando...

...escorregou nos pés de Sofia, que estava na fila, e caiu no chão. Quando olhou ao redor, havia perdido de vista o Cubano. *Bakaero* (filho da puta), pensou Tanaka. Quando se levantou, viu Sofia, a moça em quem havia reparado durante a festa porque ficara de pé, do lado de fora da tenda, durante boa parte do tempo. Era a mesma que também havia esbarrado nele quando se dirigia ao castelo. Sofia, desta vez ficou calada, mas Tanaka sabia que ela tinha alguma coisa a ver com o assalto. Era muita coincidência. Pegou-a pelo braço, entregando-a para outro segurança. Scott Smith viu a cena e foi defendê-la, mas antes de falar alguma coisa, Tanaka foi em direção à máquina de raios X, passou na frente de um convidado, e seguiu para o estacionamento, onde havia uma fila para pegar os carros.

Bosch percebeu certa movimentação e viu Tanaka se levantando do chão. Algo estava acontecendo, tinha que fugir. Aproximou-se de José Marcelo, que, ao vê-lo, comentou:

– Está lá. Estão trazendo o carro, mas temos que esperar os outros. Vou pedir para esperarem e trazerem o carro novamente daqui a pouco...

– Não, vamos pegar o carro – disse Bosch, com uma voz forte e imperativa. José Marcelo estranhou a reação do Cubano. Nunca havia falado com ele daquele jeito, naquele tom. Devia estar bêbado. Notou que estava suando frio. Bosch olhou para trás novamente e avistou Tanaka, vindo em sua direção. Estava com o olhar atento, procurando por ele. Como havia descoberto que ele era o Pintor? Não tinha a mínima idéia, mas isso não importava agora. Tinha que escapar de qualquer jeito. Tanaka estava com olhar de caçador, olhando para todos os lados. Bosch tinha que ser rápido: ficou ao lado de José Marcelo e colocou uma arma feita de fibras de carbono – imperceptível ao infravermelho, para escapar do detector de metais –, em sua barriga.

– Vamos entrar no carro já!
– O que é isso?
– Cale a boca, vamos já! Entra aí no carro. Não pense duas vezes, posso acabar com sua vida. Poupe-me disso, vamos!!!

José Marcelo estava confuso, não estava entendendo nada. Tanaka havia chegado... Pôs a mão no braço de Bosch, bem no local que estava sangrando.

– *Bakae...*

Antes que Tanaka terminasse a frase, Bosch deu-lhe um tiro na barriga, lançando-o contra o chão. Apontou para José Marcelo e gritou:

– Não quer ser o próximo, quer?

O manobrista estava imóvel. José Marcelo entrou no carro sob a mira da arma. Tanaka rapidamente se levantou, José Marcelo ligou o carro, Tanaka deu um murro na janela do carro a fim de pegar Jack, mas o veículo já estava em movimento. Tanaka estava a pouca distância, menos de 5 metros, ia fuzilar o carro. Pegou sua arma, apertou para destravá-la, quando sentiu um revólver apontado para a sua cabeça. Era Scott Smith, da CIA.

José Marcelo tremia e estava esperando o momento para agir, iria bater o carro, fazer alguma coisa. Aquela arma em sua barriga estava incomodando e muito.

— O que é isso? Você está louco?

— Vamos andando, só isso. Não vou fazer nada com você, prometo.

— Bosch, calma, já saí com o carro, estou fazendo o que você me pediu. Agora pra que isso, espera aí, você está me ameaçando? Sou seu amigo.

— Não — respondeu Jack, tirando o paletó. Ele estava sangrando mais, provavelmente o toque de Tanaka havia aberto a ferida. O pano branco que havia colocado para estancar o sangue já não estava funcionando. E era possível que Tanaka tivesse visto a mancha em suas costas, o que o delatara. Jack estava cansado, muito cansado, estava com muita dor, pingando de suor, se esforçando para não desmaiar. Sabia que isso poderia ocorrer a qualquer momento e, se ocorresse, seria pego. Teria que pensar rápido, muito rápido. Tinha que agir.

— Não, como você gosta de falar, meu amigo, não estou te ameaçando. Vou te fazer uma proposta, cabe você aceitar ou não. Bom, primeira coisa, siga na direção de Yokohama. Apresse-se.

José Marcelo estava chocado. Aquele cara, com quem tinha feito amizade ao longo do mundial, estava agora apontando uma arma para ele. Parecia uma arma de brinquedo, feita de plástico, mas pela precisão do disparo no segurança de Heiji, a arma era bem de verdade. Devia ser o mesmo tipo de arma com que os criminosos traficantes escapavam das prisões do Rio de Janeiro, armas feitas de material que driblava os sistemas de segurança. De fato, o Cubano estava falando sério.

— Ok, você está com essa arma apontada para mim, me pressionando o estômago. Não tenho saída. Qual é a proposta?

— Você disse inúmeras vezes, inclusive hoje, que seu sonho é entrevistar alguma personalidade do mundo do crime: traficante, terrorista, sei lá. É sua chance. Eu sou o Pintor, o ladrão...

— Fala sério. Você, Cubano?

— É sério! Não tenho tempo para você duvidar de mim.

— Bom, não sei o que você fez, mas, pela cara dele... o segurança do Heiji estava bem nervoso com você.

— Bom, é o seguinte: darei 20 mil dólares se você fizer o que eu pedir. Além de dar uma entrevista para você, exclusiva. Deixarei você publicá-la. Ninguém nunca esteve ao meu lado, como você está agora. Ninguém nunca falou comigo ou teve algum registro meu, nada. Sou um fantasma nos arquivos da polícia do mundo inteiro.

— Há. Espera aí. Quem você pensa que é?

— Você não disse hoje para mim que seu sonho era fazer jornalismo policial, entrevistando personalidades do mundo do crime como você havia feito com o traficante no Rio? Então. Eu sou uma pessoa conhecida. Acho que você teria este interesse. Estou certo?

— Cara, acho que você, apesar de estar com essa arma apontada para mim, não tem muito o que exigir ou negociar, você está tremendo, está suando frio. Não vai demorar muito e você vai entrar em choque e provavelmente desmaiar. Se você me matar, não terá forças para dirigir este carro para onde quer que você esteja fugindo, para o aeroporto, sei lá.

Jack apertou a arma com força contra a barriga de José Marcelo e disse:

— Pode ter certeza que terei força suficiente para isso. Já passei por situações piores que esta. Se você não quiser me ajudar, ok.

Engatilhou a arma. José Marcelo viu que o Cubano estava com outra feição, mais séria, diferente daquela que conhecia, e essa feição não era de dor. Era de um homem frio, calculista.

— Ok, vamos lá.

— Você irá fazer exatamente o que eu te pedir. Sem hesitar. Darei 10 mil dólares agora e o resto, deposito em sua conta.

José Marcelo estava um pouco trêmulo, porém mais calmo. Prestava atenção em tudo o que Bosch falava, porém não deixava de pensar numa maneira de sair daquela situação com vida e a salvo.

— Diga-me, Cubano, como vou ajudar você. Se é somente levá-lo ao aeroporto, não tem problema. Farei isso com prazer, afinal, estou guiando o lendário Pintor, né?

Bosch achou engraçado o tom de voz de José Marcelo. Notou um ar de deboche. Deu um sorriso e tirou o nariz pontudo. Nesse momento, José Marcelo quase bateu o carro...

— Nossa, é um nariz postiço? É perfeito! Nunca vi nada assim antes. Cara, sou observador, cara, é perfeito mesmo.

— É, meu caro, eu sei. Portanto, você percebeu, sou uma pessoa treinada, e muito precisa. Se você não colaborar, não será nada bom para nós.

— Ok, sem problemas. Ajudarei, meu chapa. Uma pergunta: podemos começar a entrevista agora? Ligo meu gravador e...

Jack deu um grito.

— Não!!! Não farei a entrevista agora! Sou um homem de palavra, vou fazê-la, mas não hoje. E vou pagar também conforme combinado. Você só precisa me levar até a cidade de Yokohama e pegar uma encomenda para mim, no hotel Intercontinental. É só se dirigir até a recepção e pedir a mala. Está aqui o cupom com o controle do *Bell Captain*. Só isso. Depois vou embora.

José Marcelo parecia ter sido escolhido mesmo a dedo pelo Pintor. Ele dirigia bem o carro, andava num ritmo rápido, sem chamar a atenção. A estrada estava lotada, cheia de carros. Era a saída dos torcedores do jogo entre Croácia e Equador, no estádio de Yokohama. Na maioria eram japoneses mesmo. Não havia muitos torcedores do Equador e menos ainda da Croácia, mas mesmo assim o estádio estava lotado. O trânsito iria ficar muito lento.

— Acelere este carro – ele pediu.

O movimento dos carros estava aumentando. Bosch calculou certinho. Mais 5 minutos e provavelmente o trânsito ficaria bem mais engarrafado.

Quando estavam chegando no hotel Intercontinental, em Yokohama, Bosch pediu para parar o carro na frente do hotel.

— É o seguinte, vou te dar o número: 4672. Você só precisa ir até lá e pedir uma mala de mão. Entregue este recibo e lhe darão a mala. Somente isso. Ok?

— Ok.

— Se você se comunicar com alguém, eu ficarei sabendo. Escapo daqui e depois dou um jeito de te visitar, e não será para dar uma entrevista. Eu asseguro.

— Cubano, fique tranqüilo, também sou um homem de palavra. Vou pegar a mala para você. Na verdade, você acertou na mosca, vou querer mesmo esta entrevista.

— Ok, estarei esperando aqui na porta com o carro. Vá andando, não tenho tempo.

José Marcelo saiu do carro em direção à entrada do hotel. Era a menor distância mais longa de sua vida. Os poucos metros que o separavam da entrada pareciam ser muitos, era muito longe... Estava excitado e ao mesmo tempo preocupado com o que iria fazer. Estava ajudando o maior ladrão do mundo, iria pegar a mala para ele. Se fosse fácil, o próprio Bosch pegaria a mala. Será que havia alguma armadilha esperando por ele? Polícia? Os homens da Yakuza? Afinal, ele também sabia que Heiji era metido com a Yakuza, e estava caindo a ficha para ele. Bosch, o Pintor, devia ter feito alguma coisa naquele dia. Por isso estava tão nervoso, com aquela arma apontada para ele. Os passos de José Marcelo estavam começando a diminuir. Ficando mais pesados. A consciência também estava ficando pesada. José Marcelo não era nenhum santinho, morava no Rio de Janeiro, freqüentava as favelas atrás de notícias quando trabalhava com jornalismo criminal, porém, ajudar um ladrão, isso nunca havia feito. Mas uma coisa era verdade: 20 mil dólares era quase um ano de salário. Limpo, sem imposto nem nada. Ele estava precisando daquele dinheiro, iria livrá-lo de suas dívidas, ainda mais com o aluguel alto de seu novo apartamento. Poderia trocar seu carro velho, aquele Gol 91, modelo popular. Esse dinheiro chegaria em boa hora, além disso, ele teria uma exclusiva com o lendário Pintor. Isso daria uma baita grana, sem falar do prestígio...

Quando chegou na porta do hotel, ele parou. Todas as pessoas pareciam suspeitas, todos pareciam vigiá-lo e saber o que ele estava fazendo. Será? Ele estava começando a pensar em desistir. Porém, se ele não ajudasse, provavelmente o Pintor iria atrás dele. Será que o mataria? Mas ele não diria nada à polícia? Mas, e agora? E se os homens da Yakuza desconfiassem que ele tinha ajudado o ladrão? Será que iriam torturá-lo? Ele já estava fodido, metido na encrenca. "Merda", pensou ele, é o que minha mãe sempre diz: "se eu não procuro problema, o problema me procura". Agora não tem mais volta, se eu não fizer, vão chegar em mim, e de qualquer forma, vão me associar ao Pintor. É sempre assim, o mais fraco paga o pato. A corda arrebenta do lado mais fraco. Virão polícia, Yakuza etc. Estou fodido. Já que estou, pelo menos, que seja com dinheiro. Pego a grana, coloco logo numa conta. Já sei, não vou botar na minha, boto na conta da minha prima que vive em Nova York como garçonete. Eu a aviso. Ela vai entender, a Ana. Aí, se a polícia me pegar, conto a verdade, que fui forçado a fazer isso senão ele me matava, fiquei com medo e peguei para ele esta mala. Conto tudo que vi dele. Vou prestar atenção em seu aspecto físico. Vou observar ao máximo. E depois, quando me livrar, consigo a entrevista com esse picareta. Agora, pode ser também que ninguém descubra. Aí, sem problemas, me livro desta e fico bem...

José Marcelo, ao entrar no hotel, foi em direção ao *Bell Captain*, na recepção.

– Boa noite. Vim retirar uma bagagem. Este é o recibo.

– Sim, senhor. Qual é o seu nome?

Ele não esperava por essa pergunta. E agora? Falava seu nome ou do Bosch, ou de quem? Qual era o nome que tinha que ser dado? Não conseguia se lembrar. Bom, o Pintor é inteligente, se fosse para dizer o nome dele, teria falado. Vou dizer o meu.

– É José Marcelo.

– Ok, senhor. Um momento.

O *Bell Captain* voltou depois de menos de um minuto com uma valise de mão. Era uma Sansonite preta e pequena que José Marcelo pegou sem hesitar, agradecendo ao rapaz.

– Um momento.

A frase deixou José Marcelo nervoso. E agora, o que seria?

– O senhor precisa assinar aqui.

Jose Marcelo assinou, agradeceu novamente e foi embora.

Saiu andando. Olhou para cima e avistou uma câmera. "Caralho, vão me ligar a este merda, tem uma câmera filmando. Quando os 'gambé' começarem a mexer no caso, vão ver quem andou no hotel e pronto, lá estou eu com esta mala. Que faço? Agora não dá mais, já fiz", pensou José Marcelo. Estava pingando de suor, o nervosismo começava a lhe fazer tremerem as pernas.

Logo ao sair, lá estava Bosch, dentro do carro, dizendo:

– Vamos, vamos logo!

José Marcelo se apressou e saíram rapidamente do local.

– Obrigado, Zé Marcelo.

Bosch falava português perfeitamente, sem sotaque.

– Você fala português muito bem.

– Claro que sim. Anota isso na minha biografia. Bom. Agora vamos até a estação de metrô. É lá que acaba nossa aventura.

– Mas e o aeroporto?

— Nunca falei de aeroporto com você. Você vai me deixar na estação de trem Kannai. Fica a 5 minutos daqui.

Ao chegarem na estação, Bosch pediu para José Marcelo estacionar o carro ao lado de um supermercado que ficava na mesma quadra que a estação de trem.

— Meu caro, chegamos. Eu desço aqui.

Jack anotou um e-mail num pedaço de papel.

— Olha, me mande um e-mail com sua conta bancária. Farei o depósito daqui a alguns dias. Na conta que você quiser, ok? Tenho que ir.

— Ok. Que maneira de nos despedirmos, né? Sabe que até gostei de trabalhar com você...

Neste momento, Jack colocou uma algema no braço de José Marcelo e no volante.

— Desculpe, mas é para a nossa segurança. Vou jogar a chave na cesta de lixo que está na porta da estação de trem. Provavelmente algum guarda achará estranho você ficar estacionado aqui muito tempo. Não esqueça, não me denuncie, ok? Espere 15 minutos, daí chame alguém para te ajudar e conte onde está a chave. Tenho que ir. *Ciao*.

Bosch saiu do carro com sua maleta de mão preta, usando um boné preto. Quando José Marcelo olhou, ele já havia desaparecido. Que coisa. Havia estado com o lendário homem, e tinha até ajudado a pegar sua mala.

Jack entrou na estação de trem de Kannai. Já tinha o bilhete, não precisou comprar. Embarcou rapidamente no primeiro trem que ia na direção da estação Ishikawa-Cho, ao sul de Yokohama. Chegando lá, foi até o banheiro. Os alto-falantes já anunciavam que estava na hora de fechar a estação. Os passageiros tinham só mais uma hora para fazer suas conexões. Jack sabia, o tempo estava sob controle. No banheiro, começou a se trocar: tirou o *smoking* e a camisa que estava coberta de sangue. Embrulhou sua roupa e colocou num saco preto. Não iria jogar ali na estação. Tinha seu sangue, prova que seria crucial para o pessoal da CIA e Interpol. Fez um rápido curativo. Desinfetou os ferimentos com água e colocou outro pano úmido. Guardou o *Bushido de Ouro* na mala de mão, juntamente com o saco preto com a roupa usada. Colocou uma peruca loira, que tirou da mala. Trocou as lentes por um par de cor diferente, azul. Colocou um aplique de dentes grandes. Passou um *spray* no rosto, para deixar sua pele bem vermelha. Saiu do banheiro e foi até a saída da estação. No lado de fora, entrou numa fila para pegar um táxi.

— Pois não, senhor, boa noite.

— Por favor, me leve até o porto de Yokohama.

— Ok, senhor.

Estava chegando ao porto. Avistou a ponte da baía de Yokohama, estava próximo de sua fuga. Ficaria seguro somente dentro do navio. Chegando ao porto, foi em direção ao embarque. Na polícia federal japonesa, mostrou o passaporte americano, agora na pele de Clark Richardsom.

— Boa noite, oficial.

Jack já foi tirando o passaporte, de forma espontânea, como um oficial da marinha.

— Boa noite, senhor. Pois não?

— Estou no horário?

Jack mostrou a chave de sua cabine, que era o cartão de acesso ao porto para ir ao navio da Holland. Duque havia feito seu *check-in* pelo computador em Cingapura e havia mandado a cópia da chave da cabine 7812 pelo correio. Era a mesma do navio.

— Sim, senhor. Por favor, o passaporte.

— Ah, esqueci. Está aqui.

— Sim, sr. Richardson. Pode passar.

— Obrigado.

Jack passou pela segurança e pegou um *shuttle* até o navio Holland Amsterdã, ancorado a cinco minutos da entrada do porto. Poderia ir a pé, mas no seu estado, sangrando muito, não dava. Estava muito cansado. Seria melhor economizar energia e ir pelo *shuttle*. Chegando ao navio, mostrou a chave magnética ao oficial do navio e colocou sua mala de mão na máquina de raios X.

— Boa noite, senhor. Gostou da cidade?

— Muito.

— Espero que tenha aproveitado.

— Graças a Deus. Agora, precisamos ir embora. Chega desta cidade. Cansei. A que horas partimos mesmo?

— Às 2 da manhã senhor. Se bem que faltam apenas mais seis pessoas, sendo quatro da tripulação. Se não demorarem para chegar, sairemos até mais cedo.

– Que maravilha! A que horas chegaremos em Kioto, amanhã?
– Às 9 horas estaremos ancorando.
– Que beleza, vou tomar um chá e relaxar.
– Boa noite, senhor.
– Boa noite.

PARTE III

31

Restaurante Jumbo

Hotel Península, Kowloon, Hong Kong
19 de junho de 2002

Jack havia chegado havia dois dias. Estava bem melhor, as feridas já estavam cicatrizando. Apesar de ter sangrado bastante, por sorte a lança não tinha perfurado nenhum órgão. Apenas precisou de pontos: 11 em seu braço e 7 na perna. Fez os curativos a bordo do navio.

Hospedado no hotel Península, estava registrado como Fabian Man Netedurd, holandês, executivo de uma empresa de computação gráfica dos Estados Unidos. Estava ali também a trabalho. O quarto era ótimo, no último andar, com vista para a baía de Hong Kong e para o outro lado da ilha com seus belos e modernos arranha-céus.

Jack esteve pela manhã no centro de Kowloon, numa pequena alfaiataria, à procura de Jang Lee, proprietário da loja que funcionava como fachada. Na verdade, ele conhecia bem o pessoal do porto de Hong Kong, era um laranja, conseguia fazer sair pelo porto o que quisesse. Era uma indicação de Duque, que o havia selecionado entre três nomes quentes obtidos na Interpol. Era um cara sujo que ajudava tanto a polícia como os contrabandistas e ladrões, muito conhecido na ilha de Hong Kong. Duque havia dito que nenhum dos três era confiável, porém, Jang Lee era o menos salafrário.

Jack encontrou a pequena loja, que ficava no subsolo de uma galeria, entre várias lojas que vendiam de tudo. Estava fechada, mas havia uma placa dizendo "volto logo". Não quis ficar esperando, foi dar um passeio e depois de uma hora estava de volta. Não era difícil reconhecer, de acordo com a descrição que Danny tinha lhe passado, o chinês baixo, gordo, com um pequeno bigode no rosto. Ele estava com uma fita métrica pendurada no pescoço, vestia roupas largas e a camisa estava para fora da calça. Assim que Jack chegou diante da loja, abriu um sorriso, e perguntou que língua ele falava. Jack sabia que aquele homem falava todos os idiomas possíveis.

— Holandês.

Lee, num holandês surpreendente, lhe desejou um bom dia e perguntou o que poderia fazer para ajudá-lo. Jack ficou surpreso, aquele homem falava holandês fluentemente.

— Bom dia, preciso exportar um objeto, me mandaram falar com o senhor.

Lee fechou a porta de vidro e uma cortininha bege, desgastada.

— Vamos tirar suas medidas então... Só não trabalho com drogas.

— Eu também não trabalho com drogas. É apenas um objeto valioso, não quero pagar imposto em excesso...

— Hum, entendo. Bom, quer mandar para onde?

— Estados Unidos.

— Leste ou Oeste?

— Los Angeles.

— Ok. Bom, tem um navio que sai hoje, em uma semana sua entrega já estará lá em LA.

— Muito bom. E quanto custa?

— Sete mil dólares, mais o frete.

— Caro, não?

— Se quer que a encomenda seja entregue sem riscos, esse é o valor. Não me interessa o peso, o objeto. Se for droga, já aviso, vão descobrir, e você perde o dinheiro. Caso contrário, não tem erro. Será entregue em uma semana. O valor deve ser pago em *cash*.

— Bom, ok.

— Então vamos marcar hoje à noite, você me paga um belo jantar no restaurante Jumbo. Deve conhecer, penso eu?

— Quem não conhece?

— Então. Leve a grana, a mercadoria e o endereço do destinatário em Los Angeles. Aproveitarei para comer aquela saborosa sopa de tubarão. É maravilhosa.

— Mas espere um pouco, pago a metade?
— Negativo. Tudo. Dou um recibo se quiser.

Jack sabia que era altamente arriscado, mas no mundo do crime, é preciso arriscar na maioria das vezes, e pelo valor que ele cobrava, era certo que trabalhava bem. O recibo era, no mínimo, uma brincadeira daquele baixinho gordo com ar sarcástico.

— Ok, mas se não for entregue em uma semana, eu volto aqui. E na volta não vou lhe pagar um jantar com sopa de tubarão. Darei comida para tubarão...

Jang Lee soltou uma gargalhada.

— Rapaz, gosto de você, tem senso de humor. Mas vou lhe contar uma coisa, trabalho há vinte anos, sempre fazendo isso. Trabalho com pessoas que você nem imagina do que são capazes. Por isso trabalho muito bem e por isso cobro caro.

— Ok, nos vemos então?
— Nos vemos hoje, às 21 horas!

Assim que Jack saiu da loja, Lee pegou o telefone...

Castelo Matsumoto
Yokohama, Japão

Pasquim estava no castelo junto com Tanaka. Ele havia se apresentado a ele, disse que poderia ajudar, pois achava que sabia quem tinha feito aquele roubo. Tanaka já sabia que era o Pintor, o pessoal da CIA havia passado essa informação para ele e tinham informado muito mais, o roubo havia sido encomendado ao Pintor por Sughimoto, homem da máfia japonesa nos Estados Unidos, que era ligado à família Oshimo, rival dos Matsumotos no Japão. Estava tudo se encaixando agora para Tanaka: começava uma nova guerra entre as famílias da Yakuza. Os próximos anos seriam de muito sangue. Mas, mesmo assim, Tanaka queria escutar Pasquim, afinal, não confiava no pessoal da CIA, muito menos em Kendo, que agora estava comprado e em suas mãos.

Pasquim passou horas, juntamente com seu assistente Mark Pierre, tirando fotos e coletando o que podia para conseguir alguma impressão digital, mas como já imaginava, não conseguiria nada. Tanaka pediu para falar com ele em particular, gostaria de saber sua opinião sobre o motivo do roubo.

– Sr. Tanaka vou ser sincero. Não precisaria lhe dar nenhuma satisfação, pois não sou seu amigo, além do mais, não gosto de criminosos e sei o que sua organização faz. Mas é o seguinte: provavelmente os caras da CIA já falaram que foi o Pintor que fez o roubo, isto é certo, está na cara, pela cena do crime. Somente ele faz esses roubos com essa agilidade, coragem e, ainda mais, brincando conosco. Esses brinquedinhos que você citou, sabe o que são?

Tanaka ficou olhando fixamente para ele.

– São pistas, sr. Tanaka. Ele as deixa de propósito, pois essas pistas são a sua assinatura. E são essas pistas que viemos desvendar, pois ele sempre cita um quadro. Aquele rapaz, meu assistente, é especialista em descobrir o nome do quadro que foi usado como pista neste roubo. Mas isto não vem ao caso. O que interessa, suponho, é saber quem o contratou para roubá-los, pois isso tudo a CIA deve ter falado também. Tenho certeza que a CIA passou a vocês a mesma informação que me passou, aliás, quem o contratou foi um tal de, deixa eu ver – Pasquim olhou seu caderninho de anotações –, Sughimoto, da Califórnia. Pelo que sabemos, ele tem ligações com a família Oshimo, ou seja, estaria a mando deles, e com isso, vocês irão começar uma guerra etc. e tal.

Sabe, na minha opinião, duvido que o tal de Sughimoto esteja envolvido com a família Oshimo no planejamento desse roubo. Vou lhe dar esta informação em *off*. Fiquei sabendo que Sughimoto tinha uma dívida gigantesca com a receita americana, e, de repente, a dívida sumiu. Foi feito um acordo. Conheço bem a CIA, e desconfio que foi uma armação para o Pintor, esse Sughimoto e a Yakuza. Tudo foi feito para que ocorresse o roubo e vocês tomassem conhecimento. Vocês deduziriam que a família Oshimo é a mandante final e começariam uma guerra, o que facilitaria para a CIA acabar com o esquema todo de contrabando aqui na Ásia. Matam-se vários coelhos com uma cacetada só. Pegam o maior ladrão do mundo, um inadimplente na Califórnia, desarrumam a Yakuza, favorecem o contrabando do pessoal da América Latina, que interessa a eles – você sabe, eles são patrocinadores dos latinos – e todos saem ganhando. A América salva o mundo novamente.

Tanaka ficou olhando para ele com um olhar pensativo. De fato, o que aquele cara da Interpol estava dizendo tinha sentido, era bem a cara da CIA. Iria falar com Matsumoto Sam.

— Vou pensar no assunto. Só gostaria de saber o que você ganha me contando essa sua hipótese.

— Sou da Interpol. Pode ver no meu cartão, sou da área de furtos, não me interessa a CIA e suas tramas mundo afora. A mim interessa capturar este ladrão. Só isso. Bom, esta parte que lhe falei, tenho certeza que o pessoal da CIA não contou.

Pasquim chamou Mark Pierre e perguntou se já podiam ir embora. Tanaka atendeu a um telefonema, que durou uns dois minutos.

— Estarei chegando aí lá pelas 20 horas. Vou preparar o jato agora mesmo. Tanaka saiu sem se despedir. Pasquim perguntou para Mark Pierre se havia descoberto, pelas pistas, qual era o quadro ou a obra de arte que o Pintor havia usado desta vez.

— Sim, descobri, *monsieur* Pasquim. Foi fácil, ele deixou pistas bem evidentes.

— Qual foi o pintor que ele usou?

— Bosch.

— Como sabe?

— Bom, ele usou o quadro *O Jardim das Delícias*, de Hyeronimus Bosch, pintor holandês. Esta obra, na verdade, é um painel dividido em três partes, um tríptico. A parte principal representa um enorme jardim com lagos e repuxos de água, repleto de homens e mulheres nus em exótica convivência. Na obra, percebe-se a satisfação das pessoas: todos, homens e mulheres, confraternizam-se inocentemente, banhando-se e comendo frutas. Os homens exibem-se perante as mulheres com acrobacias perigosas, as mulheres banham-se languidamente. Há muita cor, muito movimento. Acredito que, com relação a esta parte, o Pintor tenha feito uma analogia, com a Copa do Mundo, onde todos estão em harmonia, e onde há festas, muita alegria no ar, como se não existissem problemas no mundo. Claro que a festa em questão foi a de ontem, a festa do Matsumoto. A maior festa durante o mundial, apesar de não pertencer ao mundial. Muita ostentação, riqueza e poder.

— Interessante, Mark Pierre. Que mais?

— No lado direito está o inferno, com a condenação eterna, fogueiras ardentes, cuspindo enxofre. Há uma criatura que lembra um pássaro que devora as vítimas humanas e depois as defeca num poço de excremento e vômito, um castigo para os que incorrem em pecado. Acho que neste caso, é evidente que o Pintor se refere ao Matsumoto Sam. Para mim está bem claro, *monsieur*. E tem também a parte esquerda do painel, onde há um jardim, com a presença de Adão, Eva, e entre eles, Cristo, frutas, uma girafa e um elefante branco. Exatamente os dois brinquedos de plástico que ele deixou na redoma de vidro, no lugar do *Bushido de Ouro*. Além do mais, pelo que vimos, ele entrou pelo jardim japonês ao redor do castelo, pelo lado esquerdo, assim como esta é a parte esquerda do tríptico. A parte esquerda da obra representa ainda o paraíso, a redenção dos pecados, que para o nosso Pintor...

Os dois falaram ao mesmo tempo:

— Ladrão que rouba ladrão tem cem anos de perdão.

— Uau, estou impressionado, Mark Pierre. A famosa frase milenar.

— Ele é muito bom, não, *monsieur* Pasquim?

— Não, filho, estou impressionado com você. Você está ficando bom nisso. Parabéns.

— Na verdade, *monsieur*, tem um detalhe que facilitou toda a minha conclusão sobre o quadro *O Jardim das Delícias*, de Hyeronimus Bosch. Havia também um pedaço de papel com os dizeres: "Foi pelo jardim dos encantos que cheguei ao jardim do Éden, pássaro monstro faz a homenagem". Com esta frase nem precisava das outras pistas.

Pasquim deu uma boa risada. Ele e Mark Pierre foram embora para o hotel, em Tóquio.

O Jardim das Delícias, 1505-1510, Museu do Prado, Madri.

Hong Kong
19 de junho de 2002

Jack estava na fila de táxi do hotel Península para ir ao restaurante. Antes de entrar no táxi, colocou dois pacotes no porta-malas do carro e indicou o endereço ao taxista: restaurante Jumbo. O motorista, um chinês com uma cara simpática, dentes separados, camisa com estampa colorida, olhou para Jack.

– Jumbo! Jumbo! Jumbo! – repetiu três vezes o nome do local. Jack sorriu de volta acenando com a cabeça mostrando que o motorista estava correto. O motorista seguiu em frente com o carro, entrando nas avenidas largas e lotadas de Hong Kong. Durante o trajeto, o motorista olhou para Jack pelo espelho retrovisor e perguntou.

– Jumbo?
– Sim, restaurante Jumbo.

Depois de uns 5 minutos veio a mesma pergunta:
– Jumbo?

– Sim – respondeu Jack, que estava começando a perceber que o motorista estava atrapalhado e perdido, se bem que ele estava no caminho certo, cruzava agora o pedágio da ponte que liga Kowloon a Hong Kong Island. O motorista seguiu em frente, deu algumas voltas, fez perguntas a uma senhora que estava andando na rua com uma sacola de supermercado, até que chegou no cais que dava acesso ao restaurante. Jack agradeceu a corrida e saiu do carro. O motorista ficava repetindo, ainda, Jumbo! Jumbo!. Jack percebeu que era uma forma gentil de se comunicar, já que o homem não falava inglês. Jack caminhou por dentro do acesso ao cais, num piso com cobertura de madeira que traçava o caminho até um barquinho típico chinês, decorado com luminosos. Cumprimentou o condutor do barco *BumBoat*, e indicou que ia ao restaurante. O mesmo fez um sinal de positivo. Estavam saindo quando chegou um casal. Pelas roupas, Jack percebeu que eram americanos. O homem, um senhor de uns 70 anos, usava tênis, meias grossas altas, calça de prega bege-claro e camisa pólo. A mulher era uma senhora gorda, de olhos claros, cabelo loiro tingido, e usava muitas jóias. Ambos eram muito perfumados e desejaram boa noite a Jack.

Assim que o casal se ajeitou, sentando nos bancos de madeira, o segurança do barquinho liberou o barco a vapor, que vagarosamente seguiu para o iluminado restaurante-barco, que ficava ancorado mais adiante, em alto-mar. Era um trajeto rápido, uns 5 minutos, ventava um pouco. O restaurante era de fato muito bonito. De noite, iluminado, figurava nos cartões-postais de Hong Kong.

Assim que Jack chegou, esperou a *hostess* atender ao casal, e se apresentou em seguida. Ela perguntou se havia feito reserva e ele disse que não sabia, pois iria encontrar... Não completou a frase, pois ela logo disse:

– Mr. Lee?

– Exato, Jang Lee.

– É só me acompanhar, por favor.

A bela chinesa, que trajava um vestido vermelho tradicional, o conduziu até a mesa de Lee, no segundo andar do barco. Subiram de elevador os dois andares. Lee já estava sentado numa mesa com vista para fora, na parte da frente do restaurante. Excelente mesa, pensou Jack. Lee já estava comendo camarões fritos com as mãos. Jack, de longe, avistou o grande copo de uísque. O gordo chinês estava com a mesma roupa que trajava pela manhã. A única diferença era o odor que se fazia sentir.

– Boa noite, sr. Lee.

– Boa noite, sr. Fabian.

– Por favor, sente-se, sente-se...

A *hostess* gentilmente ajeitou a cadeira de Jack, que pôde apreciar a bela vista pela janela.

– Então, meu amigo. Trouxe o produto? – disse mr. Lee, olhando para o pacote que Jack estava carregando.

Era um pacote de dimensões médias, bem embalado, que Jack passou para ele. Lee o segurou, chacoalhou e disse:

– Pesado, não? Bom, está em boas mãos. Eu já pedi os pratos, é uma especialidade chinesa, um *mix* de vários pratos. Vem um pouco de cada. Espero que goste.

– Vamos ver.

– Ok. Vou chamar o garçom para tirar seu pedido de bebida. O que você gostaria de beber?

– O mesmo que você.

– Um duplo?

– Exato.

Passaram a noite conversando sobre assuntos diversos, inclusive, é claro, sobre a Copa do Mundo, não tinha como não falar. Lee adorava fazer apostas em futebol. Comentou que havia recebido uma dica, estava apostando uma grana alta na seleção alemã: 100 mil dólares, para chegar até a final.

– Falando nisso – disse mr. Lee –, vou até o banheiro esvaziar a bexiga e aproveito para ver o resultado dos jogos, tem uma TV ao lado do banheiro.

Jack ficou olhando aquele chinês baixinho gordo andar. Ele demorou uns 5 minutos para voltar. Jack pensou que devia estar com a bexiga bem cheia. Também, bebera uns três uísques duplos! Bom, Jack também estava com vontade de ir ao banheiro. Quando Lee chegou, Jack disse:

– Agora é a minha vez. A propósito, qual é o placar do jogo?
– O jogo, nem olhei. Acho que estava tão apertado que nem me dei conta.
– Te conto na volta.

Jack foi em direção ao banheiro que ficava no *hall* de entrada do restaurante, no segundo andar. Lá havia uma grande tela de plasma que estava transmitindo o final do jogo entre Coréia e Itália. A seleção da Coréia tinha acabado de fazer o gol de ouro, mas pela discussão em campo, Jack concluiu que o gol não devia ter sido muito legal. Os italianos estavam em peso em cima do árbitro. O narrador comentava o jogo de maneira muito agitada, em chinês. Algo devia estar errado com a marcação do gol. Era nítido na cara dos italianos. Mas havia também outra coisa errada, pensou Jack: Lee, durante o jantar, havia falado muito sobre a copa, disse que havia apostado 100 mil dólares e não reparou nessa grande tela de plasma no *hall* do banheiro? Algo estava muito errado. Jack caminhou em direção da porta do restaurante e espiou Lee, que estava com o celular na mão e dando um sinal para fora da janela. Jack foi em direção à janela e avistou uns 10 homens de preto saindo do barco e correndo, entrando no restaurante.

Haviam armado para Jack, mas como sabiam que estaria em Hong Kong? Bom, não tinha tempo para isso agora, entrou no banheiro, onde havia uma pequena janela redonda que dava acesso para fora do barco. Era pequena, mas Jack conseguiria passar por ela. Tinha que tentar, era a única saída. Abriu a janela, espiou para baixo, havia um parapeito a menos de um metro da janela, seria lá que Jack se apoiaria.

Tanaka estava com 12 homens e foram todos em direção à mesa de Lee, que gritou:

– Está no banheiro.

Tanaka e seus homens entraram com tudo no banheiro. O banheiro estava vazio, a janela aberta. Tanaka olhou para baixo, e não viu nada. O Ninja, como ele o chamava, o tinha enganado pela segunda vez. Tanaka voltou para onde estava Lee, esbravejando:

– O Ninja escapou, Lee. Seu incompetente.

– Como assim? Ele acabou de sair para o banheiro.

– Você devia ter ido com ele, seu idiota. Ele fugiu. Só isso. Que perda de tempo! Você me fez pegar o jatinho, sair de Yokohama para vir até aqui, e nada.

– Como nada, se estou com a encomenda? Está aqui comigo, neste pacote. Não fiz o senhor vir até Hong Kong à toa, sr. Tanaka. O cara é esperto, deve ter desconfiado de algo, sei lá. Vocês devem ter feito um grande barulho quando entraram – comentou o esperto chinês.

– Hum, deixe-me ver.

Tanaka abriu o pacote e, para sua surpresa, estava cheio de pedras. Lee percebeu que, naquele momento, estava com problemas...

Jack saltou do alto do parapeito do barco, devia ter uns 8 metros de altura. Era um pulo arriscado, poderia ter quebrado alguma coisa, uma perna, um braço, ou até morrido. Mas Jack era um atleta, sabia saltar e mergulhar como um profissional. Nadou até o outro lado da margem, por onde havia entrado. Lá estava o seu motorista, havia dado a ele 400 dólares para esperar por ele. O motorista, com um sorriso no rosto de quem havia ganhado o dia, olhou surpreso por ver Jack todo ensopado, mas estava contente com o ganho extra da noite. Abriu o porta-malas, pegou o pacote e devolveu para Jack.

– Por favor, hotel.

– Ok, – disse o motorista, abaixando a cabeça – Jumbo!

– Não, hotel.

O motorista saiu em direção ao seu hotel.

32

Mudança de rota

Aeroporto de Schipol, Amsterdã, Holanda
20 de junho de 2002

Eram 16h30 quando o avião da KLM pousou no aeroporto internacional de Amsterdã, Schipol. O argentino Juan Pablo Bencocheia, diretor comercial de um laboratório, juntamente com o pessoal da classe executiva, foram os primeiros a sair do avião.

Na ponte de embarque havia três policiais que solicitavam os passaportes aos passageiros. Jack, agora vivendo o papel de Juan, era um homem moreno, de pele queimada, olhos verdes, bigode e com óculos de grau. Ele mostrou o passaporte a um dos policiais, que conferiu a foto do passaporte e o dispensou, atendendo o próximo passageiro, que era uma senhora. Jack caminhou pelo longo corredor do aeroporto movimentado de Schipol, e no final, virou à direita, em direção ao hotel do aeroporto, Mercure. Solicitou ao recepcionista um *day use*. Por sorte, havia um apartamento duplo. Esse hotel costuma estar sempre lotado e era um alívio para Jack conseguir um apartamento. Fez o *check-in* e foi tomar um banho. Estava aliviado de estar na Europa novamente, afinal havia passado um mês no Oriente, vivendo como o jornalista Bosch. Não agüentava mais aquele personagem e também a vida agitada que tinha levado durante a Copa do Mundo.

Durante o banho, uma coisa não saía de sua cabeça: como fora localizado pelo pessoal do Matsumoto? Provavelmente aquele intermediador, o Lee, bem como vários outros intermediadores asiáticos, tinham sido avisados que, se aparecesse alguém, principalmente um ocidental, querendo mandar alguma coisa para fora da Ásia, deveriam imediatamente comunicar o fato. Só podia ser isso. Que erro! Poderia ter sido pego nesse lance. Era óbvio que Tanaka iria agir dessa forma, iria informar todos os seus homens e contatos: ele controla um monte de pessoas na Ásia. Por sorte, no dia anterior, ao ver os homens do Tanaka entrarem no restaurante, conseguira fugir a tempo. A seguir, tinha passado rapidamente no hotel, pegado seus pertences e ido direto para o aeroporto, já no papel de Juan Bencocheia. Tinha feito o *check-in* no hotel do aeroporto, para pegar o vôo das 10h30 para Amsterdã, e ali estava ele.

Jack ainda estava com o pesado livro, o *Bushido de Ouro*. Queria tê-lo despachado logo para Los Angeles e entregado ao Sughimoto, pois não gostava de carregar a grande prova do crime com ele. Se alguém o revistasse poderia desconfiar daquele livro pesado, com aqueles detalhes em ouro, que chamavam a atenção. Novamente por sorte, ninguém havia revistado Jack, ninguém. Na ida para Seul, fora revistado, num mesmo dia, três vezes. E agora na volta, nenhuma vez. Mas ele sabia o que iria fazer. Iria mudar sua rota, em vez de ir para a Argentina, como pensara antes, no dia seguinte, pegaria o vôo das 10 horas da manhã, para São Paulo, no Brasil, e só depois pegaria o vôo para Buenos Aires. Iria visitar um amigo, ficaria uns três meses na América do Sul, e no final, passaria pelo Rio de Janeiro para cumprir sua promessa com José Marcelo. Daria um tempo. Este último trabalho fora bem lucrativo, quer dizer, assim que entregasse a mercadoria ao Sughimoto, teria muito dinheiro. Estava cansado, estressado, desgastado. Precisava descansar um período. Rever certos conceitos, atitudes e métodos. Duque havia dito, por ocasião de seu último roubo em Paris, que ele tinha tido sorte de não ser pego. Se bem que, em vez de ir para a América do Sul, poderia ir para a Alemanha, passar alguns dias. Tinha uma amiga em Berlim, seria ótimo sair com ela, transar algumas vezes. Estava começando o verão europeu. Pegar o inverno da América do Sul também não era muito agradável. Era isso, Jack havia escolhido o que iria fazer, iria mudar de rota, de rumo. E o *Bushido de Ouro* seria entregue da forma mais tradicional possível, por meio do Fedex, no endereço de Sughimoto. Mandaria de Amsterdã, no dia seguinte, pela manhã. Mas como iria para Berlim? Poderia pegar um trem até Colônia e lá alugar um carro, seria até gostoso.

Assim que Jack saiu do banho, fechou sua mala, ligou para o Hotel Europa, em Amsterdã mesmo, reservou um quarto, foi até a recepção fazer o *check-out*, e pagou os 128 euros do *day use*. Pegou um táxi para o Hotel Europa. Logo que chegou, pediu um jantar no quarto, comeu assistindo a um programa que comentava as partidas que haveria a partir do dia 21, na fase das quartas de final da copa, mostrava uma retrospectiva de cada seleção e os futuros confrontos: Brasil e Inglaterra, Turquia e Senegal, Alemanha e EUA, e Coréia e Espanha. Grandes jogos com várias zebras marcavam as quartas de final da Copa do Mundo de 2002.

33

Não perturbe

Amsterdã, Holanda
21 de junho de 2002

Jack pulou da cama ao ouvir batidas na porta. Estava zonzo, o que estava acontecendo? Pular da cama tão rápido o havia deixado tonto. Caminhou até a porta do quarto e olhou pelo olho mágico para ver quem era: a camareira, uma senhora gorda, típica holandesa loira, de olhos azuis, com uma expressão séria. Jack abriu a porta.

— Pois não?

— Desculpe, senhor. Boa tarde. Estou batendo na porta, pois está indicado para não limpar o quarto desde cedo, mas como já são quase 15 horas, e ainda permanece o aviso, achei que o senhor poderia ter esquecido de tirar, geralmente ocorre isso.

— Nossa – disse Jack, olhando para o relógio de pulso. Eram 14h47. Havia passado mais de 16 horas e ele tinha dormido todo este tempo. Isso nunca havia acontecido com ele em toda a sua vida. Que estranho, estava cansado, mas nada assim exagerado. Seu pijama estava ensopado, havia transpirado muito também.

— Ok, pode limpar, vou comer alguma coisa. Vou levar só alguns minutos e a senhora poderá entrar no quarto.

— Obrigado, senhor.

Jack tomou um banho. Continuava tonto. Parecia uma enxaqueca: sua visão estava um pouco embaralhada e o corpo doendo, provavelmente porque havia dormido muito. Escovou os dentes a fim de tirar o gosto que estava sentindo, um gosto estranho, parecia cobre, ou algo similar. Era um gosto que havia sentido uma vez, quando fez uma cirurgia: um gosto que vinha do fígado depois de tomar muitos remédios fortes, mas não havia tomado nada. Após o banho, se enxugou vagarosamente. Pensou que seu mal-estar poderia ser fraqueza, afinal tivera dias muito agitados, dormira um dia inteiro e sequer havia se alimentado. Estava penteando o cabelo quando reparou no espelho as enormes olheiras, parecia que tinha levado um soco em cada olho de tão roxos que estavam. Será que tinha tido febre durante o sono, daí a transpiração excessiva e as olheiras? Poderia ser, pensou, mas o certo era que iria comer logo, estava com fome, apesar da azia.

Jack desceu até o tradicional restaurante do hotel. O *maître* foi avisá-lo que o restaurante já havia encerrado o horário de almoço, que ia até as 15 horas. Jack lembrou que, na Holanda, dificilmente encontraria um bom restaurante para almoçar nesse horário. Teria de se contentar com *fast-foods*, lanchonetes ou restaurantes de qualidade duvidosa. Jack insistiu com o *maître*, e este o informou que a cozinha já estava fechada, mas que se ele quisesse alguma coisa teria que pedir pelo serviço de quarto. Jack, então, fez o pedido ali mesmo, para ganhar tempo. Estava faminto. Pediu um espaguete ao sugo, uma garrafa de água e uma cesta de pães e azeite. Voltou novamente para o quarto, que a camareira ainda estava limpando. Resolveu sair para dar uma volta no quarteirão, por uns 10 minutos, apenas para passar o tempo que levariam para a arrumação de seu quarto e prepararem a comida, que disseram que demoraria 20 minutos. Mas não pôde sair, estava chovendo. "Que infelicidade", pensou ele.

Jack ficou sentado no saguão do hotel, lendo um jornal que encontrou. Era um jornal inglês datado do dia anterior, 20 de junho, que dava destaque para o grande jogo do dia seguinte entre Brasil e Inglaterra, ou seja, naquela noite. A manchete dizia: "Quem ganhar o jogo será o campeão do mundo". Um homem sentado no saguão do hotel, um holandês, viu a cara de Jack ao ler a manchete principal, e perguntou se ele concordava. Jack, que estava na pele de um argentino, disse que acreditava que seu time era um dos favoritos, mas tinha voltado para casa mais cedo do que pensara, na primeira fase da copa.

— Esta copa, para mim, está cheia de surpresas, sinceramente não sei o que dizer.

O holandês comentou que, pelo menos, eles tinham participado da copa, pois a Holanda nem tinha se classificado. Jack notou o ar nervoso do holandês, um cara forte, gordo, vestido com terno e gravata. Provavelmente esperava alguém, um cliente talvez, quem sabe, pensou Jack. Conversaram mais um pouco, sempre sobre o mesmo assunto. A seguir, Jack se despediu do holandês e se dirigiu ao quarto. Assim que entrou, tocaram a campainha, era o serviço de quarto, com sua encomenda. O garçom colocou a bandeja com a refeição em cima da mesinha, Jack assinou o recibo e deu uma caixinha para o garçom.

Durante a refeição, que para Jack parecia deliciosa, ele pensava se era boa mesmo ou se o fato de estar faminto dava essa impressão. Ele procurou beber toda a garrafa de água, sabia que precisava de líquido. Decidiu que o dia seguinte seria um bom dia para deixar Amsterdã. Tinha que ir embora, alugaria um carro, dirigiria até Colônia, na Alemanha, e lá pegaria um trem para Berlim. Mudaria de nome umas três vezes nesse percurso, e com isso despistaria qualquer perseguidor. Após seus roubos, Jack costumava passar uns dias mudando de cidade, variando o meio de locomoção e a identidade. Havia estado em Hong Kong e o pessoal do Matsumoto o havia descoberto, conseguira fugir para Amsterdã, e agora era a hora de ficar uns dias na Europa e depois passar as férias tão sonhadas na América do Sul. Estava decidido.

Após o almoço, Jack conectou-se com Duque:

— Boss, que bom que deu tudo certo. Estava muito apreensivo desta vez. Roubar os caras da Yakuza, sem dúvida, foi seu maior feito.

— É verdade. Bom, você tinha razão, era arriscado demais despachar o livro por meio de um laranja. Quase fui pego pelos homens do Matsumoto.

Jack contou toda a saga de sua fuga pela janela do banheiro do restaurante Jumbo.

— Mas você não está mais com o livro, está?

— Usei o mais comum dos transportes, Fedex. Assim que cheguei, despachei o *bushido*. Deve chegar em três dias, vou pedir para você fazer o acompanhamento da entrega.

Jack passou o número do protocolo, para que Duque pudesse acompanhar pela internet.

— Duque, vou sair de onde estou e ficarei incomunicável por uns quatro dias. Nesse período, o livro vai chegar no escritório do Sughimoto, em Los Angeles. Verifique o depósito, ele tem 48 horas para fazê-lo.

— *Yes*, Boss. Fique tranqüilo. Conheço o procedimento.

— Eu sei que você conhece. Estou só lembrando. Vou dar uma descansada, não estou muito bem.

— O que você tem?

— Estava pior, depois que almocei melhorei. Estava zonzo, com dor de cabeça latejante, transpirando bastante, e um gosto azedo na boca.

— Uau, tá com cara de que você está começando a ficar doente. Deve ser uma gripe forte, sei lá. Procure um médico.

— Bom, vou esperar. Se não melhorar, passo no médico. Conheço um bom, aqui.

Jack nunca informa a Duque aonde está. Faz isso, pois sabe que se um dia, por acaso, Duque for pego, pode ser torturado e, sob tortura, todos acabam falando alguma coisa. Não dar muitas informações ao Duque, era uma forma de se proteger.

— Boss, se cuida, bom descanso.

— *Ciao*, Duque.

Eram 20 horas, faltava meia hora para começar o jogo tão esperado das oitavas de final da copa, Inglaterra e Brasil. Jack estava com muito sono, quebrado, com dores no corpo, mas decidiu que iria agüentar ao máximo. Queria ver aquele que seria um dos grandes confrontos da copa. Ligou a TV, ficou assistindo por uns 10 minutos aos comentaristas que opinavam sobre aquele clássico de campeões do mundo, mas começou a piscar os olhos e, antes mesmo de começar o jogo, dormiu.

34

Coréia do Sul X Espanha

Colônia, Alemanha
22 de junho de 2002

Logo que acordou, Jack tomou o café-da-manhã, fez o *check-out* do hotel e foi de táxi até a estação central de trem de Amsterdã. Ao chegar, foi direto numa locadora de automóveis, alugou um Mercedes conversível, SLK, e pôs o pé na estrada. Percorreu os 270 quilômetros sem parar, até chegar à cidade de Colônia, na Alemanha. Fez o percurso em quatro horas. Estava sentindo-se bem melhor do que nos últimos dias. O enjôo, o gosto de cobre e a visão turva haviam passado, ainda tinha dores no estômago e dor de cabeça, mas bem menos do que antes. Certamente algo que ele havia comido em Hong Kong devia ter prejudicado seu estômago e o fígado.

Assim que chegou em Colônia, devolveu o carro na estação principal de trem, atrás da catedral. Pegou sua mala e caminhou poucos metros até um hotel 4 estrelas, Sofitel, bem próximo também da catedral. Chegou e esperou sua vez de ser atendido.

— *Guten tag, sprechen sie deutsch?*
— Desculpe, não falo alemão.
— Desculpe senhor. Em que posso ajudá-lo?
— Ah, sim, eu gostaria de um apartamento.
— Só um momento, vou verificar.

O rapaz da recepção, muito atencioso, confirmou um apartamento *single* com café-da-manhã para duas noites, conforme Jack havia pedido. Jack passou seu cartão de crédito e o passaporte para registro, agora com outra identidade: Hernan Miguel Sosa, espanhol, advogado, 42 anos. Estava usando a mesma aparência de seu personagem anterior, a única diferença era a barba, ele não fazia há uma semana e estava começando a ficar grossa e vistosa. Jack disse que ele mesmo levaria sua mala até o apartamento, dispensando o carregador. Assim que entrou no quarto, olhou pela janela e a paisagem, desta vez, não era nada especial, ao contrário, só se via a parte interna do hotel, o telhado sujo e velho do bom hotel. Jack se lavou e usou o banheiro, seu intestino também não estava bom. Tinha até melhorado, mas com freqüência ia ao banheiro. Tomou uma ducha e resolveu descansar um pouco.

Jack dormiu três horas seguidas. Estava precisando descansar, afinal, tinha dirigido quatro horas e tinha dores estomacais. Quando acordou, estava sentindo-se bem mais disposto, e com fome. Eram quase 18 horas, sabia que para jantar teria que esperar até as 19, horário em que abrem os restaurantes. Tomou outra ducha, e foi caminhar para matar o tempo. Deu uma parada na catedral que, por sorte, ainda estava aberta, pois segundo o aviso que estava na porta, ela fecharia às 18h30. Jack tinha que entrar numa das mais belas catedrais do mundo. Era o que Jack pensava da bela construção gótica. Ficou uns 20 minutos, rezou e agradeceu a Deus pelo sucesso de seu último roubo. Queria se confessar, mas não havia nenhum padre à disposição naquele momento. Saiu da catedral e foi caminhar pelas ruas, que estavam agitadas. Havia muitas pessoas caminhando, na grande maioria, usando as cores da Alemanha. Certamente pelo fato de a seleção ter chegado às semifinais no dia anterior. O Brasil também havia despachado a Inglaterra. Era uma pena, Jack adorava futebol e perdera aquele grande jogo. Achava estranho esse cansaço tão forte que estava sentindo nos últimos dias. Devia ser alguma virose, mas estava sentindo-se melhor.

Era interessante a quantidade de torcedores alemães com as cores de sua seleção, cantando e comemorando, como estavam felizes! Também, fazia 12 anos que tinham sido campeões, na Itália, em 1990. O povo estava confiante, e aguardando o resultado do jogo daquele dia, entre Coréia do Sul e Espanha, para saber quem seria o adversário do próximo jogo.

Jack caminhou pela rua Hohestraße procurando um bom restaurante para jantar e, claro, de preferência um que tivesse um telão para ver o jogo. Começou a perceber que os restaurantes mais cheios eram os que tinham um telão. Encontrou um bom restaurante, próximo ao rio Reno. Por fora com as paredes sujas, encardidas, não tinha um bom aspecto, mas ao descer os degraus, revelava ser uma taberna decorada com muitas plantas, um local bem interessante. O restaurante estava começando a encher, eram quase 20 horas. Jack pediu para sentar numa mesa próxima ao telão, mas o *maître* disse que essas mesas, só com reserva. Jack deu um jeito de conseguir uma reserva rápida, que lhe custou uma nota de 50 euros. De repente, uma mesa com dois lugares apareceu no meio das outras mesas, apertando ainda mais o local e Jack tinha garantido, na frente do telão, um excelente lugar para assistir ao jogo.

O jogo foi emocionante do começo ao fim, com um final disputado por pênaltis, levando a seleção sul-coreana a uma inédita disputa nas semifinais contra a Alemanha. O restaurante estava repleto de alemães segurando uma caneca de chope, que cantavam músicas regionais, e com exceção de Jack e talvez dos garçons, todos estavam num tremendo porre.

35

Ingha

Berlim, Alemanha
25 de junho de 2002

Os últimos três dias de Jack foram maravilhosos. Felizmente estava sentindo-se muito bem, todas aquelas sensações de mal-estar haviam definitivamente passado.

Jack teve três dias de descanso, aproveitou para passear e visitar lugares na região de Colônia. Passou um dos dias em Bohn, antiga capital da Alemanha Ocidental, cidade pequena, mas muito agradável, e que ele não conhecia, somente por fotos. Havia estado algumas vezes naquela região da Alemanha, mas nunca nessa bela cidade. De trem, saiu cedo e ficou até o último horário possível, pegando o último trem de volta para Colônia. Mas além de Bohn, Jack passou um dia na bela Dusseldorf. Também foi para lá de trem, fazendo o percurso em apenas 40 minutos. Almoçou em um dos seus restaurantes favoritos, um restaurante italiano especializado em peixes, situado numa travessa da Rua Konigsallee, na Altstadt, comeu sua sobremesa favorita, a torta *Della Nonna*, sobremesa originária da Itália, da região de Florença, dificilmente encontrada na própria Itália, ainda mais na Alemanha. Mas lá era um dos poucos locais fora da região italiana da Toscana que faziam a torta e, para Jack, era a melhor que conhecia.

O último dia ele passou em Colônia, acordando tarde, fazendo, logo ao acordar, suas duas horas de exercícios, e depois andando sem pressa, tranqüilo, pelas ruas da cidade. Tomou um excelente *brunch*. O importante era que ele descansasse, curtisse as férias de três meses que ele havia decidido se proporcionar. Assim que Duque confirmasse o pagamento complementar que Sughimoto teria que fazer, iria cruzar o Atlântico e ficaria três meses na América do Sul, especialmente na Argentina e no Brasil, países que não conhecia muito bem.

Jack tinha acabado de chegar a Berlim, eram pouco mais de 17 horas. Tinha ido de trem, estava disfarçado de seu último personagem antes de tirar suas merecidas férias, agora no papel do espanhol, escritor, Julian Vicente. Logo após o *check-in*, deixou as malas no quarto, fez a barba, tomou banho, produziu-se bem elegante e foi para o Sony Center, centro de escritórios, restaurantes, bares, cinemas e lojas, provavelmente o complexo de escritórios mais moderno de Berlim, a construção mais premiada em 2000. Estava lotado. Uma multidão vestindo a camisa da seleção alemã acompanhava o jogo. Hinos e músicas tradicionais embalavam, juntamente com muito chope, o pessoal que assistia nervoso ao jogo nos imensos telões pendurados no meio do Sony Center.

Jack sentou-se no restaurante-cervejaria Brauhaus. Pediu um chope e uma porção de *wurst* (salsicha). Estava morrendo de vontade de comer uma porção de salsicha, desde que havia chegado à Alemanha. Estava tranqüilo tomando seu chope, quando...

Uma mulher com camiseta branca curta, na qual estava escrito em preto *Deutschland*, sem sutiã, realçando os seios colados na blusa, com uma calça *jeans* bege e tênis branco, cobriu seus olhos com as mãos.

– Adivinha quem é?

– Não faço a menor idéia.

– Hahaha. Julian, você está diferente, hein? Emagreceu, quase não reconheço meu amigo catalão. Está bonitão!

Ingha era uma grande amiga de Julian Vicente. Ele a conhecera alguns anos atrás em uma danceteria e acabou levando-a para cama, porém, ficaram grandes amigos. Jack gostava do jeito dela, despojada, tranqüila, sem preocupações. Ela falava do seu universo, o mundo da moda, as tendências da época, das festas de lançamentos, dos amigos gays – que eram muitos – etc. Jack gostava, pois ela era muito divertida, e além disso, claro, uma mulher espetacular, um corpo perfeito, cabeça bem aberta, uma deusa na cama. Sempre que se encontravam, mais cedo ou mais tarde, acabavam na cama, transavam por horas. Jack ficava louco com as ousadias que ela aprontava. Para ela não tinha hora e muito menos local: quando ficava excitada, partia para cima dele. Não interessava quem estava por perto. Mas Jack sabia que se ele tomasse alguma atitude ela sempre pulava fora, usava desculpas e acabava não rolando. Ele tinha que conversar, muito. Ela adorava conversar e beber, mas no decorrer da noite, ela ia se soltando e em algum momento partia para cima dele, e o levava para a cama, em sua casa. Na casa dela, fumava um "baseado", ficava mais "doidona", e transava com Jack por horas, sem parar, até os dois não se agüentarem mais. Sempre acontecia assim, e era o que Jack esperava nessa noite.

— Então, somos dois. Você está maravilhosa, tingiu o cabelo. Está ruiva. Uma ruiva com olhos azuis é irresistível.

— Pare Julian. Chega de besteiras. Bom, não vai me convidar para sentar? Não está mais sendo aquele cavalheiro à moda antiga que conheci.

— Desculpe, por favor.

Jack se levantou e puxou uma cadeira para ela.

— Conte as novidades.

— Não, você primeiro. Há mais de seis meses que não o vejo e há uns quatro que você não me dá notícias. Aliás, há quanto tempo você está aqui em Berlim?

— Cheguei hoje. Não agüentei e daí te liguei. Que sorte que você estava em casa e não tinha compromisso. Não poderia suportar a idéia de ficar um dia aqui sem te ver.

— Nossa, você hoje está terrível. O que está acontecendo?

— É você, Ingha, é você...

— Me conta sobre o que você está escrevendo atualmente.

Jack, no papel de Julian Vicente, era um escritor desconhecido, espanhol, mas que morava em Buenos Aires e estava sempre viajando. Em seus livros, nunca colocava suas fotos, somente o resumo de sua bibliografia, como faz a maioria dos escritores. Tal escritor era tão avesso a fotos e a publicidade, que em *sites* de busca, só apareciam umas poucas reportagens a seu respeito. Personagem perfeito para Jack, que costumava utilizá-lo com freqüência. Costumava até levar para Ingha algum livro que autografava com frases piegas mas de efeito. Desta vez não trouxera nenhum livro, afinal Jack não pretendia passar em Berlim. Só o fez porque tinha passado uma semana sentindo-se mal, e resolvera parar em Berlim para descansar um pouco, e já que estava na cidade, por que não ver sua bela amiga?

Os dois conversavam muito, riam bastante, bebiam muito, principalmente Ingha, que estava animada com o jogo da seleção de seu país, que estava ganhando da Coréia e, com esse placar, iria para a final da copa, possivelmente com o Brasil. Que final espetacular!!! Quando saiu um lance perigoso, Ingha se atirou nos braços de Jack, encostando os seios em seu rosto. Jack começou a ficar animado. Ingha já estava na sua quarta caneca de chope, estava bem altinha, e suas reações estavam num crescendo, estimulando Jack, que estava ansioso para levá-la para a cama. Ela estava muito gostosa naquela noite, e Jack, louco de tesão. De repente, Jack avistou um japonês careca, de preto, sentado a algumas mesas dele. Não parecia ser turista, pois os japoneses andam geralmente em grupos, e também não estava com nenhuma máquina fotográfica. Seria um executivo a trabalho, que resolvera sair para jantar sozinho? Mas àquela hora, em meio àquele aglomerado de pessoas? Os japoneses jantavam cedo, eram mais de 21 horas. Seria alguém da Yakuza? Como sabiam que ele estava ali? Não poderia ser, impossível! De qualquer modo, Jack achou muito estranho. Pensou no recente episódio da fuga do restaurante Jumbo, e achou que isso poderia ter lhe causado uma espécie de trauma e que ele estaria imaginando coisas. Mas mesmo assim, olhou para a garçonete e fez um sinal, pedindo a conta assim que acabou o jogo.

– Nossa, Jack, calma, eu queria mais uma cerveja.

– Não, gostaria de andar com você. Hoje está uma noite gostosa, a Alemanha está na final da copa, temos que aproveitar mais. Poderemos tomar um sorvete, o que acha?

– Ok, boa idéia. Vamos, então. Vamos ao EIS Haus? Vou até o toalete e já volto.

Ingha saiu, e Jack a observou enquanto caminhava: estava muito gostosa naqueles jeans bege, que valorizava seu belo bumbum. No meio do caminho, dois alemães pararam na frente de Ingha, brincaram com ela, a abraçaram, pularam juntos. Os três estavam bêbados e animados com a classificação da seleção para a final. Jack olhou novamente em direção ao japonês, mas não o encontrou, havia saído. Certamente era besteira de sua cabeça. Quando Ingha voltou, saíram para ir à sorveteria que ficava do outro lado da avenida, fora do complexo da Sony Center.

Estava difícil atravessar a rua: os carros buzinavam, e ouviam-se gritos de comemoração da torcida alemã. Berlim estava uma festa. Na sorveteria, Jack comprou para ela duas bolas de chocolate, e para ele, uma só de pistache. Saíram andando rumo ao portão de Brandeburgo, que ficava a uns 800 metros do local. No caminho havia mais pessoas, cada vez mais, comemorando, cantando e bebendo. Grupos de jovens celebravam a gloriosa vitória e a classificação para a final. Quando Jack e Ingha estavam ao lado do monumento em memória aos que morreram com o muro de Berlim – um monumento que imitava um cemitério e suas lápides –, Ingha disse a Jack para cortarem caminho, e entraram por dentro do monumento, por caminhos entre as lápides de pedra. Estava escuro, e Ingha sabia disso. De repente, ela abriu selvagemente os botões da calça de Jack, fazendo nele sexo oral. Pessoas passavam próximo ao local, mas não podiam ver o que se passava. De lá foram para o apartamento de Ingha, que ficava bem perto. Como Jack havia planejado, fizeram amor durante a madrugada inteira, e Ingha, cada vez mais insaciável, gemia de prazer intenso a cada penetração.

36

Ruiva misteriosa

Berlim, Alemanha
26 de junho de 2002

Jack acordou surpreendido por um café-da-manhã na cama. Ingha havia preparado um verdadeiro banquete. Havia frutas, suco de laranja, iogurte e cereais. Depois de tomarem o café-da-manhã, continuaram fazendo sexo por mais uma hora, até que já eram quase 8 horas e Ingha estava atrasada para o trabalho. Ela tomou banho, se arrumou e deixou as chaves com Jack. Disse-lhe que, ao sair, deixasse a chave num saco plástico e jogasse na caixa do correio de seu apartamento, 47. Era simples. Mas, se ele quisesse ficar, ela estaria de volta às 18 horas.

— Julian, estou atrasada. Você fica à vontade. Se precisar, a geladeira está cheia. Deixei uma toalha para você com um sabonete em cima da pia. Me liga — disse Ingha enquanto saía correndo.

Jack tomou banho, se trocou e desceu para comprar um maço de flores. Voltou para o apartamento de Ingha, deixando as flores vermelhas e um bilhete com uma frase romântica, mencionando a noite que tinham passado juntos. E as chaves do apartamento foram deixadas conforme as instruções de Ingha. Perto do apartamento, havia um *cyber* café e Jack foi até lá para ver se havia notícias do depósito de Sughimoto.

— *Hello*, Boss.
— Olá. Alguma novidade?

— Negativo, mas cheguei a entrega com o pessoal da Fedex. Foi entregue ontem, às 18 horas, no endereço correto.

— Hum, que bom, em teoria, ele tem 48 horas para efetuar o depósito, ou seja, até amanhã. Vamos esperar, então.

— Calma, Boss. Caso ele não efetue o depósito hoje, mando um telegrama para ele, com uma indireta. E será uma boa indireta.

— Você é criativo. Sabe o que fazer. Ok. Falamos mais tarde. *Ciao*.

Jack saiu do *cyber* café e foi para seu hotel, que ficava na região de Konfursterdamm Strasse. Aproveitou para descansar, tirando o atraso da noite passada. Quando acordou, eram quase 16 horas, foi até a loja de departamentos Kadeve, que ficava a 500 metros do hotel, almoçou no *wintergarten* localizado no último andar e passou três horas fazendo compras, afinal, dentro de uma semana estaria em férias, na América do Sul. Queria passá-las com qualidade, em excelentes hotéis e restaurantes, mas para isso, teria que estar vestido a caráter. Havia escolhido ir como o atual personagem: Julian Vicente. Depois de ter gastado 5 mil euros e solicitado que entregassem as sacolas das compras em seu apartamento do hotel, ligou para Ingha convidando-a para jantar num excelente restaurante italiano, Bocca D'Bacco, que ficava próximo do apartamento dela, na Leipzig Strasse.

O jantar foi regado com um excelente vinho, Barolo. Jack estava a fim de curtir a vida, afinal havia trabalhado tanto nestes últimos meses e percebera que deixava de aproveitar os prazeres da vida, algo que valorizava tanto, e era para isso que trabalhava com perfeição. Queria fazer mais alguns roubos e se aposentar, abrir um pequeno restaurante, talvez em Santorini, na Grécia, ou no Brasil, país que ele não conhecia, mas tinha ouvido falar que no Nordeste havia excelentes praias, exóticas, semi-exploradas. Poderia abrir uma pousada, algo só para passar o tempo. Por isso o dinheiro de Sughimoto era muito importante: lhe faltavam alguns milhões que eram fundamentais para ele fazer o planejamento do seu futuro.

Jack estava dando um grande passo rumo ao seu objetivo. Queria juntar uma grande quantia e pronto, era um homem aposentado. Mas queria aproveitar esse início de férias com sua amiga maravilhosa, divertida e gostosa, e ainda por cima, uma excelente companhia.

Antes da sobremesa, Jack viu de longe uma bela moça sentada no canto do salão. Parecia ser Sofia, mas estava diferente, com o cabelo ruivo, preso com um coque. Vestia uma roupa mais séria, discreta. Bem diferente daquela morena que conhecera na copa, que se vestia como uma latina, com decotes e roupas mais agarradas. Jack era muito observador e detalhista. Estava bastante longe da ruiva, mas percebia a semelhança com Sofia. Durante o final do jantar, procurou observar os detalhes daquela mulher. Não pôde se concentrar muito nela, pois Ingha, com seu insaciável apetite sexual, colocava seus pés sob a mesa até encostá-los no membro viril de Jack.

Quando pediu a conta, Jack se desculpou com Ingha e disse que precisava ir ao banheiro. Com o rabo do olho observou a ruiva, cuja mesa estava no caminho. Na volta, fingiu atender o celular e ficou na porta do banheiro, tentando descobrir algo e então escutou sua risada: era a mesma risada de Sofia. Era ela, porém diferente, mais séria, tinha outra postura. Voltou para a sua mesa. Ele notou que ela nem havia reparado nele. Nem poderia, porque ele era outra pessoa, bem diferente. Afinal, essa era uma de suas grandes qualidades e que o destacava tanto de outros ladrões famosos: seus disfarces.

Jack estranhou a presença dela ali, pois a copa não havia acabado. Por que ela estaria em Berlim? Ela era uma jornalista. Deveria estar na copa, ainda mais nesta fase final. Além do mais, aquele restaurante era caríssimo, uma jornalista do nível de Sofia não teria condições de freqüentá-lo. Mas para não ficar com esta dúvida na cabeça, pediu ao garçom que atendera sua mesa, para tirar uma foto sua com Ingha, com seu celular. Explicou onde apertar e pronto, tirou uma foto com ela de fundo. Verificou se o garçom tinha feito a foto como ele queria. Na verdade, queria ver se havia enquadrado a suposta Sofia ao fundo. Perfeito! Lá estava ela no fundo da foto. Se fosse um celular normal, a foto não teria muita valia, pois não conseguiria ter uma imagem nítida, mas a câmera tinha sido montada por Danny com um *zoom* fantástico. Jack pagou a conta e foram para seu hotel. No trajeto, dentro do táxi, enquanto Ingha se concentrava em beijar a nuca de Jack, ele mandava um torpedo para o e-mail de Duque, pedindo que ele descobrisse quem era aquela mulher de cabelo ruivo no fundo da foto. O taxista estava contente, era brasileiro, e sua seleção estava classificada para a final contra a Alemanha. Acabara de ganhar o jogo contra a Turquia. Mas o motorista percebeu que os dois estavam mais interessados em transar do que em conversar com ele. Ficou mudo, fingindo não perceber os "amassos" dos dois. Se fosse um casal normal iria implicar e exigir que parassem ou saíssem do carro, mas ele pensou: "É muito gostosa a mulher que esse sortudo está catando".

Ao chegar no hotel, em seu quarto, teriam mais uma noite de puro sexo pela madrugada afora, ao som das buzinas dos carros com bandeiras brasileiras, que comemoravam a classificação do Brasil para a final, batendo a seleção da Turquia por 1 a 0. Mas todo o barulho de carros e pessoas nas ruas não incomodava Jack e Ingha, que estavam em outra freqüência, nos lençóis da cama.

37

Dia de decisão
Final da Copa do Mundo

Munique, Alemanha
Domingo, 30 de junho de 2002

Jack havia chegado a Munique há dois dias, praticamente dormira todo o tempo, descansando das noites de sexo que tivera com Ingha, em Berlim. Ele até a convidara para ir com ele para Munique, mas ela não podia sair, estava com muito trabalho naquela semana. Jack acordara tarde, já eram quase 10 horas. Com o toque da campainha, abriu a porta de seu quarto.

— Com licença, sr. Julian Vicente?
— Sim.
— Seu café-da-manhã. Deixo aqui na porta ou posso levar para dentro?
— Deixe aqui, que eu mesmo levo, obrigado.

Jack deu uma gorjeta ao garçom, fechou a porta e levou a bandeja de seu *breakfast*, colocando-a na mesa da varanda. No sexto andar, tinha uma bela vista da Alexander Platz.

Sentado, apreciou as pessoas que passavam, os turistas batendo fotos do belo prédio da Neues Rathaus, a nova prefeitura, de estilo neogótico, com sua fachada exibindo estátuas de governantes bávaros, figuras mitológicas, santos e gárgulas monstruosas. A construção medieval estava muito charmosa, repleta de flores rosas na fachada.

Jack observou também o movimento dos turistas que ficavam tirando fotos da Marienplatz, coração da cidade. Neste dia, além dos tradicionais turistas e dos idosos que adoravam passear pelas manhãs de domingo na

Alexander Platz, havia alemães uniformizados, trajando as cores da bandeira, grupos que iam se reunindo e sentavam-se nos bares e restaurantes que tinham aberto mais cedo e fechariam bem tarde por causa do grande jogo. Pensou em Ingha, devia estar fazendo a mesma coisa que toda a Alemanha, se preparando para o grande jogo.

Serviu-se de chá. Uma das coisas que aprendera nesse período que tinha estado na Ásia era beber chá, todas as manhãs. Dizem que favorece a harmonia do organismo. Pegou uma torrada com geléia de morango, deu uma mordida e tomou um gole de seu chá de camomila. O dia estava lindo, com um céu muito azul, sem uma nuvem sequer na imensidão do horizonte. Jack ficou apreciando por alguns minutos. Era um dia perfeito.

Abriu o jornal alemão *Die Welt*, que tinha estampada na primeira página, a bandeira da Alemanha, bem grande, na parte de cima do jornal e a bandeira do Brasil, menor, na parte de baixo, com a manchete: "O jogo do milênio". A manchete lhe chamou a atenção. A grande decisão entre duas grandes potências do futebol mundial. Seria uma grande decisão, uma final perfeita, porém inesperada. Antes da copa, nem Alemanha, nem Brasil eram favoritos, e agora, estavam frente a frente, decidindo a sorte dos próximos quatro anos. A Alemanha tentando ser tetra, igualando-se ao Brasil, e o Brasil, tentando ser pentacampeão. Que jogo! Pela primeira vez ambas as seleções iriam se enfrentar numa Copa do Mundo. Jack passou o resto do dia lendo, tranqüilo. Eram 10h40 quando ele foi tomar um banho rápido, pois queria assistir mais uma vez, às 11 horas, ao espetáculo dos sinos tocando e os cavaleiros mecânicos dançando e fazendo um torneio, na torre do relógio da nova prefeitura. Jack adorava o espetáculo que há mais de 500 anos se destacava na praça.

Jack foi até a famosa cervejaria Hofbrauhause, mas estava lotada, não tinha como entrar. De fato, fora para lá muito em cima da hora do jogo. Então, ele foi se juntar ao restante dos torcedores alemães que em grande maioria já estavam desde cedo sentados bebendo na praça Viktualienmarket, certamente um dos pontos mais cobiçados para assistir ao jogo, local a poucos metros de seu hotel.

Chegando à praça Viktualienmarket, Jack avistou grupos enormes vestidos a caráter, com roupas típicas alemãs, cantando em coro alegres músicas regionais, sempre com uma expressiva caneca de cerveja na mão (*mass,* caneca de 1 litro), homens ou mulheres, velhos ou jovens, todos unidos aguardando o tão esperado jogo que começaria às 12h30, horário local.

Mercado a céu aberto, a praça Viktualienmarket, arborizada, situada bem no meio de prédios neoclássicos do século XIX, tinha um chão de pedra e vários quiosques de comida, com telhado verde, dividindo espaço com diferentes grupos musicais, cada um com ritmos diferentes, como polca, jazz, rock, música clássica e, como não podia faltar, um grupo de música típica do sul da Alemanha, da região da Baviera. Ali estavam também inúmeras mesas de madeira, completamente lotadas, abarrotadas de torcedores alemães ao som de uma grande banda polca que, do quiosque principal, comandava o som da grande festa.

Os telões espalhados na praça, que transmitiriam o grande jogo, já estavam ligados, mas sem som. Certamente Jack havia escolhido o local certo para assistir ao jogo, somente lá poderia tentar chegar perto da emoção que haveria no estádio em Yokohama. Jack pensou nos "colegas" que havia conhecido na copa, o que seria deles? Como estaria José Marcelo? Will, Henry, Giuseppe, Beni, Ilgner, Carol? Poderia estar lá assistindo ao jogo na tribuna de honra do estádio. Que maravilha seria...

Os garçons, tradicionalmente vestidos com roupa da Baviera, que circulam com canecas de um litro, estavam nesse dia com muita dificuldade para passar entre as mesas. Jack sabia que não podia bobear, foi logo pegando um caneco com espuma que viu, pagou os caros 6 euros que estavam cobrando e começou a procurar um espaço próximo ao quiosque central. A essa altura seria difícil, mas iria tentar. Por sorte, um senhor de idade, aparentando ter mais de 80 anos, ao ver Jack com aquela caneca na mão, convidou-o para sentar ao seu lado, numa mesa apertada, estilo comunitária, que geralmente comporta quatro pessoas de cada lado, mas que nesse dia tinha pelo menos seis, agora com Jack.

O jogo começaria em menos de meia hora, e a cada minuto mais gente se amontoava. Jack embalado e envolvido pelo ambiente, tomava já seu terceiro caneco. Estava um pouco alegre, induzido pela bebida e pelo clima contagiante. A cada meia hora, todos os quiosques paravam de tocar suas músicas de diferentes estilos, e acompanhando o som da banda típica alemã, puxavam os gritos do povo que estava ali, como um hino de guerra:

– *Ein Prosit, ein Prosit. Der gemütlichKeit* (Um brinde, um brinde. À alegria!)

– *Ein Prosit, ein Prosit. Der gemütlichKeit.*
Oans, zwoa, drei, gsuffa!!!!!!!!

Todos brindavam e começava em seguida uma música tradicional alemã. Sempre assim, nos moldes da *Oktoberfest*, é conduzida a grande festa popular. Nesse dia era a mesma coisa. Desta vez, além de festa, havia a paixão do povo alemão pelo futebol e principalmente por sua nação, representada por 11 homens que estavam começando a entrar em campo.

Jack estava adorando, mulheres lindas circulavam pelo local. Era um verdadeiro desfile, tinha todo tipo de pessoa: velhos, moços, velhas, crianças, moças, grupos de amigos, grupos de senhores, grupos de jovens, punks, executivos engravatados, tudo o que se podia imaginar. O velhinho ao seu lado, simpático, porém completamente bêbado, mal conseguia ficar sentado à mesa. Às vezes ele se descuidava e debruçava em cima da mesa, mas ao som da música se levantava de novo e brindava. Jack percebeu que era um grupo de amigos, senhores na faixa dos 70 anos, homens fortes, que estavam também bêbados. Um deles, um gordo loiro muito bêbado, gritou em alemão olhando para Jack.

– Agora é sua vez de pagar a rodada. *Bier und Wurst.* Muita salsicha!

Jack resolveu retribuir a gentileza de terem deixado que sentasse ali e naquele local privilegiado, distante uns 10 metros do grande telão central.

– Ok, vou doar 100 euros para a rodada.

– Hehehehehhehehe – gritaram felizes os alemães.

– Então, como você está doando o valor de duas rodadas, eu mesmo vou pegar a encomenda. O gordo loiro pegou o dinheiro de Jack e saiu em direção a um dos quiosques. O velhinho olhou para Jack e deu um beijo em seu rosto, em agradecimento. Jack percebeu que, por estarem altamente alcoolizados, não deviam ter percebido que ele não era alemão, além do quê, sua pronúncia era boa.

As duas seleções já estavam em campo, ambas se posicionaram para o início dos hinos, primeiro o do Brasil. O povão presente na praça nem sequer escutou o hino; estavam cantando já o hino alemão, até que começou de fato o hino da seleção alemã, no estádio em Yokohama. Todos se levantaram, os grupos musicais, a grande banda, todos pararam de tocar. E começaram, em uma só voz, puxada pelo patriotismo de uma nação, a cantar abraçados, como se fossem soldados indo para uma guerra. O grande coro fazia tremer a bela praça de Munique. No final do hino, a grande banda novamente puxou a tradicional música.

— *Ein Prosit, ein Prosit. Der gemütlichKeit*
— *Ein Prosit, ein Prosit. Der gemütlichKeit.*
— *Oans, zwoa, drei, gsuffa*!!!!!!!!

Começava o jogo, as duas seleções travavam uma batalha digna de uma final de Copa do Mundo, um jogo pegado, difícil, muito tático, com emoção dos dois lados: um erro seria fatal. A cada minuto, o estresse ficava evidente aos olhos do povo ali presente: quando os astros do Brasil atacavam, um som de urrrrrrrrrrrrrr ecoava. Mas, quando a seleção alemã atacava, a grande banda novamente empurrava todos os grupos musicais e os presentes com o grito de guerra.

— *Ein Prosit, ein Prosit. Der gemütlichKeit.*
— *Ein Prosit, ein Prosit. Der gemütlichKeit.*
— *Oans, zwoa, drei, gsuffa*!!!!!!!!

Parecia que os jogadores da seleção alemã eram empurrados e contagiados pela torcida ali presente a quilômetros de Yokohama. A seleção alemã crescia e ia perigosamente ao ataque até que a seleção brasileira impunha novamente sua famosa técnica e grande força. O primeiro tempo fora assim, com uma grande pressão dos dois lados. Jack sentiu que o jogo passara muito rápido, parecia que havia levado uns 10 minutos. Precisava ir ao banheiro, havia tomado cinco canecas grandes, estava cansado do velhinho que mal enxergava o jogo e debruçado na mesa, acordava com os gritos e a grande banda ao lado. Ao final do primeiro tempo, o placar estava zero a zero. Jack se levantou, olhou para um de seus novos amigos e disse que ia até o banheiro. Estava zonzo, havia bebido muito, mas, o calor, a torcida contagiante, estimulavam ainda mais a vontade de tomar aquele saboroso chope.

Jack entrou num dos restaurantes da praça onde havia uma fila gigante de pessoas que certamente queriam fazer a mesma coisa que ele. Da fila, avistou um grupo musical brasileiro, de samba, que estava agradando muito aos alemães. Três dançarinas belíssimas sambavam diante do grupo. Todos os integrantes do grupo usavam a camisa da seleção brasileira, mostrando sem temor a paixão pelo seu país. Jack achou interessante como o futebol em uma copa unia os países, mesmo numa decisão. Pensou: "se o mundo fosse assim..." De repente, notou um japonês forte, alto, ao lado do grupo brasileiro, estava vestido de preto, se destacando bem dos presentes, e olhava fixamente para ele. Jack notou que era muito parecido com aquele japonês que vira em Berlim. Desta vez estava mais distante, ele estava um pouco bêbado, não estava enxergando com 100% de nitidez, a esta altura nem 50%. Jack, ao olhar de novo, viu o japonês andar rápido para outra direção. Ficou mais cismado quando notou que em sua nuca havia, ou pelo menos parecia haver, a ponta de uma tatuagem branca. Não podia ser. "Bebi muito", pensou ele.

Seria alguém da Yakuza? Não podia ser, era coincidência, eles não tinham como localizá-lo ou segui-lo. Nem Duque sabia onde ele estava. Achou muito estranho, iria ficar mais atento. Conseguiu entrar no banheiro, que depois da longa fila, estava com um fedor terrível, todo urinado e sujo. A fila até que andara rápido, afinal todos estavam com pressa, pois já estava na hora de o jogo recomeçar. Ao voltar para a mesa, seus colegas estavam cantando abraçados, nos dois lados da mesa, uma música que ele não conhecia. Abraçaram Jack, que tentou acompanhá-los. Ao apito na tela, todos se calaram, começava o segundo tempo da dramática partida. Nos próximos 45 minutos sairia o novo campeão do mundo. Era tudo ou nada.

O Brasil parecia ter voltado um pouco melhor no segundo tempo, mas o jogo continuava equilibrado. A grande banda soltava seu grito de guerra. Um dos homens que estava na mesa se levantou e foi andando em direção ao banheiro, se espremendo. O jogo continuava dramático, qualquer erro de um dos lados, qualquer vacilo, seria fatal. De repente, Jack sentiu um toque em seu ombro.

— Posso me sentar com o senhor, Jeroen Bosch, ou devo chamá-lo de Julian Vicente, ou Clark Richardsom, ou Juan Pablo Bencocheia ou Fabian Man Netedurd ou Hernan...

Jack olhou e não acreditou no que viu.

— Surpreso? Sou eu, em carne e osso. Oficial Pasquim.

Jack estava em choque, como aquilo fora acontecer? Não podia ser. Como o haviam achado? Era impossível! Com seus anos de prática, sempre detalhista, escapando sem deixar uma pista, tão cuidadoso! Sabia que fazia tudo com todo o cuidado e atenção, até exagerava em detalhes. Duque, será que o haviam pego e ele o traíra? Como? Ele não tinha como saber onde Jack estava, era assim que combinaram, nunca Duque saberia o paradeiro do amigo, aliás, não via Jack havia mais de três anos. Talvez nem o reconhecesse. Havia uma filosofia, uma cartilha que ambos seguiam à risca: faziam tudo para proteger um ao outro, pois sabiam que se um fosse pego, com torturas implacáveis, um dia contaria todo o esquema deles, como funcionavam, as contas bancárias espalhadas, as comunicações, as expressões secretas. Porém, nem Duque sabia que Jack estava ali em Munique.

– Sabia que o senhor era meu fã, mas não sabia que era tanto assim, conhece meus pseudônimos.

– Você é muito cínico, mesmo aqui ao meu lado, conserva este sorriso irônico. Mas sabe, além de você, hoje eu também estou sorrindo.

– Que bom, ambos estamos então...

– Não, acho que o meu é sincero. Vou lhe contar um segredo, rapaz. Meu sonho sempre foi poder te encarar, te olhar nos olhos frente a frente. Uma vez tendo esta oportunidade, nunca mais irei esquecer...

Do fundo, gritaram para *monsieur* Pasquim sentar.

– Acho melhor sentar ao seu lado.

– Fique à vontade.

Jack discretamente olhou para o lado, estava pensando em como iria sair dali. *Monsieur* Pasquim com sua malícia e anos de experiência percebeu por instinto o olhar de Jack.

– Olhe, deixe eu te avisar antes que você cometa um suicídio. Tenho mais de 30 homens aqui espalhados, se você fizer qualquer movimento, digamos, errado, levará um tiro certeiro na testa. Caso contrário, sairá comigo, usando esta algema. Pasquim tirou um par de algemas do bolso e mostrou-o para Jack.

– Há quanto tempo estão me vigiando?

– Curiosa sua pergunta. Estamos vigiando você há alguns dias, de uma grande distância. Por acaso você não tem sentido algo meio estranho ultimamente? Dores de cabeça, arritmia no coração, azia, vômitos, diarréia? Provavelmente de uns três dias para cá, você deve estar bem melhor.

Jack olhou para *monsieur* Pasquim, desta vez sem sorriso algum no rosto, sabia que estava encrencado. Deviam tê-lo envenenado, mas como? Quando? Onde?

– Bom, você foi uma excelente cobaia para nós. Desenvolvemos em nosso departamento de pesquisa, uma fórmula de rastreamento. Foi a primeira vez que fizemos um teste fora do laboratório. Sabíamos que levaria alguns dias para começar a fazer efeito, mas demorou mais do que imaginávamos. Sabe, com os ratos, literalmente, não do seu tipo, aqueles de laboratório, levava quase uma semana para funcionar. Com você, quase 20 dias. Mas fique tranqüilo, os efeitos de incômodo já devem ter diminuído bem ou até passado, penso eu.

— Quer dizer que serei rastreado para sempre?

— Não, este líquido tem um efeito temporário, fica no corpo por 40 dias. Portanto, você já deve ter pensado que não tem mesmo como fugir. Sabe, deu muito trabalho, rastreamos mais de 5 mil caras, até chegar a você. Seguimos todos que saíram do Japão depois do roubo da casa dos Matsumotos. Ah, me esqueci, você foi, digamos, envenenado por um coquetel, supostamente oferecido aos jornalistas e empresários do futebol que tinham credencial para assistir aos jogos. Sabíamos que você estaria na Copa do Mundo, tínhamos a informação que você cometeria um roubo, aliás, muito bem executado, e presumimos que você se disfarçaria com alguma coisa assim. Colocamos nas bebidas este líquido, e o resto você pode deduzir. Brilhante, não?

Jack estava incrédulo, armaram para ele, nem havia percebido, tinha sido pego. Por isso não tinha recebido o complemento do pagamento. Sughimoto tinha alguma coisa a ver com isso.

— Posso te fazer uma pergunta?

— Vai em frente, rapaz.

— O roubo também foi uma farsa, então? Vocês planejaram tudo para me pegar?

— Não, depende do que você chama de farsa. Sabe, depois de estudarmos tudo o que aconteceu na copa, temos uma conclusão oficial: quem armou para você foi a CIA, ao que parece, eles usaram o empresário japonês da Califórnia, que a esta altura nem sei o que aconteceu com ele, pois o pessoal da Yakuza, do Matsumoto, já sabe que foi ele o mandante do roubo. Fizemos um acordo com o pessoal da Yakuza; eles nos ajudariam com as informações que circulavam na CIA, e nós lhes entregaríamos o mandante do roubo e eles não viriam atrás de você.

— Entendo, mas como esse cara me localizou, o Sughimoto? Como ele me achou para me propor este serviço?

— Tem coisas que também não sei, só sei que o Sughimoto tinha problemas gigantescos como sonegação, apreensão de contrabandos, prostituição etc., estava com mandato de prisão com mais de 100 anos. Aí fez esse acordo com a CIA para te capturar.

— Estou valendo tanto assim para os americanos?

— Esta é a parte triste da história. Não. Na verdade, te usaram como isca. Fizeram de tudo para parecer que uma família rival da Yakuza tinha mandado fazer o roubo. Com isso iria começar uma guerra das famílias, com muitas mortes, perdas etc., as famílias da Yakuza iriam se enfraquecer, facilitando a vida para o pessoal da CIA, que está no encalço deles. Aí seria questão de tempo para acabarem com os contrabandos e falsificações que eles cometem, deixando espaço livre para os seus protegidos da América do Sul ganharem *market share* neste mercado fabuloso de pirataria e contrabandos. Brilhante, não? Sabe, contra esse negócio de falsificações, o governo americano está lutando a fundo. Depois do terrorismo, este é o segundo foco para os americanos, está na frente até das drogas. Interessante, não? Triste é que para mim, você é a razão do meu trabalho, para eles, apenas parte de uma trama. Temos que tirar o chapéu, eles são muito bons. Mas fui mais rápido. A CIA ia capturar você quando o Sughimoto fosse pagar pelo serviço que você fez. Iriam rastrear a transferência, ou melhor, as transferências, certamente você deve ter várias contas, joga dinheiro de uma conta para outra, imagino eu. Sabe, estava preocupado, pois a CIA podia te capturar logo, e o "dispositivo" para rastrear estava demorando para fazer efeito. Além disso, tínhamos um punhado de pessoas rastreadas, até que começamos a seguir os que saíram da Europa e aqui estamos, chegamos antes que o pessoal da CIA. Nossa, nem imagino a cara do Scott Smith!

De repente, gritos de quase gol ecoaram dos alemães ali presentes. Jack achou que era uma oportunidade, mas quando ia escapar, percebeu que já estava algemado ao braço de *monsieur* Pasquim, que lhe deu um sorriso.

— Posso fazer outra pergunta?

— Vá em frente, talvez esta seja a última vez que estaremos sentados lado a lado, em meio a um clima tão contagiante.

— Qual é o motivo deste ódio tão grande por mim? Não é profissional, é totalmente pessoal, não? Você, uma pessoa tão respeitada pela ética, disciplina, um profissional exemplar...

Nesse momento, Pasquim olhou bem nos olhos de seu grande desafeto, desligou o aparelho de gravação que transmitia a todos os agentes da Interpol ali presentes sua conversa com o Pintor e respondeu:

— Rapaz, vou te contar algo que nunca saiu da minha boca. Eu de fato te odeio. E tenho motivos para isso...

Ouviu-se novamente:

— *Ein Prosit, ein Prosit. Der gemütlichKeit.*

— *Ein Prosit, ein Prosit. Der gemütlichKeit.*

— *Oans, zwoa, drei, gsuffa*!!!!!!!! e a torcida ali presente se levantou, nervosa, com o novo quase gol da seleção alemã.

— Continuando, você é responsável por tudo de ruim que já aconteceu na minha vida, tudo! Hoje minha vida é uma merda. Por várias vezes pensei em me suicidar. Várias. Mas o que me deu força, com freqüência, foi esperar por este dia, que para mim parece um sonho. Sentar ao seu lado. Ver sua cara de desespero, tentando fingir que não está desesperado, tentando pensar em como sair daqui, e constatar, a cada segundo, que é impossível. Saber que se você fugir, estará morto – se bem que não tem mais como fugir, está preso a mim com esta algema. Há cinco anos, quando comecei a cuidar do caso "Pintor", eu tinha acabado de ser promovido, e você tinha se tornado uma lenda dentro da Interpol. Na verdade, eu ainda não tinha sido oficialmente promovido, era uma promoção interina. Comecei a dar muito duro para pegar esse cargo, não sabia o que iria acontecer. Passei várias noites fora, trabalhando, sempre atrás de pistas relacionadas a você. Ignorei as reclamações da minha mulher, de que eu estava muito ausente. Sempre trabalhei muito, por isso gozo de boa reputação, que não me serviu até agora para porra nenhuma. Bom, quando fui me dar conta, minha mulher estava trepando com um investigador de merda, justo ela, que eu pensava ser a mulher da minha vida. Eu a amava, demais. Quando perdi meus pais em um acidente, ainda era muito jovem e ela, que era minha namorada na época, foi quem me ajudou a superar aquele trágico acontecimento. Devia muito a ela. Resumindo, ela estava me traindo. Eu já desconfiava, mas não podia acreditar. Ela estava diferente, mais fria. Aí coloquei uma câmera escondida no nosso quarto, e assisti às trepadas que ela dava com aquele merdinha. Eram várias, nem parecia minha doce Camile. Chupava ele, dava o rabo, fazia coisas que nunca havíamos feito, parecia uma puta. Quando ela soube que eu tinha descoberto tudo, saiu de casa com aquele idiota. Estava chovendo, o carro capotou, os dois morreram. Sabe, fiquei até aliviado, não sabia qual seria minha reação ao vê-la.

Minha filhinha, que hoje teria 10 anos, estava de férias, fazendo um passeio de verão com a escola. Eu não pensei que ela ficaria tão abalada ao voltar.

A minha pequena Mely ficou irreconhecível, muda, quieta. Antes era uma criança tão alegre, esperta, brincalhona. Foi ficando cada vez mais triste, e eu, cada vez mais com ódio de você. Por sua causa, minha família foi se destruindo e não percebi que minha filhinha foi ficando doente. No dia em que viajei para Madri, para te pegar em uma emboscada, e você me fez de palhaço, escapando com sucesso do roubo, não tinha percebido que ela estava muito doente. A moça que eu tinha contratado para cuidar dela, uma anta, também não percebeu, e a menina morreu.

– Lamento, eu nunca fiz nada para te....

Nesse momento, Pasquim estava com os olhos cheios de água e sua voz traduzia uma enorme raiva.

– Acho que você conseguiu entender por que te persegui tanto, e por que você se tornou minha razão de viver.

Jack avistou novamente outro japonês, encarando-o a distância, num outro quiosque. Estava todo de preto: não havia mais dúvida de que os homens da Yakuza de Matsumoto estavam ali também.

– É isso. Nem devia ter te contado esta história, mas também tenho uma verdadeira adoração por você. Você foi a única pessoa que me desafiou até hoje. E sempre levou a melhor sobre mim. É impressionante, te admiro por isso. Tenho admiração e ódio por você. Por isso te contei minha história. Queria compartilhar minha dor com você. Claro, minha alegria também, e hoje estou muito feliz em estar aqui ao seu lado.

Jack escutava tudo aquilo. Ao mesmo tempo que sentia até pena daquele homem, percebeu o quanto ele estava doente. Precisava de um tratamento.

– Bom, vamos embora.

Pasquim pegou Jack pelo braço e se levantaram, para ir embora.

– Não vejo a hora de os caras da CIA saberem que te peguei antes deles.

– Não conte com isso, acho que tem mais gente que sabe meu paradeiro.

– Como?

– Eu notei alguns japoneses rondando esta área o dia inteiro.

Pasquim olhou ao redor e viu dois japoneses vindo em sua direção. Chamou seus colegas pelo rádio:

– Código amarelo, código amarelo.

Nesse exato momento, Jack viu um objeto vindo na direção dos dois, empurrou Pasquim para o chão com toda a força e ouviu-se:

GOOOOOOOOOOOOOOOOOOOOOOOOOOOOOOOOOOL.
Tinha saído o gol da seleção brasileira. Os torcedores ali presentes se levantaram com raiva, em meio a gritos de desânimo e decepção e sequer repararam que os dois tinham caído no chão.

Pasquim percebeu que haviam jogado uma estrela da morte, arma dos membros da Yakuza, contra ele. Se tivesse sido atingido, o veneno poderia matá-lo. Nesse momento, vários agentes da Interpol saíram correndo em direção à mesa em que estavam. Agora, quatro japoneses, todos de preto, foram na direção de Jack e Pasquim. Os torcedores estavam todos de pé, gritando emocionados com o quase empate da Alemanha. Em meio àquela confusão, Tanaka, aparecendo do nada, deu um golpe que derrubou Pasquim no chão. Jack, preso pelas algemas, tentou se desviar do golpe, mas também foi acertado, sendo jogado contra a mesa. Nessa altura começou uma confusão geral, os alemães que estavam na mesa entraram na briga. Um alemão grande acertou uma porrada em cheio na cara de Tanaka.

GOOOOOOOOOOOOOOOOOOOOOOOOOOOOOOOOOOL.
Saía o segundo gol da seleção brasileira. Novamente gol de Ronaldo. Os torcedores alemães estavam todos de pé, alguns jogavam os chapéus no chão. Outros pulavam de nervoso, e a confusão só aumentava. Jack, puxando Pasquim pelo braço, saiu em direção ao quiosque mais próximo. Um agente da Interpol apareceu para socorrer Pasquim e Jack, que agora lutavam juntos, lado a lado, contra os criminosos da Yakuza. Os criminosos eram muito mais numerosos que os agentes da Interpol. Várias estrelas eram lançadas, duas acertaram em cheio o velhinho que estava sentado ao lado de Jack, que caiu no chão, vítima daquela batalha. Jack e Pasquim estavam protegidos atrás do quiosque. O agente da Interpol que estava com eles nem percebeu de onde veio uma faca que se cravou no meio de seu peito, lançada por Tanaka. Várias brigas tomaram conta da praça, eram torcedores frustrados com o resultado do jogo, que ainda não havia terminado. Os agentes da Interpol estavam perdidos. Japoneses da Yakuza vinham por toda parte, cercaram o quiosque onde estavam Pasquim e Jack abaixados, se protegendo das estrelas que voavam. De repente, começou uma briga ainda maior: torcedores vândalos, carecas – pareciam Hooligans – armados com pedaços de pau, quebrando tudo ao redor, atraíram a polícia local, que nem reparou no pessoal da Yakuza.

Jack percebeu uma oportunidade de escapar: puxou Pasquim pelo braço e saíram rastejando para o quiosque ao lado. O pessoal da Yakuza, os agentes da Interpol, os torcedores e os policiais alemães não repararam neles, mas Tanaka, de longe os localizou, acertou um golpe no grande alemão que estava na sua frente e correu em direção aos dois. Jack e Pasquim chegavam agora no segundo quiosque, mais afastado daquela baderna generalizada.

– Me solta – gritava Jack a Pasquim –, me solta. Não tenho como fugir. Se fugir daqui vocês me encontram de novo... Sei disso. Além do mais, nós dois algemados seremos uma presa muito mais fácil.

Pasquim olhou bem para os olhos do Pintor, sabia que amarrados pelas algemas, ambos morreriam ali. Pegou a chave no bolso, e abriu a algema do braço de Jack.

Um segundo depois, Tanaka chegava com uma faca, e desferiu um golpe na direção de Pasquim, mas Jack, se antecipando, puxou Pasquim para o lado, e acabou levando uma facada no ombro. Gritou de dor e caiu no chão. Pasquim pegou uma caneca que estava em cima da mesa e a jogou contra a cabeça de Tanaka, acertando-o também. Tanaka, zonzo com o golpe, levou em cheio outra pancada de Pasquim, e outra, e mais outra, até cair como uma jaca no chão. Outro membro da Yakuza chegou, acertando Pasquim com um golpe, lançando-o para trás. Um agente da Interpol, sem titubear, acertou três rajadas de tiro contra o membro da Yakuza. Quando Pasquim olhou, viu apenas uma poça de sangue no chão do quiosque, que ia até o restaurante de peixe, a 10 metros dali. O sangue era do Pintor, atingido pela faca de Tanaka. Chegou mais um agente da Interpol e Pasquim disse a ele para cuidar do japonês caído. Tanaka foi algemado.

– Fiquem com esse safado aí. O pessoal da Yakuza fez um trato comigo e não cumpriu. Era só o que faltava, complicaram nossa prisão.

Monsieur Pasquim saiu andando atrás do Pintor. Era só seguir a mancha de sangue que escorria de seu ombro. Pasquim estava irritado, algo que parecia ser tão simples, a prisão que tanto planejara, tinha ficado tão complicado. Agora tinha que correr para salvar a vida daquele homem, seu inimigo, que havia salvado a sua vida. Ironia do destino! Tinha que ser rápido, poderia ter outros da Yakuza atrás do Pintor.

Jack, ensangüentado e tonto com o golpe recebido, andava na velocidade que podia, que não era muita. Virou à direita na Rindermarkt e foi em direção à Marian Platz. Voltar para o hotel seria uma burrice, mas para onde poderia ir? Que coisa, novamente tinha sido atingido. Desta vez ele tinha saído no prejuízo, fora atingido duas vezes no castelo de Matsumoto, e agora que estavam cicatrizando as feridas, tinha levado essa facada e estava sangrando muito. Tinha que ser rápido. Olhou para trás e viu Pasquim vindo em sua direção.

Tanaka estava algemado, preso pelos dois braços a um agente da Interpol. No momento que um dos agentes pegou o comunicador para falar, Tanaka deu uma cabeçada no outro agente, arrebentando-o no chão. O outro agente, antes de conseguir pegar a arma, levou uma mordida na jugular, o que o fez recuar. Tanaka ainda teve tempo de soltar uma voadora, jogando o agente contra a mesa de madeira que estava atrás, repleta de canecas de chope.

Na Viktualienmarkt havia uma guerra, brigas por toda parte, polícia local, Interpol, os homens da Yakuza, prisões, era tudo uma grande bagunça. Tanaka bateu três vezes com as algemas na estátua de um homem com o violão de ferro que estava ao seu lado, conseguindo arrebentá-las, ferindo um pouco seus pulsos. Viu a direção que o policial Pasquim havia tomado e foi atrás.

Pasquim seguia o sangue no chão, quando avistou o Pintor virando numa rua à direita. Jack procurava não olhar para trás, mas não resistiu e viu Pasquim correndo em sua direção. Seguiu reto pela Rua Am Kosttor, passou ao lado da cervejaria Hofbrauhaus, de onde saíam pessoas revoltadas com o resultado do jogo, entrou na Maximilian Strasse e continuou reto em direção ao Palácio Maximilianeum. Novamente olhou para trás: não avistou ninguém. Os hóspedes que estavam na frente do hotel Kempiski se afastaram ao ver aquele homem ensangüentado e com cara de desespero. Jack parou por uns segundos para descansar ao lado do Café Roma. Pasquim ia a todo vapor logo atrás dele quando sentiu um golpe em suas costas que o derrubou em cima de uma das mesas do Café Roma, se cortando com as garrafas que estavam sobre a mesa — era Tanaka que o havia alcançado. As pessoas do restaurante olharam para Tanaka assustadas, tentando socorrer Pasquim.

Tanaka, muito ágil, saiu em direção de Jack e o alcançou, acertando-o com um golpe que o fez cair no chão da Maximilian Strasse.

— Você pensou que ia escapar de mim, Cubano de merda?

Desferiu outro golpe em Jack, que conseguiu acertar um chute na perna de Tanaka, mas sem sucesso. Tanaka o pegou pelo pescoço, estava começando a sufocá-lo quando Jack avistou o bonde vindo em sua direção. Ele percebeu que Tanaka não notara; com as pernas se deslocou um pouco para a direita, o suficiente para desviar-se do bonde que, mesmo freando, acertou em cheio Tanaka, esmagando suas pernas.

Foi uma cena horrível: o som das pernas de Tanaka sendo quebradas, atropeladas pelo bonde, era algo que Jack não esqueceria jamais. Jack não perdeu tempo, saiu andando, no meio da multidão que se aglomerava, com dificuldade de respirar, sangrando. Seu celular estava tocando, mostrava sinal de que ele recebera uma mensagem. Olhou para ver quem poderia ser, era Duque. Estava escrito: "Sofia é uma agente da CIA. Procure-me". Jack até achou graça, grande novidade... Tinha que comunicar ao Duque que estavam com problemas. Mas depois faria isso, não tinha forças nem tempo para fazê-lo nesse momento. Jack continuou cambaleando até a Widenmayer Strasse, na beira do rio Isar, virou à direita e chegou na ponte Maximilian Brucke.

Na ponte, seguiu à direita pela margem do rio Isar, com suas águas verde-musgo, não via mais Pasquim e continuou sem direção pensando no que iria fazer. De repente, olhou para trás e lá vinha Pasquim, também cambaleando, mas não tão fraco como Jack. Tentou acelerar o passo o mais que podia, entrou numa ponte de pedra, Ludwigs Brucke, quando Pasquim o alcançou e apontou o revólver em sua direção.

— Não tente fazer nada, se você quiser sobreviver não faça nada. Cara, vamos comigo, vamos embora. Pare!!! Vou atirar!!!

Jack sabia que ele não estava blefando, seria preso ou morto. As opções não eram boas. Olhou bem para os olhos de Pasquim.

— Ok, você me pegou. Calma. Vou me entregar...

Jack levantou as mãos. Pasquim mantinha a arma apontada para ele, enquanto esperava seus homens.

Jack estava parado, quando, de repente, do nada, apareceu um vulto encapuzado com uma capa marrom e deu dois tiros contra Pasquim, que ao cair, respondeu com um disparo sem acertá-lo. Pasquim, atingido pelos dois projéteis, estava estendido no chão da ponte Ludwigs. O vulto encapuzado enfiou uma faca no fígado de Jack, jogando-o na pequena queda d'água do rio, de quase cinco metros.

Pasquim tinha ficado caído, atordoado, sem saber o que tinha acontecido. A dor no peito baleado era muito forte. Nunca havia tomado um tiro, por sorte, o colete à prova de balas tinha salvado sua vida. Ao ver aquele vulto esfaquear o Pintor, se levantou e descarregou sua arma sobre o encapuzado, que agora estava morto no chão.

Quem seria aquele vulto? Não poderia ser da Yakuza, tampouco era japonês. Seria um policial? Da CIA? Um louco? O que era aquilo? O certo era que estava morto, caído ali na sua frente. Pasquim não conseguia raciocinar mais. O impacto dos projéteis em seu peito causava-lhe muita dor. Arrastando-se, foi verificar o que tinha acontecido com o Pintor e viu um corpo todo ensangüentado boiando de costas sendo levado pelas águas do rio.

38

Ludwigs Brucke

Munique, Alemanha

A polícia local e a Interpol chegaram em dois minutos, mas era tarde, o corpo do Pintor estava boiando no rio. Pasquim, já na maca da ambulância, sentia o dever cumprido e ao mesmo tempo uma tristeza: não queria a morte de seu desafeto, queria prendê-lo e que ele sofresse com todo o processo nos tribunais. E o Tanaka não havia cumprido o trato e fora atrás dele. Mas agora estava morto, esmagado pelo bonde. Que final trágico! E quem era aquela pessoa encapuzada? Pasquim, antes de cair no chão, havia tirado seu capuz para ver quem era. Não era homem, como pensara, era uma mulher, loira, bonita, parecia alguém que conhecia, mas quem? Estava tão exausto que nem se lembrava. Em seguida, caiu no chão, quase inconsciente. Mônica chegou e deu um beijo na testa de Pasquim.

— Está tudo bem! Você ficará bem.

Pasquim estava quase desmaiando quando Mark Pierre chegou com a notícia de quem era a mulher encapuzada, pois havia pedido a ele que a revistasse:

— Rebecca Ludjung.

Pasquim não sabia se estava delirando, mas era a tal namorada do xeque, no roubo do Grand Hotel Intercontinental, em Paris.

Falando com a voz mole de quem já estava sedado antes de entrar na ambulância, resmungou.

– Todo mundo sabia que o Pintor estava aqui? Que merda!

A porta da ambulância fechou. Mark Pierre e Mônica, sabendo que Pasquim estava fora de perigo, não o acompanharam e ficaram no local fazendo os registros e perícias finais, ajudados pela polícia alemã.

Nova York, 13 de dezembro de 2007

Bom, é assim que termina nossa história. Falei que vivi grandes emoções no mundial de 2002.

— Nossa, que emoção!

— Você conseguiu escrever tudo, Ana?

— Está tudo aqui, Zé. Amanhã faremos uma revisão do que você me ditou. Na quarta-feira, entrego para o editor e daí vamos esperar o lançamento do livro.

— Bom, vou cumprir nosso trato, como ainda são 22 horas, teremos tempo de jantar, vou levar você a um restaurante aqui, na Little Italy, maravilhoso, chamado Vincent. Tem a melhor massa de Manhattan que conheço.

— Ai, José Marcelo, você é terrível. Vou pegar minhas coisas e vamos jantar.

— Estou esperando. Vou ao toalete.

— Zé?

— Diga.

— Sabe, fiquei tão envolvida com esta história, não vejo a hora de você narrar a segunda parte. Imagine a terceira! Deve ser demais o desfecho desta trilogia!

— Calma garota, calma. Vamos comer!!!

COLABORARAM NESTE LIVRO

Supervisão editorial Maria Elisa Bifano
Produção gráfica e direção de arte Vivian Valli
Assistente de produção Regiane Wagner Jorge
Revisão Flávia Portellada e Maria Aparecida Amaral
Capa Et Cetera Editora
Composição Kenosis Design

FICHA TÉCNICA

Impressão HR Gráfica e Editora Ltda.
Papel Offset 75g/m^2 (miolo), Cartão Ópera 250g/m^2 (capa)
Tipologia Bertholdo Baskerville Book 11/15

Para preservar as florestas e os recursos naturais, este livro foi impresso em papel 100% proveniente de reflorestamento e processado livre de cloro.